D1149491

BASTEI
LÜBBE

Natasha Rostova

BEGEHRT

Erotischer Roman

Aus dem Englischen von
Sandra Green

BASTEI LÜBBE TASCHENBUCH
Band 15 918

1. Auflage: Juni 2008

Vollständige Taschenbuchausgabe

Bastei Lübbe Taschenbücher in der Verlagsgruppe Lübbe

Für die Originalausgabe:

Titel der Originalausgabe: »In Pursuit of Anna«
Published by Arrangement with Virgin Books Ltd., London, UK
Für die deutschsprachige Ausgabe:

Dieses Werk wurde vermittelt durch die Literarische Agentur
Thomas Schlück GmbH, 30827 Garbsen
Titelillustration: mauritius images/M. Dodd
Umschlaggestaltung: Kirstin Osenau
Satz: Urban SatzKonzept, Düsseldorf
Druck und Verarbeitung: Nørhaven Paperback
Printed in Denmark
ISBN 978-3-404-15918-5

Sie finden uns im Internet unter
www.luebbe.de
Bitte beachten Sie auch: www.lesejury.de

Der Preis dieses Bandes versteht sich einschließlich
der gesetzlichen Mehrwertsteuer.

Prolog

Anna Maxwell griff nach der Flasche und schob ein paar Scheine über die Theke. Wo die herkamen, gab es nicht mehr viele, dachte sie grimmig. Körper pressten von allen Seiten gegen sie, und um sie herum stieg eine Wolke aus Alkohol und Schweiß hoch.

Im Herumdrehen fing Anna einen Blick von sich im Spiegel hinter der Bar auf. Ihr Pagenschnitt hatte die Farbe von Butter (dank einer schnellen Färbung zu Hause), und die Augen hatte sie mit einem dicken schwarzen Stift umrahmt, während die Lippen so scharlachrot glänzten, wie sie es am liebsten hatte. Sie trug Jeans, die an den Knien zerrissen waren, und ein schwarzes T-Shirt, dessen Ärmel sie aufgerollt hatte, um eines ihrer Tattoos zu enthüllen.

Ihr Vater würde sagen, dass sie wie eine schwachsinnige Cinderella aussah. Er würde glauben, dass sie sich in solchen Clubs herumtrieb und sich wie ein Flittchen aufführte, weil sie gern mit harten, kernigen Kerlen abzog. Dann würde er noch sagen, dass sie nicht besser wäre als ihre Mutter und dass sie seinem Namen nichts als Schande brachte.

Aber was ihr Vater dachte oder sagte, ging Anna am Arsch vorbei.

Sie ging hinüber und setzte sich an einen Tisch in einer dunklen Ecke des Clubs. Gestern Abend hatte ein Typ zu ihr gesagt, dass sie hübsch wie eine Puppe wäre, aber das war nur ein tollpatschiger Versuch gewesen, in ihr Höschen zu kommen. Nun ja, es hatte sich so ergeben, dass sie ihn ins Höschen ließ. Er sah gut aus, war stämmig gebaut und erwies sich als überraschend geschickt mit seinen Fingern.

Anna warf den Kopf in den Nacken und nahm einen kräftigen Schluck Bier. Auf dem Tanzboden wogten die Körper zum schweren Beat. Ein paar farbige Lichter zuckten über ihren Köpfen. Anna rutschte auf dem Kunststoffsitz nach hinten, als sie das Pulsieren zwischen ihren Schenkeln spürte. Gewöhnlich zog sie dumpfe Bars mit Jukeboxes vor, Sägemehl auf dem Boden und bullige Kerle am Billardtisch, aber an diesem Abend war sie in Stimmung für laute Musik und dichtes Gedränge. Und die bewirkten ihren Zauber.

Ihr Blick fiel auf einen hoch aufgeschossenen hageren jungen Mann, der offenbar zu ihr unterwegs war. Zerzauste braune Haare, maßgeschneiderte Hose, dunkles Polohemd. Gott, er trug Loafers! Wahrscheinlich ein Student, der was zum Bumsen suchte.

»He, du! Bist du allein?«

Keine Punkte für Kreativität, dachte Anna. Aber sie nickte und rückte zur Seite, damit er sich neben sie setzen konnte.

»Ich bin Todd«, sagte er und streckte die Hand aus.

»Ich bin Anna.«

Sein Händedruck war gut, fest und nicht verschwitzt. »Lust zu tanzen?«

»Im Augenblick nicht.«

»Ich bin Student an der USC«, sagte er.

»Das habe ich mir gedacht.«

»Ja? Und was machst du?«

Sie sah ihm in die Augen. »Ich bin auf der Flucht.«

Todd schien das lustig zu finden.

»Vor der Justiz«, ergänzte Anna. »Ich renne denen davon.«

Todd starrte sie etwa eine Minute an, dann lachte er. »Tatsächlich?«

»Ja.« Anna nahm wieder einen Schluck Bier. »Sie könnten dich gleich verhaften, weil du hier bei mir sitzt und mir auf der Flucht hilfst.«

»Ach, dieses Risiko gehe ich ein. Bist du sicher, dass du keine Lust zu tanzen hast?«

Anna hob die Schultern und schob die Bierflasche zur Seite. »Okay.«

Sie glitt hinter dem Tisch heraus und ging zur Tanzfläche. Sie drehte sich zu Todd um, schlang die Arme um seine Taille und schmiegte ihre Hüfte gegen seine. Er hatte einen kräftigen Körper, wenn auch ein bisschen kantig. Der Beat der Musik pochte in ihrem Blut. Anna schloss die Augen und vergaß.

Erstes Kapitel

»Sie ist wie ein Aal.«

Ein dicker Ordner landete mit einem Knall vor Derek Rowland. Außen auf dem Ordner prangte ein abgegriffenes Fahndungsbild, mit einem Clip befestigt. Derek löste den Clip und betrachtete das Foto. Eine Frau, Mitte zwanzig, dunkle krause Haare, trotziger Gesichtsausdruck. Ihr harter starrer Blick passte nicht zu ihrem Gesicht. Braune Augen mit dichten Wimpern ließen sie wie einen klassischen Filmstar aussehen und nicht wie eine gesuchte Verbrecherin.

»Ein Aal, he?«, knurrte Derek.

»Ja, schlüpfrig und nass.« Gus Walker gluckste über seine originelle Beschreibung. Er schob eine Zigarette zwischen die Lippen und nahm einen Zug. »Sie ist vor drei Wochen abgehauen. Haftbefehl und Kaution findest du in den Akten. Bring sie her, dann gebe ich dir zwanzig Prozent.«

Derek hob eine Augenbraue. »Du willst sie unbedingt, was?«

»Das würde dir nicht anders ergehen. Sie hat ihren Vater beklaut, aber gründlich. Er war es, der für ihre Verhaftung gesorgt hat.«

»Wer ist er, was macht er?«

»Richard Maxwell. Ihm gehört Jump Start Computers in San Jose.«

»Und sie ist Daddys verwöhntes Töchterchen?«

»So hätte es sein können«, antwortete Gus. Mit seinen vom Tabak gefärbten Fingern rieb er sich über dem linken Auge. »Stattdessen hat sie ihn bestohlen, sie ist verhaftet worden und ausgebrochen. In den Akten findest du einige nützliche Infos. Ich will sie wieder hier haben.«

»Hat noch jemand den Antrag auf Kaution unterschrieben?«

»Ja, ihre Schwester.«

»Dann ist sie die Schuldige.«

Gus sah ihn stirnrunzelnd an. »Was, zum Teufel, schert es dich, wer schuldig ist? Ich will die kleine Tussi wieder hier haben. Ich muss nämlich die Garantie für die Kaution zurückzahlen, und wenn ich das nicht kann, sieht es für mein Geschäft nicht gut aus. Das kann ich mir nicht leisten.«

»Ist sonst noch jemand auf sie angesetzt?«

»Noch nicht.«

»Ihr Vater wohnt in San Jose – was hat die Tochter in LA gemacht?«

»Sie hat dort in einer Filiale ihres Vaters gearbeitet. Er hat Häuser hier und in der Bay Area. Da oben hält er sich jetzt auf.«

»Hast du schon mit ihm gesprochen?«

»Das ist dein Job. Willst du ihn oder nicht?«

»Klar will ich ihn.« Derek steckte den Ordner unter seinen Arm und stand auf. »Ich melde mich.«

Er verließ Gus' Büro und ging hinaus auf den Parkplatz. Vom Asphalt stiegen Hitzewolken hoch. Der Verkehr bewegte sich im Schritttempo über den Wilshire Boulevard, und die Autos stießen Abgase in die Luft. Derek ging am 99-Cent-Laden vorbei, an einer chemischen Reinigung und einem vietnamesischen Imbiss – das war die verbliebene Herrlichkeit auf dem Strip. Er setzte seine Sonnenbrille auf und trat auf eine Limousine zu, die im Parkverbot stand.

Eine Frau saß hinter dem Lenkrad, den Kopf über einen Laptop gebeugt. Ihre langen braunen Haare hatte sie in einem Knoten zusammengefasst, und die gebräunten Arme bildeten einen Kontrast zum weißen T-Shirt. Sie schaute hoch, als Derek die Tür aufzog.

»Hi! Hallo, wie ist es dir ergangen?«

»Gut. Hört sich interessant an.«

»Warte mal. Ich sehe nur gerade meine E-Mails durch. Ich warte auf einen Tipp.« Sie konzentrierte sich wieder auf den Laptop. »Ah, sehr gut. Er ist bereit, sich mit mir zu treffen.«

»Wer ist ›er‹?«

»Erinnerst du dich an das Mädchen, das vergangen Woche abgehauen ist? Er ist ihr Freund.«

»Hört sich so an, als wäre er auf Vergeltung aus.«

»Sein Motiv ist mir egal, solange er mir hilft, sie zu finden.«

Sie steckte den Laptop in einen abgegriffenen Rucksack und startete das Auto.

Wenn man Freddie James sah, würde man nie ahnen, dass sie eine der besten neuen Kopfgeldjägerinnen war. Sie sah immer wie frisch gebadet aus; große braune Augen, ein paar Sommersprossen über der Nase, kein Hauch von Make-up. Derek wusste, dass Freddies fast unschuldiges Aussehen – das typische Mädchen von nebenan – ihren harten Kern versteckte. Wie Schokolade um eine bittere Mitte.

»Was hast du aufgetrieben?«, fragte Freddie, drehte sich mit quietschenden Reifen auf dem Wilshire und fuhr in westliche Richtung.

Die Sonne senkte sich langsam in den vom Smog gekrönten Horizont und warf letzte Strahlen auf die vielen Hotel- und Bürofenster, die an die belebteste Straße von LA grenzten. Unzählige Autos ergossen sich über die vier Fahrbahnen und ließen sich von einer Flut von roten und grünen Ampeln leiten.

»Eine Frau, die vor drei Wochen abgehauen ist«, antwortete Derek. »Reicher Vater. Ich werde ihn mal besuchen.«

Er zog sein Handy aus der Tasche und drückte auf die Zahlen seines Informationsanalysten. Eine Voicemail antwortete ihm. Derek verbrachte ein paar Minuten damit, Namen und

Ziffern in die Maschine zu geben, und er fluchte immer ungeduldiger, wenn er etwas wiederholen musste.

»Verdammter Computer.«

»Irgendeine Spur?«, fragte Freddie, als er sein Handy zugeklappt hatte.

»Noch nicht. Hast du einen Job?«

»Nur mein Betrugsmädchen.«

»Und danach?«

»Nichts. Ich hätte beinahe einen Job von David erhalten, aber er wollte, dass ich vorher mit ihm schlafe.«

»Ich habe dich gewarnt, dass du dich vor ihm in Acht nehmen sollst.«

»Und ich habe dir gesagt, dass ich mit solchen Typen selbst fertig werde.« Freddie kratzte sich an der Nase. »Du solltest inzwischen wissen, dass ich nicht wegen eines Auftrags mit irgendeinem Kerl schlafe.«

»Er hat dir also den Job nicht gegeben?«

»Nein, und ich habe ihm gesagt, wohin er sich den Job stecken kann. Er sagte, er würde ihn mir trotzdem geben, aber es beleidigt mich, dass er überhaupt geglaubt hat, er könnte mich erpressen.« Vor einer roten Ampel stieg sie voll auf die Bremse. »Dir würde er so etwas nie anbieten.«

»Ich hoffe nicht.«

Freddie seufzte. Derek kannte diesen Seufzer nur zu gut. Er enthielt Freddies grenzenlosen Wunsch, die Beste in der Sparte zu sein, und er enthielt auch ihren ständigen Frust über den unvermeidlichen Sexismus in diesem Gewerbe.

Er betrachtete die Menschen, die die Straße überquerten. Büroangestellte und Studenten der UCLA glitten aneinander vorbei, wobei sie eine Routine zeigten, die nur Menschen beherrschen, die es gewohnt sind, auf kleinstem Raum zusammen zu sein. Rechts erstreckte sich das Gebiet von Westwood, eine unordentliche Ansiedlung von Bars, Restaurants und Geschäften, der Campus der UCLA auf der einen und die grau-weiß gestrichenen Mauern des Armand Hammer Museums auf der anderen Seite.

»Das wollte ich mir immer mal ansehen.«

»Was?«

»Diese Ausstellung.« Freddie wies auf die Banner an den Straßenlaternen, die den Wilshire säumten. Auf den Bannern waren das Logo des Hammer Museums zu sehen sowie der Titel der Ausstellung ›Die Schönheit des Unanständigen‹. »Der Künstler heißt Hanson Janglitz. Es heißt, dass seine Kunst exotisch und pervers ist.«

»Das hört sich so an, als wenn er das Eintrittsgeld wert wäre.«

»Ja, stimmt.«

»Ich wusste nicht, dass du auf exotische Perversitäten stehst«, sagte Derek.

Freddie warf ihm einen Seitenblick zu. »Da gibt es noch viel, was du über mich nicht weißt.«

»Ach? Und was, zum Beispiel?

»Lauter Sachen, die du nicht wissen sollst.«

»Ach? Was denn?«

Freddie grinste. »Ich werde ein paar Geheimnisse behalten.«

»Mir haben Frauen mit Geheimnissen schon immer gefallen.«

»Dir gefallen Frauen. Punkt«, stellte Freddie klar.

»Du kennst mich gut, meine Freundin.«

Der Verkehr quälte sich ein Stückchen weiter. Freddie zog gegen die untergehende Sonne die Sonnenblende herunter.

»Ich weiß nicht«, sagte sie. »Vielleicht übernehme ich doch Davids Job. Sonst langweile ich mich nur. Er ist ein Bastard, aber er ist harmlos.«

»Du kannst mit mir arbeiten, wenn du möchtest«, schlug Derek vor.

Er hatte nie einen Partner gewollt, aber Freddie war in seiner fünfzehnjährigen Karriere als Kopfgeldjäger die einzige Ausnahme. Sie hatten sich vor zwei Jahren kennen gelernt, als ein *bondsman* (gewerbliche Kautionszahler in Fällen, in denen ein Untersuchungshäftling entweder keine wohlhabende Familie oder keinen Kontakt zur Familie hat) den geflohenen Burschen von Derek suchen ließ, dann sein Wort brach und Freddie auf den Fall ansetzte. Sie hatte gerade mit ihrem Gewerbe angefangen und war einverstanden, in diesem Fall als seine Partnerin zu arbeiten.

Da er davon ausging, dass sie ihm den Auftrag weggeschnappt hatte, war Derek alles andere als liebenswert zu ihr gewesen, aber bald musste er erkennen, dass ihre Entschlossenheit seine Abneigung unterlief. Ihre Freundschaft hatte sich nicht schnell entwickelt, aber im Laufe der Zeit war sie stark und verlässlich geworden. Derek traute keinem, wie er Freddie traute. Oft arbeiteten sie immer noch als Partner; sie teilten sich Arbeit und Honorar, aber Freddie war immer entschlossener, ganz für sich allein zu arbeiten.

»Du bist hinter einer langweiligen reichen Göre her?« Freddie schüttelte den Kopf. »Danke, aber Davids Bursche ist ein Biker, der wegen Mordes gesucht wird. Dann setze ich mich lieber auf dessen Fährte.«

»Das kann ich mir denken.«

Freddie bog links in die Barrington Avenue ein und fuhr eine Autowerkstatt an. »Wann legst du dir endlich mal ein zuverlässiges Auto zu?«

»Wenn du einen zuverlässigen Job landest.«

Freddie schnaufte verächtlich. »Soll ich auf dich warten?«

»Nein.« Derek zwängte seine lange Gestalt aus dem Wagen und bückte sich, um sie anzusehen. Er wusste, dass sie selbst auf sich aufpassen konnte, aber er würde sich immer für ihren Schutz verantwortlich fühlen. »Danke fürs Mitnehmen. Und halte dich von David fern.«

Freddie hatte ein müdes Lächeln für ihn übrig. »Danke für

die Warnung, aber – zum millionsten Mal – ich komme gut allein zurecht.«

»Und zum millionsten Mal – ich will, dass du vorsichtig bist.«

»Bin ich doch immer.« Freddie schob den Gang ein. »Halte mich auf dem Laufenden.«

Derek nickte und ging zur Werkstatt, wo mehrere Fahrzeuge mit hochgeklappten Hauben standen; sie sahen wie aufgerissene Mäuler aus. Ein Mechaniker sagte, es würde noch zwanzig Minuten dauern, bis sein Auto fertig wäre. Derek ging der Klimaanlage wegen ins Büro und setzte sich auf einen Plastikstuhl. Er schlug den Ordner auf, den Gus ihm gegeben hatte.

Nachdem er die Akten durchgeblättert hatte, erfuhr Derek, dass Anna Maxwell verhaftet worden war, weil ihr vorgeworfen wurde, fast eine halbe Million Dollar von ihrem Vater erschwindelt zu haben. Sie war in ihrem Apartment in Hollywood festgenommen worden, dann hatte Gus die Kaution gestellt, und danach war sie untergetaucht. Jetzt könnte sie überall sein.

Derek schob einige Papiere wieder in Plastikschoner, dann hörte er, wie sein Name gerufen wurde. Er zahlte die Rechnung, holte die Schlüssel ab und ging hinaus zu seinem 1966er Mustang. Er streichelte liebevoll über die Haube, bevor er sich hinters Lenkrad setzte.

Er fädelte sich auf den Santa Monica Boulevard ein, dann bog er auf die 405 südwärts. Die Rush Hour verstopfte den Freeway wie Speck die Arterien. Derek drehte das Radio auf, als er sich Meter für Meter der Redondo Beach näherte. Zu seiner Überraschung freute er sich darauf, Anna Maxwell aufzuspüren. Vielleicht konnte er aus ihrem Vater noch mehr Geld herausholen, wenn er sie zurückbrachte.

Als er den Queen Hafen erreichte, fuhr er den Parkplatz an und ging hinüber zum Dock. Die Sonne stand tief am Horizont und strahlte die Fischerboote und Ausflugsschiffe an, die sich im Wasser träge bewegten. Der Hafen lag ein gutes Stück von der Hufeisenform des Redondo Beach Piers entfernt, wo Geschäfte und Restaurants dicht an dicht standen und gewöhnlich auch viele Leute herumliefen. Derek hingegen zog einen ruhigen Liegeplatz vor, der ihm ein wenig Abgeschiedenheit gewährte.

Als er sich seinem Boot näherte, fühlte Derek ein vertrautes Entspannen.

»Derek!« Eine Frauenstimme.

Derek hob eine Hand, um die Augen zu beschatten. Eine Frau in den Vierzigern stand am Deck eines Atkins Ingrid Doppelenders. Tief gebräunt und mit festen Muskeln ausgestattet, trug sie einen blauen Bikini und einen weißen Wickelrock. Sie winkte Derek zu.

»Ich grille Steaks heute Abend«, rief sie. »Komm rüber!«

Derek debattierte kurz mit sich, denn eigentlich wollte er sich jetzt Anna Maxwells letzte Wohnadresse in Hollywood ansehen. Aber dafür blieb noch Zeit genug – und Maggie bot ihm immer mehr als Steaks an.

»Klar, gern«, rief er zurück. »In einer halben Stunde bin ich da.«

Er betrat das Deck seines Segelboots, eine fünfunddreißig Fuß lange Jacht, die ihm schon seit über zehn Jahren gehörte. Das vertraute Schwanken auf dem Wasser war fast wie eine erotische Erfahrung für ihn.

Streifen von Leintuch, Eimer mit Harz und Farbe, Schmirgelgeräte und Farbwalzen lagen auf dem Deck der *Jezebel* herum. Nachdem er alle Ritzen abgedichtet hatte, wollte Derek das Deck und die oberen Seitenteile neu streichen, und dann hoffte er, ein paar Jahre Ruhe zu haben. Er hatte in den letzten drei Jahren ungezählte Stunden mit der Erneuerung der Takelage verbracht, er hatte die Bilgenpumpen repariert und das Steuersystem getestet. Wenn er genug Geld hatte, um den

Dieselmotor zu überholen und einen neuen Mast und neue Segel anzuschaffen, dann konnte er endlich seine Reise planen.

Er ging unter Deck, wo er die beiden Schlafkabinen entkernt hatte, um ein großes, breites Bett unterzubringen. Da unten gab es eine Navigationsstation und eine kleine Kombüse mit einem Propangasherd, und ihm stand genug Stauraum für Vorräte und die medizinische Versorgung zur Verfügung. Er brauchte noch eine Menge zusätzlicher Ausrüstung für die Jacht, aber zu diesem Zeitpunkt hatte er mehr Zeit als Geld.

Derek zog einen verbeulten Lederkoffer aus einem Spind hervor und begann, schon für seine morgige Reise zu packen. Er warf ein paar Kleider zum Wechseln hinein und seine Rasiersachen. Nach kurzer Überlegung holte er eine 45er Halbautomatic aus der unteren Schublade der Kommode. Es sah nicht so aus, dass Anna Maxwell gefährlich war, aber bei Frauen konnte man nie wissen.

Derek überprüfte die Metallkoffer, die er in einem anderen Spind aufbewahrte und entschied sich dagegen, irgendwelche Überwachungsgeräte einzupacken. In ein, zwei Tagen würde er zurück in LA sein. Er ging rasch unter die Dusche, wechselte Shorts und Hemd und fuhr mit einer Bürste durch seine dunklen Haare.

Er verschloss seinen Koffer und verstaute ihn in seinem Auto, bevor er zu Maggie ging. Er war nie daran interessiert gewesen, die Bekanntschaft anderer Bootsbewohner zu machen, aber Maggie war stets angenehme Gesellschaft gewesen. Sie war geschieden und sehr offen im Umgang. Oft half sie ihm zu entspannen, dann konnte es geschehen, dass er alles aus seinen Gedanken verdrängte und nur noch sie da war.

»Du siehst unglaublich aus«, sagte er, als er ihr Deck betrat.

»Du aber auch.« Maggie lächelte und gab ihm einen Kuss

auf die Wange. Sie duftete wie das Bräunungsöl aus Kokos. Eine Goldkette glitzerte um ihren Hals. »Komm, die Steaks sind fast fertig.«

Derek folgte ihr zum Bug, den Blick auf ihre langen, muskulösen Schenkel gerichtet, die seine Hüften umschlingen konnten wie ein Schraubstock. Er freute sich auf genau diese Stellung, als er sich in einen der beiden Strandstühle fallen ließ. Zwei dicke Porterhouse Steaks schmorten auf dem Kohlegrill, obendrauf Zwiebelringe und Pfefferkörner. Ohne zu fragen, was er trinken wollte, reichte Maggie ihm eine eiskalte Bierflasche.

Ja, dachte Derek, während er einen langen Zug nahm, sie war schon eine gute Frau.

Maggie setzte sich in den Stuhl ihm gegenüber und fuhr sich mit einer Hand durch das kurze braune Haar. Ihre Haut zeigte die ersten Anzeichen von zu viel Sonne und Wind, aber das passte zu ihrem Abenteuergeist. Sie lächelte ihn an, und um ihre Augen bildeten sich viele kleine Fältchen. Sie hob jetzt ihre Flasche an den Mund. Ein Träger des Bikinis rutschte ihren Arm entlang und entblößte den oberen Teil ihrer Brust.

»Ich habe dich in den letzten Wochen nicht gesehen«, stellte sie fest. »Warst du zu sehr beschäftigt?«

»Ja. Viele Leute lassen sich eine Kaution stellen, und dann hauen sie ab, und der Mann, der die Kaution gezahlt hat, sieht in die Röhre«, sagte Derek. »Das muss an der Hitze liegen.«

»Die Hitze hat ihre vielfältigen Auswirkungen auf die Menschen«, sagte Maggie. Sie warf ein Bein über die Sessellehne und gab den Blick auf das Delta frei.

Der Stoff des Höschens zwängte sich zwischen ihre Pussylippen, die dadurch köstlich geschwollen wirkten. Derek dachte, dass er wahrscheinlich nicht bis nach dem Essen warten konnte, Porterhouse Steak oder nicht.

Er wandte den Blick von Maggie und sah hinaus aufs Meer. »Morgen fahre ich für ein paar Tage in die Bay Area. Kannst du dich ein bisschen um mein Boot kümmern?«

»Klar.« Maggie stand auf, um nach den Steaks zu sehen. Sie hob sie mit der Gabel auf zwei Teller und reichte einen an Derek weiter. »Arbeit oder Vergnügen?«

»Arbeit. Du bist mein Vergnügen.« Er zwinkerte ihr zu.

»Ach, du!« Trotz ihres verächtlichen Blicks wurde sie rot. »Kommt Freddie mit dir?«

»Nein, sie hat einen eigenen Auftrag.«

Derek entging nicht der leise Unterton der Eifersucht, der in Maggies Stimme mitschwang. Derek hatte sich nie die Mühe gegeben, ihr zu sagen, dass er und Freddie noch nie zusammen geschlafen hatten – nicht, weil er sie nicht attraktiv fand, sondern weil es eine unausgesprochene Vereinbarung zwischen ihnen gab. Sie waren gute Freunde, aufeinander angewiesen in den Schützengräben. Er würde Freddie sein Leben anvertrauen, aber er würde nicht mit ihr schlafen. Derek hatte Maggie davon nichts erzählt, denn er sprach mit niemandem über Freddie.

»Was für einen Auftrag?«

»Ganz ähnlich wie meiner.«

Er schnitt ins saftige Steak, das perfekt gegrillt war. Zart und richtig gewürzt. Kein Zweifel; Maggie konnte kochen. Während des Essens ebbte das Gespräch ab. Die Sonne versank am Horizont wie ein Ball, dem die Luft ausgegangen war. Maggie versorgte ihn mit einem weiteren kalten Bier, als sie sah, dass er seine Flasche ausgetrunken hatte. Derek spülte den letzten Bissen mit einem befriedigten Stöhnen hinunter.

Maggie schob ihren Teller beiseite und hob ihre Arme. Sie schloss die Augen gegen die leichte Brise, die über den Ozean zu ihnen wehte. Sie streckte die langen Beine aus.

»Köstlich«, sagte sie.

»Ja, stimmt.«

Derek betrachtete sie, sah auf die Halbkreise aus blasserer Haut, die das Bikini-Top sehen ließ, das ein wenig gerutscht war. Sie hatte einen flachen Bauch voller Muskeln. Die Nippel, hart wie Eicheln, drängten gegen den Stoff. Dereks Penis schwoll an bei dem Gedanken, sie ganz auszuziehen.

Er streckte sich, nahm ihre Hand und zog sie auf die Füße. Maggie schlug die Augen auf, lächelte ihn träge an und blieb vor ihm stehen, die Hände auf den Hüften. Der weiße Wickelrock fiel auf den Boden. Maggie wollte die Bikiniträger abstreifen, aber Derek schüttelte den Kopf.

»Lass ihn an.«

»Wie du willst.« Maggie ließ sich auf die Knie sinken und strich mit den Händen über seine Schenkel, während sie sich dazwischen schmiegte. Ihre Hände griffen an seine Hemdknöpfe, dann beugte sie sich vor, um den Mund auf seinen zu drücken.

Sie schmeckte nach Salz. Ihre Kokosnusssüße stieg Derek zu Kopf. Maggie öffnete sein Hemd und strich mit den Handflächen über seinen behaarten Brustkorb. Sie nagte an seinem Kinn und leckte seinen Hals entlang.

Derek fuhr mit den Händen über ihre nackten Schultern und Arme. Ihre Haut war heiß, sie war immer heiß, als trinke sie die Sonne, als ob sie von innen nach außen brannte. Ihr Mund bewegte sich über seine Brust, und ihre Hände griffen an die Knöpfe seiner Shorts. Mit geschickten Fingern öffnete sie die Knöpfe und zog die Shorts über seine Hüften. Ihre Augen weiteten sich, als sie sah, wie seine Erektion schamlos gegen die Unterwäsche stieß.

»Oh, Mann, Derek«, hauchte Maggie, »du bist phantastisch.«

Sie entkleidete ihn, legte ihn frei und nahm ihn in die Hand. Sie senkte den Kopf zwischen seine Schenkel. Ihr Mund schloss sich um seinen Schaft. Derek stieß einen leisen

Fluch aus und lehnte den Kopf gegen den Sesselrücken. Es fühlte sich an, als wäre er von heißem Honig umschlossen.

Sie arbeitete mit ihrer Zunge, als würde sie von einem kleinen Motor getrieben, und ließ sie über den Schaft gleiten. Sie kitzelte die Spitze, während ihre Hände mit seinen geschwollenen Hoden spielten. Derek sah, wie ihr Gesicht vor Geilheit zu glühen begann. Ihr heißer Atem dampfte gegen seinen Schwanz.

Er fuhr mit den Händen durch ihre Haare, zog sie näher an sich heran und griff in die Träger ihres Bikinioberteils. Er zog sie über ihre Arme, während sie ihn weiter saugte. Ihre Brüste sprangen ins Freie, schwer und rund, die Nippel wie dicke, saftige Rosinen. Dereks Schoß spannte sich bei diesem Anblick noch mehr.

Ihre Brüste waren heller als der Rest ihres Körpers, aber gebräunt genug, um zu verraten, dass sie eine Schwäche fürs Sonnenbaden oben ohne hatte. Er hatte sie oft genug auf dem Deck gesehen, wie ihr ganzer Körper in Öl glänzte.

»Sie sind immer so hart, nicht wahr?«, raunte er, als seine Finger die steifen Spitzen drückten. »Sie signalisieren ständige Bereitschaft.«

»Für dich ja.« Maggie nahm den Oberkörper zurück. Ihr Atem kam in kurzen Stößen. Ihre Augen glänzten, als sie auf seinen feuchten Stab starrten. Sie schob eine Hand unter das Elastikband ihres Höschens. »Himmel, da ist es feucht und heiß wie in den Tropen.«

»Dreh dich um.«

Sie streckte ihm ihren vollen, runden Po entgegen. Derek zog ihr Bikinihöschen über die Hüften, und sein Schaft zuckte beim Anblick ihrer samtenen Pussy. Er schlüpfte mit dem Finger in sie hinein, und ihr Stöhnen trieb seine Lust noch weiter an. Er packte sie an den Hüften, und als er sie füllte und zu pumpen begann, quietschte Maggie vor Lust. Es war, als triebe er eine Stange in ein Butterfass. Ihr Körper schwang im Rhythmus seiner Stöße. Derek knirschte mit den Zähnen und griff mit einer Hand zwischen ihre Beine.

»Oh, ja«, keuchte Maggie. »Reib mich, oh, Derek, lass mich kommen, bitte.«

Er schlüpfte mit dem Finger über die Klitoris und spürte, wie sich ihr Körper verzweifelt verspannte. Ihr Rücken war glitschig vom Schweiß, und ihre Muskeln spielten voller Anmut unter der Haut. Derek massierte mit der freien Hand ihren Rücken, während er nicht nachließ, rhythmisch zuzustoßen. Sein Schaft glühte in ihrer Hitze. Sie kam hart. Ihr ganzer Körper schmerzte, und ein lang gezogenes Quietschen rang sich aus ihrer Kehle. Ihre inneren Muskeln umspannten ihn und quetschten seinen eigenen Orgasmus heraus. Er stieß ein letztes Mal zu und stöhnte seine satte Befriedigung heraus.

Sie brachen beide auf dem Deck zusammen, hechelnd und dann schwer atmend. Maggies Hand strich über seine Brust, dann nahm sie sein schlaffes Glied in die Hand und molk ihm die letzten Tropfen ab.

»Bin ich froh, dass wir so gute Freunde geworden sind«, murmelte sie.

»Ich auch.« Derek küsste sie auf den Kopf. Obwohl er gern die ganze Nacht mit ihr dort gelegen hätte, richtete er sich auf. »Tut mir leid, aber ich muss weg, Maggie. Ich muss heute Abend noch mit meinem Auftrag beginnen.«

»Das habe ich mir gedacht.« Sie schien nicht verärgert über seinen plötzlichen Aufbruch; sie war daran gewöhnt. Manchmal war sie es, die das Geschehen abkürzte, sobald sie sich gegenseitig Erfüllung geschenkt hatten. Auf der anderen Seite war sie auch schon mal für die nächste Runde bereit. Oder für zwei.

Maggie schlang den Wickelrock um ihren nackten Körper und hob sich in eine sitzende Position. »Fahr vorsichtig. Ich werde auf dein Boot aufpassen.«

»Danke. Freddie schaut vielleicht auch mal vorbei.«

»Dann werde ich eben auch auf Freddie aufpassen.«

»Wir sehen uns bald, Mags.«

Derek knöpfte sein Hemd zu, zog die Shorts hoch und ging hinüber zu seinem Auto. Nach Steak und Sex sollte er so gesättigt sein, dass er eine Weile schlafen würde. Aber er fühlte sich hellwach. Er fuhr zurück zum Wilshire, seine Gedanken auf das jüngste Ziel gerichtet. Seit langem hatte er sich nicht mehr auf die Fährte einer Frau gesetzt, jedenfalls nicht auf die Fährte einer flüchtigen Frau. Er fragte sich, ob Anna Maxwell eine leichte Aufgabe oder eine Herausforderung für ihn sein würde. Er hoffte auf Letzteres.

Sollte sie, oder sollte sie nicht? Anna konnte sich nicht entscheiden. Sie hatte sich in Schweiß getanzt, und ihr Herz klopfte wie ein Kolben, und ihre Haut war heiß – das war gewöhnlich eine Kombination, die ihre Zweifel ausräumten, aber Todd war so verdammt sanft. Außerdem tanzte er wie eine hyperaktive Gottesanbeterin, schlaksige Arme und Beine, die er nicht unter Kontrolle brachte. Wenn er so bumste, wie er tanzte, lag ein absurder Abend vor ihr.

Anna verließ die Tanzfläche. Todd war direkt hinter ihr, seine Hand auf ihrem verlängerten Rücken. Sie erreichte den Ausgang und drehte sich nach ihm um. Sie musste die Stimme heben, um sich über dem Getöse bemerkbar zu machen. »Ich muss gehen. Danke.«

»Gehen? Ich dachte, wir ...«

»Dann hast du eben falsch gedacht. Bis später mal.«

Die kühle Abendluft wehte ihr ins Gesicht, frisch wie ein Kuss. Sie atmete tief ein und füllte ihre Lungen. Unter anderen Umständen hätte sie Todd gegeben, was er erwartete, aber sie war nicht in der Laune, sich auch noch mit Langeweile herumzuschlagen.

Was Männer anging, bevorzugte Anna die harten Typen,

dienstfreie Polizisten oder Feuerwehrleute, Hafen- oder Bauarbeiter, wenn sie solche Clubs frequentierten. Sie mochte Männer in Stiefeln und verwaschenen Jeans, die gespreizt auf ihren Plätzen saßen, die Arme auf den Stuhlrücken. Sie liebte Männer, die Sex verströmten, ohne dass sie es wussten. Sie liebte sie wegen der schwieligen Hände, der bärtigen Gesichter und des behaarten Torsos. Sie liebte die stämmigen Figuren, und sie liebte das, was diese Kerle für sie tun konnten.

Todd mit seinen unbeholfenen Bewegungen und den Loafers war ein süßer, aber fader Schatten solcher Kerle.

Sie schaute auf die Uhr. Zwei Stunden nach Mitternacht. Nicht zu spät, um einen Mann ihrer Vorlieben zu suchen. Sie kletterte in ihr Auto und schlug krachend die Tür zu. Ach, verdammt. Sie war zu müde. Und sie sollte ihre Energie konservieren.

Anna fuhr durch die dunklen Straßen zurück zu ihrem Schuhkarton von Apartment in der Nähe der Fairfax Avenue. Das Gebäude war klein und hässlich und enthielt nur sechs Wohneinheiten. Die Farbe blätterte ab, und der Garten war ungepflegt. Sie hatte sich für das Apartment entschieden, weil es teilmöbliert war, und der Vermieter hatte weder auf einer Kreditkarte noch auf einem Vertrag bestanden.

Wer sie war und woher sie kam, schien ihn nicht zu kümmern, solange sie die Miete rechtzeitig und bar bezahlte. Damit er bei Laune blieb, hatte Anna einen Monat im Voraus bezahlt.

Sie ging die Außentreppe hoch. Durch ein offenes Fenster drangen wilde Stöhnlaute. Anna fluchte still vor sich hin und schloss ihre Apartmenttür auf. Die Nachbarin unter ihr war eine Stripperin in einer billigen Kaschemme, und um ihr bescheidenes Einkommen aufzubessern, brachte sie Freier mit nach Hause. Charmaine hatte angeregt, dass Anna auf diese Weise auch zu Geld kommen könnte, aber Anna konnte sich nicht vorstellen, jemals so verzweifelt zu sein. Sie ließ nur dann einen Mann in ihr Bett, wenn sie ihn dort haben wollte.

Sie schloss ihr Fenster und stellte die Klimaanlage an, um Charmaines übertriebene Schreie zu übertönen. Sie ließ sich auf das verschlissene Sofa fallen und betrachtete ihre Umgebung. Zwei offene Koffer lagen auf dem Boden, sie quollen über mit ihren Sachen. Das war alles, was sie aus ihrer letzten Wohnung in Hollywood mitgebracht hatte, die eine viel anständigere Behausung war als diese Unterkunft. Sie dachte, je weniger sie mitnahm, desto schwieriger würde es sein, sie zu finden.

Annas Bauch knurrte. Sie stand auf und besah sich den Inhalt ihres Kühlschranks. Sie fand nichts außer einem Müsliriegel, auf dem sie lustlos herumkaute.

Sie wusste, dass Gus Walker sie auftreiben wollte. Wahrscheinlich war er an die Decke gesprungen, als man ihm gesagt hatte, dass sie ihren Gerichtstermin nichts wahrgenommen hatte. Okay, sie wusste, dass man sie ungerecht behandelt hatte, aber sie fühlte sich schuldig, dass sie Gus hinters Licht geführt hatte.

Mit ihrem Vater war das eine ganz andere Sache. Sie konnte immer noch nicht glauben, dass dieser Bastard sie hatte verhaften lassen.

Als sie bemerkte, dass sie drauf und dran war, in tiefem Selbstmitleid zu versinken, beschloss sie, sich unter die Dusche zu stellen. Was immer ihr Vater glaubte – sie würde ihm beweisen, dass er sich irrte. Das war der Grund, warum sie abgehauen war. Sie musste einen Weg finden, das zu beweisen, ganz egal, was es kostete.

Zweites Kapitel

»Du willst ihn haben?«, fragte David Parker, während er den Aktenschrank in seinem Büro durchwühlte. Er war ein gut aussehender Mann, trotz der zerzausten Haare und des ausgefransten Bartes. »Den Auftrag, meine ich.«

Freddie hatte die Hände auf die Hüften gelegt und suchte sein Gesicht ab. »Wie viel?«

»Zehn Prozent.«

»Beleidige mich nicht. Zwanzig.«

»Fünfzehn.«

»Abgemacht.« Freddie streckte die Hand aus. »Gib ihn mir.«

Um Davids Mund zuckte es. »Ich nehme an, du sprichst von den Infos über die Ausgebüchste.«

»Nichts sonst.« Freddie beugte sich vor, legte die Hände flach auf den Schreibtisch und sah ihm in die Augen. »Hör zu, Parker, du tust gut daran, mir den Job zu geben, denn ich bin gut. Ich habe den schwarzen Gürtel. Auf fünfzig Schritte treffe ich mit der Sicherheit eines Scharfschützen. Ich kenne zehn Arten, einen Mann bewegungsunfähig zu halten. Du willst mich vielleicht bumsen, aber glaube nicht, dass du mich behumsen kannst.«

Irgendwas blitzte in seinen Augen auf, aber Freddie konnte nicht sagen, ob es Respekt oder Irritation war.

»Ich mag zwar ein Bastard sein, Freddie, aber ich bin kein Dummkopf. Ich würde dir nur dann einen Job anbieten, wenn ich davon überzeugt bin, dass du ihn lösen kannst. Im Gegensatz zu dem, was du vielleicht glaubst, will ich mein Geld zurück haben, das ist mir wichtiger, als dich zu bekommen.«

»Dann gib mir den Ordner.«

Er reichte ihr einen abgegriffenen Umschlag. »Sei vorsichtig. Er ist gefährlich.«

»Ich auch.«

Freddie drehte eine Pirouette auf ihren Absätzen und verließ sein Büro. Sie hasste die ständigen Mahnungen, vorsichtig zu sein, als hätte sie nicht einmal genug Erfahrung, um das zu wissen. Selbst Derek konnte kaum über einen Fall reden, ohne versteckt oder unverhohlen auf Gefahren hinzuweisen. Und er wusste besser als jeder andere Mann, wie kompetent sie war.

Sie sah auf ihre Uhr und fuhr zurück in ihr Apartment in der Sixth Street in Santa Monica. Bäume säumten den Boulevard, der direkt zum Wasser führte. Sie liebte die Lage ihres Apartments in West Los Angeles, nahe am Strand und nahe der Fußgängerzone der Third Street zwischen Wilshire und Broadway. Es gab viele Restaurants, Nachtklubs, Bars und Theater, aber leider blieb ihr wenig Zeit für diese Art Unterhaltung. Trotzdem gefiel es ihr, diese vielen Möglichkeiten zu haben.

Freddie fuhr in die Garage, aber sie nahm gerade noch den geparkten Mustang auf der anderen Straßenseite wahr. Statt den Lift in ihr Apartment zu nehmen, trat sie durchs offene Garagentor.

»Hi!« Derek überquerte die Straße.

Er trug seine normale Arbeitskluft, verschlissene Jeans und T-Shirt, und trotzdem gelang es ihm, so auszusehen, als befehligte er alles um sich herum. Er bewegte sich lässig, was fast jeden täuschte, denn in Wahrheit nahm er alles um sich herum wahr, jede Sekunde zum Sprung oder Sprint bereit. Mit seiner Körpergröße, seiner durchtrainierten Gestalt und den vollen dunklen Haaren zog er Aufmerksamkeit auf sich.

Er hatte prägnante, symmetrische Gesichtszüge, dunkelgraue Augen, die man manchmal für steinkalt halten konnte, ein kantiges Kinn und einen wunderschön geformten Mund. Kein Wunder, dass er zahlreiche Affären mit den verschiedensten Frauen hinter sich hatte. Aber seine Arroganz bezog Derek ausschließlich aus seinen Erfolgen im Job. Niemand hatte eine solche Quote wie er, und das wusste er auch.

Es war nicht das erste Mal, dass Freddie das gute Aussehen ihres Kollegen ein wenig irritierte. Sein Erscheinungsbild brachte ihm lauter Vorteile ein, während ihres eher zu einer Belastung geworden war. Sie hielt sich nicht für was Besonderes, aber die Männer, mit denen sie in ihrem Gewerbe zu tun hatte, schienen sie für Freiwild zu halten.

»Was hat es mit den Stirnfalten auf sich?«, fragte Derek, als er sie erreicht hatte.

Freddie schüttelte den Kopf. »Nichts. Ich komme gerade von David zurück. Ich habe den Auftrag angenommen.«

»Deshalb das Stirnrunzeln.«

»Nein, er gibt mir was zu tun. Was machst du eigentlich hier?«

»Ich wollte fragen, ob du mit mir essen gehst«, antwortete Derek. »Heute Abend fahre ich nach San Jose, aber den Nachmittag habe ich frei. Ich warte darauf, dass John herausfindet, was Anna seit ihrem Verschwinden mit der Kreditkarte bezahlt hat.«

»Ich kann nicht. Ich treffe mich in einer halben Stunde mit einem Informanten.« Freddie legte den Kopf schief und sah ihn an. »Nun, wer war es?«

»Wer war was?«

»Wer war die Frau, mit der du gestern Abend Sex hattest?«

»Verdammt, Freddie, du solltest Hellseherin werden und keine Kopfgeldjägerin.«

Freddie grinste. »Lass mich raten. Maggie.«

»Sie hat mir ein Steak gegrillt.«

»Du brauchst dich nicht zu verteidigen«, sagte Freddie. »Und sie auch nicht. Wie war's denn?« Sie lachte, als sie Dereks erstaunten Ausdruck sah. »Das Steak, meine ich.«

»Zart und saftig. Und das Steak war auch gut.« Jetzt war es Derek, der grinste. Er streckte die Hand aus und kraulte sie unterm Kinn. »Ich rufe dich an, wenn ich zurück bin. Halt dich aus jedem Ärger raus.«

»Du auch.«

Freddie wandte sich dem Eingang zu und blieb kurz stehen, um ihre Post zu holen. Sie konnte nicht verhindern, dass sie plötzlich ein Bild von Derek und Maggie vor sich sah. Die beiden nackten Körper wanden sich auf dem Boden. Ihr Herz schlug schneller. Ihr war der leise Stich der Eifersucht bewusst, zusammen mit der Tatsache, dass Derek sich über einen Mangel an sexueller Befriedigung nicht beklagen konnte, während Freddie schon länger hungrig auf Sex war, als sie sich erinnern wollte.

Sie verdrängte diesen Gedanken und nickte einem Nachbarn zu, ehe sie sich ins eigene Apartment einließ. Die Fensterfront im Wohnzimmer spendete viel Licht. Sie hatte die Wände in den Farben des Ozeans gestrichen, sandfarben und blau. Leichte Gardinen blähten sich in der Brise auf, die durch die offenen Fenster hereinwehte. Bücherregale säumten die Wände, aber auf den Regalen standen nicht nur Bücher, sondern auch Topfblumen und Bilderrahmen. Ihr Apartment war ihr Hafen, in den sie kaum jemanden einlud.

Freddie zog die Kämme aus den Haaren und ließ die zimtfarbene Masse auf die Schultern fallen. Seit sie Kopfgeldjägerin war, hatte sie überlegt, die Haare abzuschneiden, weil sie annahm, dass kurze Haare ihr mehr Respekt von den Kautionszahlern, Polizisten und Staatsanwälten einbringen würde. Aber das hatte sie nie übers Herz gebracht; stattdessen trug sie die Haare hoch, oder sie versteckte sie unter einer Baseballkappe. Sie setzte keine weibliche List gegen ihre Kollegen ein; nun ja, vielleicht manchmal, wenn sie unbedingt einen Auftrag haben wollte. Aber wenn es um Kontakte nach draußen ging, wandte sie alle Taktiken an, die sie kannte.

Sie zog sich um, wechselte zu Shorts und Tank Top, und ihre Füße schlüpften in Sandalen, ehe sie wieder hinausging. Sie spazierte zum Café in der Third Street, wo sie sich mit Gavin Vincent verabredet hatte, dem Ex-Freund des Mädchens, das nach Zahlung einer Kaution freigelassen wurde und dann untergetaucht war.

Die Leute, die in der Straße unterwegs waren, trugen fast alle Shorts und T-Shirts, sie schlenderten hinauf und hinab, besuchten die vielen Geschäfte und Restaurants oder ein Kino oder eine Kunstgalerie. Die Sonne brannte gnadenlos herunter, und die Hitze verband sich mit dem salzigen Aroma, das der Wind von der Bucht herüberwehte. Ziersträucher, Brunnen und Palmen säumten die Promenade. Die Musik der peruanischen Panflöten aus Bambus drang Freddie aus einer Gruppe von Straßenmusikanten entgegen.

Sie musste einige Male den fahrbaren Ständen ausweichen, die Silberschmuck und handgeblasene Glasobjekte feilboten. Als sie sich dem Café näherte, nahm sie einen jungen Mann wahr, der wie ein Surfer aussah. Er hatte eine Wuschelmähne goldblonder Locken, gebräunte Haut und Bizepse, die kaum eine Frau nicht bewundern würde. Da Freddie nicht zu ihnen gehörte, (wer mochte schon ›kaum eine Frau‹ sein) bemühte sie sich, gar nichts an ihm zu bewundern.

Auch er trug Shorts und T-Shirt, und seine Füße steckten in Sandalen, die er auf einen anderen Stuhl gelegt hatte. Eine Sonnenbrille saß auf seinen vollen Haaren.

»Mr. Vincent?« Freddie blieb neben seinem Tisch stehen.

Er schaute hoch; die Augen ließen sich Zeit, ihren Körper abzutasten. »Ja.«

Freddie streckte ihre Hand aus. »Freddie James.«

Seine Hand umschloss ihre, warm und trocken. Sein Lächeln leuchtete wie ein Halbmond in seinem gebräunten Gesicht. »Das ist eine freudige Überraschung. Nehmen Sie Platz.«

Freddie zog einen Stuhl heran, wobei ihr bewusst war, dass er sie immer noch musterte.

»Mögen Sie ein Eis?«, fragte er. »Ich habe für mich Vanille bestellt, aber sie haben noch ein Dutzend andere Geschmacksrichtungen.«

»Nein, danke. Ich möchte nur herausfinden, was Sie über Barbara wissen.«

»Ja, sie ist bescheuert.«

Freddie zeigte ein dünnes Lächeln. »Das ist nicht sehr hilfreich. Hat sie mit Ihnen Kontakt aufgenommen?«

»Ja, vielleicht dreimal.«

»Haben Sie irgendeine Ahnung, wo sie sein könnte?«

»Zuerst hat sie mir gesagt, sie wäre im Motel Six draußen in Covina. Wohin sie von da aus ist, weiß ich nicht.«

»Was hat sie Ihnen gesagt?«

»Sie wollte, dass ich ihr Geld anweise.«

»Haben Sie das getan?«

»Ein bisschen. Ich habe nichts dagegen, jemandem in der Not zu helfen.«

»Aber sie ist auf der Flucht, das wissen Sie.«

»Ja, ich weiß, dass sie neben der Spur läuft. Aber sie ist kein schlechtes Mädchen.«

Er leckte an seinem Eis. Freddie dachte, dass er nach Sand, Surf und Schweiß riechen musste. Sie schüttelte sich und stellte sich vor, wie es wäre, einen so potenten Cocktail zu inhalieren. Schade, dass nicht alle Informanten so aussahen wie er.

»Hat sie ...« Freddie mahnte sich, die Konzentration auf ihre Aufgabe zu lenken. »Hat sie Ihnen gesagt, warum sie verhaftet worden ist?«

»Ich nehme an, dass sie irgendwas gestohlen hat. Sie war so eine Art Klepto.«

»Sie hat ein paar Schecks ausgestellt, die geplatzt sind. Letzte Woche sollte ihr Gerichtstermin sein.« Freddies Augen verengten sich. »Sind Sie sicher, dass Sie sie nicht gesehen haben?«

Gavin strahlte sie an. »Wenn ja, werden Sie mich dann verhaften?«

»An Ihnen bin ich nicht interessiert. Ich bin an ihr interessiert.«

Seine Augenbrauen hoben sich ein wenig. »Wirklich? Das interessiert mich sehr, dass Sie an ihr interessiert sind.«

Freddie brachte einen leicht verächtlichen Blick zustande, obwohl gerade ein völlig unerwarteter Lustschauer durch ihren Körper rann. Sie versuchte, ihn zu unterdrücken, und redete sich ein, dass sie ihren Auftrag erledigen wollte und sich nicht davon betören ließ, dass Gavin Vincent cremiges Eis von seinem Hörnchen leckte.

»Sie haben sie gesehen, nicht wahr?«

»Ja, gut, einmal«, gestand Gavin. »Ich bin nach Covina gefahren, um ihr das Geld zu bringen. Sie sagte, sie wollte nach Las Vegas.«

»Wissen Sie, ob sie da ist?«

»Keine Ahnung. Seit Covina habe ich sie nicht mehr gesehen.«

»Was will sie denn in Las Vegas?«, fragte Freddie und starrte in diesem Moment auf seine Zunge. Sie wand sich um das Eis, als hätte sie ein eigenes Leben.

»Ich weiß es nicht.« Gavins Lippen schlossen sich um die Spitze. »Ich schätze, dass sie versucht, einen Job als Cocktail-Kellnerin zu landen. Sie hat nicht das, was man braucht, um sich als Showgirl durchzusetzen.« Er sah sie wieder an. »Im Gegensatz zu Ihnen.«

Freddie fühlte seinen Blick wie heiße Glut. Sie räusperte

sich und wandte den Blick ab. »Showgirl zu werden war nie mein Ehrgeiz.«

»War es denn Ihr Ehrgeiz, Kopfgeldjägerin zu werden?«

»Kautionsvollzugsagentin«, korrigierte sie.

»Oh, tut mir leid.« Gavin grinste sie an, die Lippen nass vom Eis. »Wie konnte aus einem Mädchen wie Ihnen eine Kopf... eh, eine Kautionsvollzugsagentin werden?«

Es war nicht das erste Mal, dass man Freddie diese Frage stellte. Sie rang kurz mit sich, ob sie Gavin die ganze Geschichte erzählen sollte oder nicht, aber dann dachte sie, es könnte nichts schaden. Sie hatte noch nie versucht, ihre Vergangenheit geheim zu halten, hauptsächlich deshalb, weil es nicht viel zu verbergen gab.

»Nun, mein Vater hat mal wegen bewaffneten Raubs gesessen«, begann sie. »Er hat immer am Rand der Legalität gelebt, und für mich stand fest, dass ich nie so sein würde. Nach dem College habe ich mich mit Gelegenheitsjobs durchgeschlagen. Vor ein paar Jahren arbeitete ich als Sicherheitskraft am LACMA. Kunstobjekte zu bewachen ist nicht gerade aufregend, deshalb bewarb ich mich auf der Polizei-Akademie. Von einem anderen Bewerber hörte ich von denen, die ihre Kaution platzen lassen, und ich dachte, das hört sich spannend an. Die Polizei hat keine Zeit, den geflohenen Untersuchungshäftlingen nachzulaufen, aber die Büros, die das Geld für die Kaution gestellt haben, wollen ihre Scheine zurück haben. Ich nahm einige Kurse, machte bei ein paar Fällen mit und stieß leider auf einen Partner, der keine Lust hatte, mit mir zu arbeiten.«

»Jemand hatte keine Lust, Ihr Partner zu sein? Das war aber bestimmt kein Mann.«

Freddie hätte fast gelächelt. »Derek ist ganz Mann. Er ist einer der besten Agenten im Gewerbe. Ich habe mich wie eine Klette an ihn geklammert. Nun, und dann habe ich ihm einen Auftrag gestohlen. Das hat er mir bis heute nicht verziehen.

Ich fing gerade erst an und traf einen Kautionszahler, der Derek diesen Fall schon übertragen hatte. Dann gab er mir den Fall.«

»Warum denn das?«

»Ich habe Süßholz geraspelt«, gab Freddie zu. Sie war nicht sehr stolz darauf, aber sie hatte schnell gelernt, dass Agenten und *bondsmen* auch dann nur geringen Respekt zeigten, wenn sie einen geflohenen Häftling nach dem anderen zurückbrachte. Süßholz zu raspeln war erfolgreicher.

»Ich sagte, ich würde es für weniger Geld machen, als Derek verlangte. Ich brauchte das Geld, aber noch dringender brauchte ich die Erfahrung. Ich brachte den Ausreißer zwei Tage später zurück. Derek war nur widerwillig beeindruckt. Ich wusste, ich sollte von ihm lernen, deshalb strengte ich mich an, eine Zeitlang seine Partnerin zu sein.«

»Das hat ihm wohl nicht gefallen.«

»Nein. Er wollte mit mir nichts zu tun haben. Er wollte mich abschütteln wie eine lästige Fliege, aber weil ich den Fall kannte, tauchte ich überall auf, wo er war. Schließlich gab er seinen Widerstand auf, und dann lernte ich in ein paar Monaten mehr, als ich allein nicht in einem Jahr gelernt hätte.«

»Gut für Sie.« Gavin steckte den Rest des Hörnchens in den Mund und zerbrach es zwischen den Zähnen. »Ehrlich, dieser Derek hört sich wie ein Arsch an. Wenn Sie sich wie eine Klette an mich hängen wollten, würde ich Sie bestimmt nicht abschütteln.«

Er betrachtete sie wieder mit einem fröhlichen Grinsen. Ein schockierendes Bild drängte sich in Freddies Gedanken; sie sah sich mit gespreizten Schenkeln auf seinem gestreckten Körper reiten.

Sie hatte die Beine übereinandergeschlagen und öffnete sie jetzt. Der Stoff ihrer Shorts klebte an den Innenseiten und verriet ihr, dass ihr nicht nur von der Sonne so warm geworden war. Wenn Gavin noch ein Eisbällchen nehmen würde und es wieder so anzüglich lutschte, würde sie wahrscheinlich zur Pfütze schmelzen.

»Wenn Sie von Barbara hören«, sagte sie, »würde ich mich über Ihren Anruf freuen.«

»Ich kenne Ihre Telefonnummer nicht.«

Freddie nahm eine Visitenkarte aus der Tasche und schob sie über den Tisch. Sie erhob sich. »Sie können mich auch über E-Mail erreichen.«

»Ich rufe lieber an. Erhalte ich eine Belohnung, wenn ich Barbara zurückbringe?«

»Die Belohnung ist ein reines Gewissen.«

Gavin verdrehte die Augen. »Sind Sie immer so eine brave Pfadfindernatur gewesen?«

»Nun, ich bleibe lieber auf der rechten Seite des Gesetzes.«

»Ach, Freddie. Ein böses Mädchen hat doch mehr Spaß als eine Pfadfinderin.«

»Keine Ahnung.«

»Soll ich es Ihnen zeigen?«

Himmel, dachte Freddie, während ihr ganzer Körper erschauerte. Ihre Reaktion auf ihn ließ den Verdacht aufkommen, dass sie seit Monaten keinen Sex mehr gehabt hatte. Sie überlegte kurz.

Ja, es stimmte tatsächlich. Seit acht Monaten hatte sie abstinent gelebt, sogar seit achteinhalb Monaten, wenn sie die letzte Begegnung mit ihrem Ex-Freund nicht mitzählte. Derek hatte ihr von Anfang an gesagt, dass der Kerl nicht taugte, und er hatte Recht gehabt. Deshalb war der Zusammenbruch ihrer Beziehung umso schwerer zu ertragen gewesen.

Sie schüttelte den Kopf, als müsste sie ihre Gedanken lüften. »Ein böses Mädchen zu sein, wie Sie es nennen, ist mir nicht gegeben.«

»Also, das ist wirklich schade«, sagte Gavin und musterte sie wieder von oben bis unten.

Seine heißen Blicke blieben auf ihren Brüsten haften. Zu ihrer Verlegenheit verhärteten sich die Nippel, als hätte er sie berührt. Sie verschränkte die Arme vor der Brust.

Nun, es wäre kein Fehltritt, räsonierte sie. Gavin war kein *bondsman,* kein Cop, keiner aus ihrem Gewerbe. Sie brauchte ihn nicht zu überzeugen, dass sie für seine Schmeicheleien nicht zu haben war. Und niemand würde es jemals erfahren. Okay, sie wusste, dass sie es irgendwann einmal Derek gestehen würde, aber er konnte ein Geheimnis für sich behalten.

»Ich muss zurück an die Arbeit«, sagte sie.

»Okay, wir sehen uns.«

Gavin entfaltete sich aus seinem Stuhl und stand auf. Er setzte seine Sonnenbrille auf und ging in die andere Richtung. Freddie schaute ihm nach, ihr Blick auf den nackten Beinen, behaart und voller Muskeln. Himmel, er war verführerisch.

»He, Vincent«, rief sie.

Er drehte sich um.

»Surfen Sie?«, fragte sie, bevor sie Zeit hatte, noch einmal darüber nachzudenken.

»Nein, noch nie.«

»Wollen Sie es lernen?«

»Kommt darauf an, wer es mir beibringt.«

»Und wenn ich das wäre?«

Gavin starrte sie an. »Im Ernst?«

»Ja, ich habe ein Brett und einen Anzug.«

»Okay. Wann?«

»Nächsten Samstag. Morgens um sechs. Wir treffen uns am Santa Monica Pier.«

Gavin schüttelte den Kopf, dann breitete sich ein Grinsen über das ganze Gesicht aus. »Sie sind immer für eine Überraschung gut, was?«

»Ja, das hat man mir schon gesagt.«

»Dann bis Samstagmorgen.« Gavin hob zum Abschied eine Hand und setzte seinen Weg fort.

Freddie ging zurück in ihr Apartment, erfüllt von einer angenehmen Mischung aus Vorfreude und Nervosität. Sich mit einem Informanten einzulassen war kein Vergehen, aber vom ethischen Standpunkt war es nicht ganz sauber. Nun, zunächst war es nur eine Verabredung zum Surfen, und das hatte nichts mit ›Einlassen‹ zu tun. Ganz egal, was geschah, Freddie musste darauf achten, dass sie die Oberhand behielt.

Die Luft war stickig vor Testosteron, und es roch nach Alkohol. *Substitute* von The Who dröhnte aus der Jukebox. Zuckende Neonlichter über der Bar warben für ein Bier. Einige Gäste, meistens Männer, saßen auf Barhockern oder hatten sich mit ihren Drinks in Plastiknischen zurückgezogen.

Anna beugte sich über den Billardtisch und richtete den Queue auf die Kugel. Sie zog den Stock zurück, dann schoss er vor und versenkte die Kugel in die Seitentasche. Zufrieden richtete sie sich auf und sah den Mann an, der auf der anderen Seite des Tisches stand.

»Ordentlich«, sagte er.

Anna bereitete sich auf den nächsten Stoß vor, aber diese Kugel ging daneben. Sie rieb den Queue mit Kreide ein, während ihr Gegner sich die nächste Kugel vornahm.

Sie betrachtete ihn mit Wohlgefallen. Er war von der Sorte Mann, die sie liebte; ein muskulöser Arbeiter, der im Hafen von Los Angeles Fracht lud und entlud. Er hieß Ben, und er trug zerrissene und verwitterte Jeans, dazu ein blaues T-Shirt. Er hatte einen Drei-Tage-Bart, und seine Bizepse beulten die kurzen Ärmel des T-Shirts aus. Er roch nach Schweiß und Schmiermittel. Er schwang den Queue wie einen Ast.

Er versenkte die falsche Kugel in eine Ecktasche. Anna hob eine Augenbraue.

»Kein Meisterstück, was?«

Ben grinste sie an, was ihren Verdacht verstärkte, dass er sie absichtlich hatte gewinnen lassen. »Ich schätze, ich bin dir was schuldig, was?«

»Wir haben nicht gewettet.«

»Hätten wir aber tun sollen.«

Anna stellte ihren Billardstock zurück ins Regal an der Wand. Obwohl sie gern gewann, gefiel es ihr nicht, dass Ben das Spiel auf diese Weise abgegeben hatte.

»Um was hätten wir denn gewettet?«, fragte sie.

»Du hast gewonnen, deshalb kannst du das festlegen.«

»Es macht keinen Spaß zu wetten, wenn man das Ergebnis schon kennt.«

»Ja, gut, dann lass dir eine andere Wette einfallen.«

»Ich wette, dass ich mit der Zunge einen Knoten in einen Kirschstängel binden kann.«

»Ach, dieser alte Bartrick.«

»Hast du ihn schon mal gesehen?«

Ben grinste. »Noch nie. Und ich wette, dass du es nicht schaffst.«

»Ich wette, dass ich es kann.«

»Wenn du es kannst, kriegst du einen Kuss von mir.«

»Und wenn ich es nicht kann?«

»Kriege ich einen Kuss von dir.«

»Auf diese Weise gewinnst du immer.«

»Ja, das ist die Idee, die dahintersteckt.«

»Nun«, sagte Anna, »ich habe eine Schwäche für Ehrlichkeit.«

Sie ging zur Theke und bat um eine Maraschinokirsche. Sie kam zum Billardtisch zurück, biss die Kirsche ab und zerlegte sie mit den Zähnen. Eine kleine Menge hatte sich um den Tisch versammelt, nachdem sich ihr angebliches Talent herumgesprochen hatte. Anna hielt Ben den Kirschstängel hin.

»Willst du ihn überprüfen?«

»Ich traue dir.«

Anna steckte den Stängel in den Mund und kaute darauf herum, bis er weicher geworden war, dann begann die Arbeit der Zunge. Sie faltete den Stängel in der Hälfte, schlug die Enden übereinander, hielt sie zwischen den Zähnen fest und schob ein Ende mit der Zunge durch die Schlinge. Sie zog den Stängel zurück, um den Knoten festzuzurren, dann öffnete sie den Mund und streckte die Zunge heraus. Der verknotete Kirschstängel lag auf der Zungenspitze.

Die Zuschauer gluckstten und applaudierten. Ein Mann klopfte Ben auf die Schulter und erklärte ihn für einen glücklichen Mann. Ben ging auf Anna zu, den Blick auf ihre Zunge gerichtet.

»Ich muss erst sehen, ob es wirklich ein Knoten ist«, sagte er.

»Okay, sieh nach.«

Er pflückte den Stängel von der Zunge und hielt ihn gegen das Licht. »Ich werde wahnsinnig«, sagte er. »Wo hast du das denn gelernt?«

»Nirgendwo. Ich habe es oft geübt, wenn ich allein zu Hause war.« Anna fuhr sich mit dem Daumen über die Unterlippe. »Außerdem habe ich eine begabte Zunge.«

»Das kann man ruhig laut sagen. Nun, die Wette hast du gewonnen.« Er tat noch einen Schritt auf sie zu.

»Ja, das sehe ich auch so.« Anna trat ein paar Schritte zurück.

Sein Mund gefiel ihr. Seine Lippen sahen trocken aus, rissig von Sonne und Wind. Seine Haut war tief gebräunt. Sie mochte seine blauen Augen, den dicken Hals und seine muskulösen Arme. Ja, sie mochte alles an ihm.

Seine großen Hände legten sich um ihre Taille. Anna fühlte, dass ihr Po gegen einen anderen Billardtisch stieß. Bens Beine und seine Hüften drängten sie dagegen. Er beugte den Kopf, und Anna stellte sich auf einen harten Kuss ein, aber seine Lippen schmiegten sich überraschend zart um ihren Mund. Anna hätte am liebsten laut gestöhnt, weil sie ihn gleichzeitig spürte und schmeckte. Seine Stoppeln kratzten ihre Haut. Er schmeckte nach Salz und dunklem Lagerbier. Seine Hände griffen kräftiger zu, die Finger gruben sich in ihre Backen, und seine Zunge wühlte sich in ihren Mund.

Jetzt stöhnte sie; ihr Mund öffnete sich gegen seinen, und selig schloss sie die Augen. Sie ließ die Hände über seine Arme gleiten, und ihre Finger spürten die Sehnen auf, die sich wie Stricke unter der Haut abzeichneten. Sein Gürtel presste gegen die nackte Haut ihres Bauches. Ihre Brüste wurden gegen seinen beeindruckenden Brustkorb gequetscht.

Sein Knie zwängte sich zwischen ihre Beine, bis er seinen Schenkel gegen ihr Delta reiben konnte. Anna musste den überwältigenden Drang bekämpfen, nicht gegen ihn zu mahlen, um den wachsenden Schmerz in der Mitte ihres Körpers zu lindern. Sie stellte sich vor, dass er bumste, wie er sich anfühlte – hart und rau. Bei diesem Gedanken rauschte das Blut schneller durch ihre Adern.

Bens Mund küsste ihre Wange und wanderte zum Ohr. Sie hörte seinen raspelnden Atem, als er das Ohrläppchen zwischen die Zähne nahm.

»Wohin sollen wir gehen?«, zischte er.

Anna erschauerte. »Zu dir.«

»Dann komm.« Seine Finger legten sich wie Handschellen um ihr Gelenk, als er sie zur Tür führte.

Anna interessierte sich nicht für die Blicke der anderen Gäste, als sie ihre Tasche an sich nahm und Ben zum Parkplatz folgte. Sie stieg in ihr Auto ein und wartete, bis er einen verbeulten Ford Pick-up auf die Straße fuhr. Es ging in Richtung San Pedro Bay, wo er vor einem quadratischen, mit Schindeln verkleideten Bungalow anhielt.

Anna stieg aus, angetan von dem kleinen, schmucken

Haus, das offenbar diesem wuchtigen Kerl gehörte. Über den löchrigen Rasen folgte sie Ben zur Haustür. Er schloss auf und trat beiseite, damit sie eintreten konnte. Das Innere war wenig spektakulär; es gab eine kleine Küche, im Wohnzimmer stand ein Sofa, und eine Tür führte ins Schlafzimmer.

Ohne ein Wort packte Ben sie von hinten an den Hüften und presste sie gegen sich. Seine Erektion stieß gegen ihre Backen, und sie schüttelte sich in der Erwartung der nächsten Dinge. Seine Hand glitt unter ihr T-Shirt. Mit einer flüssigen Bewegung öffnete Ben ihren BH – mit einer Hand! Sie war beeindruckt. Er drückte die Brüste in seinen fleischigen Händen und drehte die Nippel zwischen seinen Fingern. Seinen Mund drücke er schmatzend auf ihren Nacken.

Anna ließ einen Lustseufzer heraus. Das Zentrum ihres Körpers fühlte sich an, als wäre es dabei zu schmelzen. Ihr Geschlecht pulsierte mit immer stärker werdender Hitze, und ihr Atem kam in schnelleren Stößen. Bens Hände machten sich am Reißverschluss ihrer Jeans zu schaffen. Er schob sie an den Beinen entlang, dann stieß er eine Hand in ihr fast durchsichtiges Höschen. Anna stöhnte laut, als er den Eingang zu ihrer nassen Pussy gefunden hatte; einen Finger schob er in sie hinein, während der Daumen um ihre Klitoris kreiste.

»Heiß.« Dieses Wort, tief und kehlig gesprochen, kratzte an ihrem Hals. »Ich wusste, dass du heiß bist.«

Seine Hände strichen über ihre Hüften, während er sie ins Schlafzimmer führte. Das Bett war nicht gemacht; weiße Laken lagen herum wie verschüttete Schlagsahne.

Anna drehte sich um und griff an seinen Gürtel. Sie öffnete ihn, einen Streifen aus weichem Leder, das die Farbe von mattem Kupfer hatte. Ihre Finger zitterten, als sie seine Jeans auszog und den beeindruckend großen Penis bloßlegte. Ben zog sein T-Shirt über den Kopf und stand nackt vor ihr.

Sie saß auf dem Bett und starrte auf seine kräftige Gestalt, straffe Haut und schwellende Muskeln. Eine Matte dunkler

Haare bedeckte seinen Brustkorb, und eine dünne Haarlinie zeigte wie ein Pfeil vom Nabel auf das krause Nest zwischen seinen Schenkeln. Ein verworrenes Tattoo mit lauter Schlangen, die sich um einen Rosenstrauch wanden, verzierten Bizeps und Schulter. Annas Herz pochte vor Aufregung, als sie sich vorstellte, jeden Zentimeter seines Körpers mit Händen und Mund erforschen zu können.

Sie begann damit, dass sie den dicken Schaft in die Faust nahm und in ihren Mund zog. Er schmeckte salzig und beißend auf ihrer Zunge, und seine Hodenbälle fühlten sich schwer in ihrer Hand an. Sie leckte am Stamm entlang und genoss die glatte, von Adern durchzogene Haut. Sie fühlte, wie sich sein Körper spannte. Er griff in ihre Haare, sie aber nahm den Kopf zurück und blickte zu ihm hoch.

»Zieh dein T-Shirt aus«, befahl er grob.

Anna schlüpfte aus dem Hemd und zog auch gleich ihren BH aus. Seine schwieligen Hände glitten über ihren Körper. Sie rutschte ans Kopfende des Betts und spreizte einladend ihre Schenkel. Er ließ sich über ihr nieder, sein Körper eine köstliche Last auf ihr. Sie liebte es, wie Männer wie er sie komplett bedeckten. Es fühlte sich so an, als wäre man in einer kalten Winternacht in unzählige Lagen gehüllt.

Ben glitt mit einer Hand unter eine Backe und spreizte Anna viel weiter, bevor er sich vor ihrer Öffnung positionierte. Zuerst neckte er sie und rieb die Spitze seines Penis über die glänzenden Falten, ehe er in sie eindrang.

Anna stöhnte und schlang die Beine um seine Hüften, während er sie langsam füllte. Die Reibung begann das Feuer zu entfachen, und Bens zunehmend ungeduldige Stöße trieben ihre eigene Erregung voran. Sie klammerte sich an seinen Rücken und presste die Finger in seine Schultern. Ben grabschte ihre Brüste und zog fast schmerzlich an ihren Warzen. Bevor sie es begriff, packte er sie an den Hüften und wälzte sie im Bett herum, sodass er nun unter ihr lag.

Anna keuchte, ihre Schenkel schlossen sich enger zusammen, während sie über ihm grätschte und die Hände auf seinem Brustkorb abstützte. In dieser Stellung füllte er sie so komplett aus, dass sie das Pochen seines Schafts im Einklang mit ihrem Puls spürte. Schweiß rann in ihren Nacken und zwischen ihre Brüste. Sie hob die Hüften an und ließ sich wieder fallen und spannte die inneren Muskeln um seinen Schaft. Ihr Po kreiste in rhythmischen Bewegungen.

Ben schien sie überall zu berühren, seine Hände rau auf ihren Schultern, auf den Hüften und auf dem verschwitzten Rücken, dann auf den runden Backen.

Anna beschleunigte das Tempo ihres Ritts. Sie lehnte sich über ihn, damit er ihre Brüste in den Mund nehmen konnte. Er saugte hart und löste elektrisierende Sensationen aus, die ihre Nerven bis in die Zehenspitzen hinein entzündeten. Anna verlor die Kontrolle über sich selbst und kam mit einer Gewalt, die sich wie eine Explosion anfühlte.

Mit einem knurrenden Laut warf Ben sie wieder herum, schob ihre Beine weit auseinander und trieb noch einige Male tief in sie hinein. Anna schrie vor Lust auf, als Ben sich schließlich aus ihr zurückzog und sich mit einem lauten Grunzen über Annas Bauch ergoss. Er keuchte schwer und fiel neben ihr aufs Bett. Die Luft füllte sich mit ihrem heftigen Atem an und mit dem Geruch von Schweiß und Samen.

»Ah, gut«, ächzte Ben. »Deine Zunge ist nicht dein einziges Talent.«

Anna rollte sich auf die Seite und folgte der Linie seines Tattoos mit den Fingern. Sie streichelte mit dem Handrücken über Arme und Brustkorb. Seine Muskeln fühlten sich unter der Haut wie weiche Steine an. Bevor sie mit der Erforschung seines Körpers gerade mal die Hälfte geschafft hatte, zeigte ein leises Schnarchen an, dass Ben eingeschlafen war.

Anna lächelte. Es war ein vorhersehbares Muster bei ihren Männern, und sie hatte nichts dagegen. Sie hatte noch nie auf

Gespräche nach dem Sex Wert gelegt, und schlafende Männer gaben ihr die Möglichkeit, sie ausgiebig zu betrachten. Sie sah ihnen in diesen ungeschützten Momenten gern zu, und sie liebte es, ihrem Schlafrhythmus zu lauschen und die subtilen Zuckungen ihrer Körper zu erleben.

Sie waren unkompliziert, diese Männer, die hart arbeiten mussten und keine Spielchen trieben, wenn es um Sex ging. Sie schätzten, was immer sie bereit war, ihnen zu geben, und sie gingen behutsam mit ihr um. Sie stellten nicht endlose Fragen, denn sie waren nicht an ihrem Leben interessiert.

Ihr Vater und ihre Stiefmutter stellten sich ganz andere Männer vor, von denen sie einen mal heiraten sollte: glatt und geschniegelt, Krawattenträger, Designeranzüge und professionelle Maniküre. Ein Mann wie Ben wusste wahrscheinlich gar nicht, was Maniküre war.

Anna griff an die Bettseite und schnappte sich Bens T-Shirt, das auf dem Boden lag. Sie streifte es über den Kopf und ging hinaus in die Küche. Zuerst überprüfte sie den Inhalt des Kühlschranks. Sie würde weg sein, ehe er aufwachte, das war immer so. Und beide fragten sich, ob sie sich mal wieder sehen würden.

Drittes Kapitel

»Sie treibt sich gern in düsteren Kaschemmen herum.« Richard Maxwells Haare hatten die Farbe von dunklem Stahl, und sein Blick war auch stählern.

Dereks Kuli hetzte über seinen Notizblock, während er den anderen Mann fragend ansah.

»Kaschemmen?«

»Ja.« Richard machte eine wegwerfende Handbewegung; Ausdruck seiner Verachtung. »Sie hängt gern mit der Unterschicht ab. Wenn Sie die schäbigste Gegend der Stadt finden, dann finden Sie auch meine Tochter.«

»Woher wissen Sie das?«, fragte Derek.

»Sie kommt auf ihre Mutter«, antwortete Richard.

»Und das heißt was?«

»Ihre Mutter war Kellnerin in einem Schnellimbiss. Sie wuchs in einem Wohnwagenpark auf. Sie hätte vielleicht ihren eigenen Weg gefunden, wenn sie das College abgeschlossen hätte, aber sie hat das College geschmissen und wurde Stripperin.«

»Und wie haben Sie sie kennen gelernt?«

Richard Augen wurden noch kälter. »Was hat das mit der Suche nach meiner Tochter zu tun?«

»Sie könnte da sein, wo ihre Mutter ist.«

»Wenn das der Fall ist, Mr. Rowland, können Sie gleich zum Friedhof fahren. Annas Mutter ist tot.«

»Wann ist sie gestorben?«

»Vor Jahren schon. Anna hat es nie verwunden, dass ich wieder geheiratet habe.« Richard rieb sich mit einer Hand über die Stirn und stieß einen Seufzer aus. »Hören Sie, es gibt nicht viel, was ich für Sie tun kann. Anna lebt schon eine Weile für sich allein. Ich habe keine Ahnung, wo sie sein könnte.«

»Und doch hat sie in einer Filiale Ihres Unternehmens in LA gearbeitet.«

»Ich wollte ihr eine letzte Chance geben, auf eigenen Füßen zu stehen. Aber das hat nicht funktioniert. Nach der Verhaftung habe ich jeden Kontakt zu ihr abgebrochen.«

»Deshalb möchte ich auch gern mit ihrer Schwester und ihrer Stiefmutter reden.«

»Ich fürchte, das wird nicht möglich sein. Keiner von ihnen hat Kontakt mit ihr gehabt.«

»Trotzdem, ich möchte ...«

»Unmöglich, Mr. Rowland«, unterbrach Maxwell ihn.

Derek zog eine Visitenkarte aus seiner Tasche und schob sie über den Schreibtisch. »Ich würde Ihren Anruf schätzen, wenn Sie von Anna gehört haben. Nach meiner Erfahrung wenden sich die meisten Menschen auf der Flucht zu irgendeinem Zeitpunkt an einen Familienangehörigen.«

»Anna ist nicht mit den meisten Menschen zu vergleichen.«

»Ja, das haben Sie mir deutlich gemacht.« Derek stand auf und streckte seine Hand aus. »Danke für Ihre Zeit.«

Er ging hinaus zu seinem Auto. Es gab noch keine Nachricht über Annas Kontobewegung oder über die Einsätze ihrer Kreditkarten. Es gab auch keinen Anhaltspunkt, dass sie ihre Wohnung aufgegeben hatte, obwohl der Verwalter sagte, dass er sie seit einigen Wochen nicht mehr gesehen hätte. Derek beschloss, zurück nach LA zu fahren und mit den Leuten zu sprechen, die sie kannten.

Er wollte gerade den Motor starten, als es an seine Scheibe klopfte. Eine junge Frau stand draußen. Derek rollte die Scheibe nach unten. Die Frau bückte sich in die Öffnung.

»Ich bin Erin Maxwell«, sagte sie. »Annas Schwester. Ich habe mitgehört, was Sie mit unserem Vater besprochen haben.«

Derek stellte den Motor ab. Er stieg aus dem Auto und stellte sich vor. »Ich hoffe, Anna bald zu finden«, sagte er. »Sie hat sich schon genug Ärger eingehandelt.«

»Das ist die Story ihres Lebens«, sagte Erin. Sie hob eine Hand, um die Augen zu beschatten und ihn genau anzusehen. Sie war eine zierliche junge Frau mit hellbraunen Haaren und elfenhaften Gesichtszügen. Da war keine große Ähnlichkeit mit Anna, aber trotzdem sah man ihnen an, dass sie Schwestern waren. »Ich kann Ihnen die Namen von einigen Stellen nennen, die Anna oft besucht.«

»Warum wollen Sie das tun?«

»Ich habe bei der Kaution als Bürge unterschrieben«, erklärte Erin. »Wenn sie also nicht vor Gericht erscheint, hält sich der Kautionsagent an mich.«

»Warum haben Sie nicht einfach die Kaution für sie bezahlt?«

»Weil ich so viel Geld nicht habe. Ich habe erst mit fünfundzwanzig Zugang zu meinen Fonds.«

»Und wie alt sind Sie jetzt?«

»Zweiundzwanzig.«

»Hat Anna auch solche Fonds?«, fragte Derek.

Erin schüttelte den Kopf. »Anna ist von unserem Vater quasi enterbt worden, Mr. Rowland. Er hat sie immer für eine Tochter gehalten, die seinen Namen beschmutzt. Deshalb verdächtigt er sie auch, ihn bestohlen zu haben.«

»Sie glauben nicht, dass sie es war?« Derek rechnete damit, dass sie ihre Schwester vehement verteidigen würde, deshalb war er überrascht, als sie die Schultern hob.

»Ich weiß es nicht«, sagte Erin. »Es ist möglich. Anna ist kein Engel, und sie hat Grips. Sie würde herausfinden, wie sie an die Konten der Firma gelangt.«

»Warum haben Sie dann für die Kaution gebürgt?«

»Sie ist meine Schwester.«

»Weiß Ihr Vater, was Sie getan haben?«

»Nein«, gab Erin zu. »Das ist auch ein Grund, warum ich Ihnen helfen will. Wenn mein Vater es herausfindet, wird er mich vermutlich auch enterben. Und ich will den Zugang zu diesen Fonds nicht verlieren.«

»Wie ist denn die Beziehung zu Ihrem Vater?«

»Mein Vater hat sich verändert, seit er wieder geheiratet hat«, sagte Erin. »Ich liebe ihn, aber er ist ein anderer Mann geworden. Der Vater, den ich kannte, hätte Anna nie auf diese Weise im Stich gelassen.«

»Aber Sie haben den Kontakt mit ihr gehalten?«

»Meist durch E-Mails oder gelegentliche Anrufe. Sie hat mich angerufen, als sie verhaftet wurde. Ich schätze, sie hält sich noch irgendwo in LA auf.«

»Wieso glauben Sie das?«

»Hier kennt sie sich aus. Im Laufe der Jahre habe ich sie einige Male besucht. Daher weiß ich auch, wo sie am liebsten abhängt.« Erin grinste. »Glauben Sie mir, Bibliotheken stehen nicht auf der Liste.«

»Erin!«

Eine Frauenstimme aus der Richtung des Hauses. Derek und Erin sahen einer großen blonden eleganten Frau entgegen, die in der Haustür stand.

»Zeit, ins Haus zu kommen, Erin«, sagte die Frau.

Erin bedachte Derek mit einem resignierten Blick. »Meine Stiefmutter Cassandra.«

»Glauben Sie, dass sie mit mir spricht?«

»Das bezweifle ich. Sie und Anna standen ewig auf Kriegsfuß. Cassandra wird nicht wissen, wo Anna sich aufhält, und es ist ihr auch egal.«

»Können wir uns später treffen? Ich möchte wissen, was Sie wissen.«

»Klar. Auf der Market Street gibt es einen Coffee Shop. Brew Job. Da kann ich Sie um neun Uhr treffen.«

»Gut. Danke.«

Erin nickte und ging zum Haus zurück. Sie schlüpfte an ihrer Stiefmutter vorbei. Derek stieg wieder in sein Auto, aber dann näherte sich die blonde Frau. Sie schritt wie eine Frau, die das gelernt hatte; die Haltung kerzengerade, den Kopf hoch gehoben, und jeder Schritt abgemessen.

»Mr. Rowland, ich bin Cassandra Maxwell.« Sie blieb neben seinem Auto stehen, die Hände auf den Hüften. Ihre Stimme klang kehlig und so glatt wie guter Whisky. »Ich weiß, dass Sie Anna suchen, aber ich möchte doch bitten, dass Sie den Rest der Familie damit verschonen.«

»Nach meiner Erfahrung, Mrs. Maxwell, sind die meisten Familienmitglieder bereit zu helfen, wenn einer mit dem Gesetz in Konflikt geraten ist.«

»Wir haben geholfen«, gab Cassandra zurück. »Mein Mann hat der Polizei gesagt, wo sie Anna finden kann, damit sie verhaftet werden konnte. Das war doch schon eine Hilfe. Sie sehen, wir haben unsere Pflicht getan.«

»Sie können mehr tun, indem Sie mir helfen, sie zu finden.«

»Ich will nicht mehr tun«, sagte Mrs. Maxwell. »Anna ist eine Erpresserin und eine Betrügerin. Sie hat es verdient, im Gefängnis zu sitzen.«

»Aber sie wird nicht im Gefängnis sitzen, wenn ich sie nicht finde.«

»Das ist Ihr Problem.«

»Ihnen ist egal, was mit ihr geschieht?«, fragte Derek.

»Natürlich. Wir haben Anna viele Chancen gegeben. Sie hat unserer Familie nichts als Schande gebracht.«

»Wollen Sie, dass sie dafür bezahlt?«

»Das wird Sie, Mr. Rowland«, sagte Cassandra, »auf die eine oder andere Weise.«

Derek musterte sie. Ihre Haut war makellos unter Make-up verborgen, und sie trug das Haar hochgesteckt. Nicht eine Strähne hatte sich gelöst. Sie trug eine einfache Perlenkette und ein grünes Kleid, das sich um ihre geschwungenen Kurven schmiegte. Derek hatte Frauen wie sie kennen gelernt – poliert und kühl wie eine Marmorstatue. Er hatte eine Ahnung, was aus solchen Frauen wurde, wenn die Fassade zu bröckeln begann.

Er zog eine weitere Karte aus der Tasche und hielt sie ihr hin. »Trotzdem, wenn Sie von ihr hören, würde ich mich über Ihren Anruf freuen.«

Cassandra Maxwell krümmte keinen Finger, um die Karte an sich zu nehmen. Derek langte aus dem Fenster und packte ihr Gelenk. Sie hatte lange Finger, makellos manikürt und einige mit Gold- und Diamantringen geschmückt. Derek fuhr absichtlich mit den Fingern über ihre Handfläche, ehe er ihr die Karte in die Hand drückte.

»Nur für den Fall«, sagte er.

Sie reagierte nicht, aber ihre Finger schlossen sich um die Karte. »Guten Tag, Mr. Rowland.«

»Guten Tag, Cassandra.«

Er setzte aus der Einfahrt zurück und wusste, dass sie ihm nachschaute.

Derek verbrachte die nächsten Tage in einem halben Dutzend schäbiger Kneipen und Nachtklubs. Erin Maxwell hatte ihm die Lokalitäten genannt, zu denen Anna sie mitgeschleppt hatte, sowohl in LA wie in San Pedro. Es waren tatsächlich nicht die gehobenen Klubs, in denen man eine Frau ihrer Abstammung erwarten konnte. Derek befragte ein paar Leute und zeigte Kellnern und einigen der Gäste das Bild, das von Anna bei der Verhaftung geschossen worden war.

Einen Tipp erhielt er von einem Cop in einer Bar in San Pedro: The Cave. Die Bar befand sich auf einer Kreuzung, direkt neben einer Tankstelle und einem Striplokal. Neonlichter zuckten im Fenster, und das Innere war schäbig und dunkel. Die Gäste waren meist Arbeiter in Blaumännern, und Derek fragte sich, welchen Reiz Anna von ihnen bezog.

»Ja, die habe ich hier schon gesehen«, sagte der Mann. »Jetzt ist sie aber blond. Sie kann diesen Trick mit der Zunge.«

»Mit der Zunge?«

»Ja. Sie knüpft mit der Zunge einen Knoten in einen Kirschstängel. So was habe ich noch nie gesehen, aber sie beherrscht es.«

»War sie kürzlich hier?«

»Ich habe sie zuletzt vor ein paar Tagen hier gesehen. Vielleicht am Dienstag. Sie spielt gut Billard.«

»Danke.«

Endlich eine solide Information. Derek kehrte zufrieden zum Redondo Beach zurück. Ihn überraschte es nicht, dass Anna sich auch jetzt noch an ihre Lieblingsbars hielt. Die meisten Menschen auf der Flucht klammerten sich an was Vertrautes.

»Derek, bist du heute Abend beschäftigt?« Maggie stand am Ende des Docks. Sie trug einen Badeanzug in Pink und Orange und sah wie ein köstlicher Lutscher aus.

»Ja, tut mir leid.« Derek zog seinen Koffer an Deck und fühlte ein echtes Bedauern, dass er keine Zeit hatte, einige Male am Lutscher zu lecken. »Du weißt schon, der Job ...«

»Auch nicht für ein paar Stunden?«

Die verführerische Stimme hätte ihn fast ins Wanken gebracht. »Nein, ich muss wirklich arbeiten. Aber bald ...«

Er winkte ihr flüchtig zu und verschwand auf seinem Boot, bevor er ihr die Chance gab, ihn doch noch umzustimmen. Er hatte gerade die Kabine betreten, als er hörte, wie sein Name gerufen wurde.

Freddie schlenderte am Dock entlang. Im Licht der untergehenden Sonne leuchtete ihre Haut rötlich. Sie sah so natürlich aus wie immer, gekleidet in hellbraune Shorts und ein weißes Polohemd. Ihre langen Haare hatte sie zu einem Zopf zusammengebunden, und den abgewetzten Rucksack hatte sie über eine Schulter geworfen.

»Hi«, grüßte Freddie. »Du bist früh zurück.«

»Ja, ich habe alles, was ich brauche.«

»Hi, Maggie.« Freddie winkte in ihre Richtung. »Gut, dich zu sehen.«

»Ja, trifft auch auf mich zu.« Maggie sah nicht gerade erfreut über das Auftauchen Freddies aus, die gerade auf Dereks Boot sprang.

»Sieht gut aus«, bemerkte Freddie.

»Sie sieht immer gut aus.«

»Ich spreche vom Boot.« Freddie strich mit einer Hand über das Cockpit. »Sieht aus, als wärst du fast abfahrbereit.«

Derek grinste. »Fast ist ein relativer Begriff.«

Er hatte niemandem außer Freddie von seinen Plänen eines Segeltörns erzählt, der ihn um die ganze Welt bringen würde. Er wusste, sie war der einzige Mensch, der ihm zutraute, das eines Tages zu verwirklichen.

Derek vertraute auf seine Segelkenntnisse, und obwohl er mit einem GPS System ausgestattet war, konnte er auch mit einem Sextanten umgehen. Er hatte Aufzeichnungen über Hurrikane, Stürme und tropische Stürme entlang der Strecke angelegt und verschiedene Methoden ausprobiert, die Segel zu verkürzen. Er kannte sich mit dem Spinnaker aus und würde auch nachts segeln. In den vergangenen fünf Jahren hatte er seine Fähigkeiten des Alleinsegelns ernsthaft trainiert und die *Jezebel* auf kurzen Routen eingesetzt, um ihre und seine Schwächen auszuloten. Er wusste, dass sie gute Partner waren. Er wusste auch, dass sie längst noch nicht ›fast‹ bereit waren.

»Hast du bei deinem Job Fortschritte gemacht?«, fragte er.

»Einen kleinen Fortschritt. Das ausgebüchste Mädchen hat

ihre Kreditkarte in Palm Springs benutzt, scheint also in den Osten zu wollen.« Freddie folgte Derek nach unten und ließ sich in den Sessel vorm Kartentisch fallen. »Und wie ging's bei dir?«

Derek holte zwei Metallboxen aus dem Spind. »Ich habe mit ihrem Vater gesprochen, mit der Stiefmutter und ihrer Schwester. Die Schwester hat die Kautionszahlung als Bürgin unterschrieben.«

»Hat sich die Frau bei einem von ihnen gemeldet?«

»Sie sagen nein. Ich schätze, das kann ich ihnen glauben, da Richard Maxwell seine Tochter Anna enterbt hat.«

»Irgendwelche Spuren?«

»Ich habe herausgefunden, dass sie eine bestimmte Bar bevorzugt«, sagte Derek. »Die will ich heute Abend besuchen.«

»Soll ich mitkommen?«

»Hast du an einem Freitagabend nichts Interessanteres zu tun?«

»Nein, aber morgen früh muss ich früh raus.«

»Wozu denn das?«

Freddie beugte sich interessiert über das Kartenmaterial, das auf dem Tisch ausgebreitet lag. »Ich bringe diesem Burschen das Surfen bei.«

Die Bemerkung störte Derek nicht so sehr wie Freddies plötzliches Ausweichen.

»Welchem Burschen?«

»Eh ... der Ex-Freund des Mädchens, das ich suche.«

Derek runzelte die Stirn. »Freddie, was soll das? Wer ist dieser Kerl?«

»Er heißt Gavin Vincent. Ein anständiger Mann.«

»Ist das alles, was du über ihn weißt?«

»Er sieht gut aus. Kräftige Bizepse. Ich fühle mich schon von ihm angezogen, und ich glaube, das beruht auf Gegenseitigkeit, wenn ich seine Blicke richtig deute.«

»Warum willst du ihm das Surfen beibringen?«

»Weil er es noch nicht kann.«

»Freddie!«

Sie schüttelte den Kopf. »Derek, entspanne dich. Ich bin sicher, dass er harmlos ist.«

»Und ich bin sicher, dass du verrückt bist.«

Freddie verzog die Lippen. »He, tu mir den Gefallen und behandle mich nicht wie ein kleines Mädchen. Ich weiß, dass der Bursche nichts dagegen hätte, mir das Höschen auszuziehen, aber das ist allein meine Sache.«

Derek seufzte. Er und Freddie hatten im Laufe der Jahre einige Auseinandersetzungen gehabt, und anschließend war er sich immer wie ein Idiot vorgekommen. Er fuhr sich mit einer Hand über die Haare und nahm sich vor, Erkundigungen über Gavin Vincent einzuziehen.

»Okay«, sagte er. »Tut mir leid.«

Freddie nickte. Sie kratzte sich am Knöchel, dann zog sie das Bein heran und besah sich die Haut. »Und wo bist du heute Abend?«

»Unten in San Pedro. Ein Cop hat mir gesagt, er hätte sie dort in einer Bar namens The Cave gesehen.«

»Wirklich?« Freddie nahm einen Rasierapparat aus dem Rucksack und kratzte ein paar vereinzelte Härchen auf dem Bein weg. »Und du glaubst, sie wird da noch einmal auftauchen?«

»Ich habe keine Ahnung, aber es ist eine Chance. Seit mindestens zwei Wochen ist sie nicht mehr in ihrem Apartment gewesen. Bisher keine Kreditkartenkäufe, keine Kontoabhebungen. Sie hat vor ihrer Flucht ein paar tausend Dollar abgehoben, und damit schlägt sie sich durch.«

»Willst du essen, bevor du hinfährst?«

»Nein.« Dereks Penis zuckte, als er einen Blick auf Freddies dünnes gelbes Höschen unter den Shorts werfen konnte. Er verzog das Gesicht. Bei den zufälligen Blicken auf ihre Unterwäsche in den letzten Jahren hatte er festgestellt, dass Freddie gern Seide und Spitze unter ihrer praktischen Kleidung trug.

Er und Freddie mochten zwar keine körperliche Beziehung haben, aber er war trotzdem ein Mann. Das gelbe Höschen warf bei ihm die Frage auf, welche anderen Geheimnisse Freddie noch versteckt hielt.

»Du musst was essen, Derek«, sagte Freddie, während sie noch ein paar andere Stoppeln entfernte.

Derek warf einen Blick auf seine Uhr. »Ich schling unterwegs was in mich rein. Sag mal, kannst du deine Beine nicht wie jede andere Frau in der Dusche rasieren?«

»Ja, aber ich hatte es eilig, und ich habe ein paar Stellen übersehen.« Freddie legte den Apparat zurück in den Rucksack. Sie wies auf die Karte an der Wand. »Du hast die Route verändert«, sagte sie.

»Was?«

»Deine Weltumseglung. Du hast die Route verändert.«

Derek war es gar nicht aufgefallen, dass sie sich die Karte angesehen hatte. »Deine Wahrnehmungskräfte beeindrucken mich, Miss James.«

Sie lächelte. »Warum?«

»Ich weiß nicht, ob sie stark genug ist, die Stürme um Kap Hoorn zu überstehen«, antwortete Derek. »Ich will dieses Risiko nicht eingehen.«

»Und wann geht es los?«

»Wenn ich sie genug aufgerüstet und noch ein bisschen mehr Geld gespart habe. Bisher musste ich alles, was ich hatte, in sie versenken.«

»Wie viel brauchst du für den Trip?«

»Nicht viel«, antwortete er. »Ich schätze, wenn ich Bargeld brauche, kann ich Arbeit finden. Aber ich muss mir genügend Vorräte zulegen.«

»Und wie lange wirst du weg sein?«, fragte Freddie.

»Ein Jahr, zwei Jahre, so lange es eben dauert.«

»Und was machst du genau?«

Derek hob die Schultern. »Mir die Welt ansehen.«

»Nun, vergiss nicht, mir Bescheid zu sagen, bevor es losgeht«, sagte Freddie. »Ich will eines dieser Didgeridoos aus Australien.«

»Was willst du denn damit?«

»Dann kann ich dir einen blasen.«

»Nun, dann wirst du die Erste sein, der ich den Termin mitteile.«

Sie grinste ihn an. »He, kann ich heute Abend hier abhängen?«

»Klar. Ich komme erst spät zurück, wahrscheinlich so um drei.«

»Bis dahin bin ich längst weg. Ich muss um fünf Uhr raus.«

»Pass auf dich auf.«

»Und du auf dich.«

Derek brachte die beiden Getriebe in den Kofferraum seines Autos. Er trat auf Maggies Boot und war nicht überrascht, sie räkelnd wie eine Katze auf ihrem Deck vorzufinden.

»Was hast du heute Abend vor?«, fragte er.

»Auf dich zu warten.«

»Gute Antwort. Hast du Lust, mich bei einem Job zu begleiten?«

»Bei einem Job?«, wiederholte Maggie. »Du willst, dass ich arbeite?«

»Ja, wenn du es so nennen willst. Ich gehe in eine Bar und warte da auf jemanden. Dabei könnte ich Begleitung gebrauchen.«

Maggie sah ihn über die Sonnenbrille an. »Hört sich spannend an. Was muss ich tun?«

»Alles, was du willst.«

»Das hört sich mehr als spannend an. Ich brauche eine Minute, um mich anzuziehen.«

Derek wurde bewusst, dass er Maggie bisher nur in einem Badeanzug gesehen hatte. Sie trat aus der Kabine und trug weiße Shorts und ein rotes Hemd. Sie sah wie eine Zuckerstange aus. Dereks Penis meldete sich wieder. Ja, sie lud zum Lutschen ein.

Derek schlug vor, dass Maggie ihm in ihrem Auto folgte, da er davon ausging, bis in die frühen Morgenstunden in der Bar auszuharren. Sie fuhren südlich auf San Pedro zu. Während der Fahrt rief Derek seinen Informanten an und bat um Auskünfte über Gavin Vincent. Die Straßen waren relativ leer für die Verhältnisse in Los Angeles, und bald schon fuhr Derek auf den Parkplatz der Bar The Cave. Ein paar Pick-ups und Limousinen standen schon da.

Maggie parkte neben ihm und stieg aus. Sie blickte skeptisch auf den hässlichen quadratischen Bau mit der zerbrochenen Neonwerbung für die Bar, dann setzte sie sich auf den Beifahrersitz von Dereks Mustang.

»Nun«, sagte sie, »das Ritz ist es ja gerade nicht.«

»Häftlinge, die ihre Kaution aufs Spiel setzen, sieht man selten im Ritz.«

Derek schaute auf seine Uhr. Er wusste, dass es erst später mehr Betrieb in der Bar geben würde, aber er hatte keine Ahnung, wann die Szene hier losging und ob Anna kommen würde.

»Und wann kann ich machen, was ich will?«, fragte Maggie.

»Wann immer du willst.«

Die Sonne war hinterm Horizont verschwunden und hatte dem Himmel eine hellgraue Farbe hinterlassen. Es gab gerade noch genug Licht, dass Derek das verführerische Lächeln über Maggies Gesicht huschen sah. Obwohl es wahrlich nicht die Krönung seines professionellen Verhaltens war, Maggie mitzubringen, hatte er nie etwas dagegen gehabt, Geschäft und Vergnügen miteinander zu verknüpfen. Im Gegenteil, er fand das in höchstem Maße effizient.

»Seit der High School habe ich es nicht mehr in einem Auto getan«, sagte Maggie. »Das bringt bestimmt Spaß. Und dann auch noch Liegesitze.«

Sie rutschte zu ihm, beugte sich näher und presste ihre Lippen auf seinen Hals. Der Duft von Bräunungsöl und Shampoo füllte seine Nase. Maggies Brüste drückten sich gegen seinen Arm. Ihre Nippel waren schon hart geworden. Sie langte nach dem Hosenstall seiner Jeans und hielt nur wenige Sekunden später seinen steifen Schwanz in der Hand. Derek schob den Sitz zurück, damit sie Platz hatte, den Kopf zu beugen und ihn bequem in den Mund zu nehmen.

Stöhnend lehnte Derek den Kopf an seinen Sitz. Wenn es etwas gab, was er im Lauf der Jahre über Maggie erfahren hatte, dann war es, dass sie eine ausgezeichnete Bläserin war. Sie nahm ihn tief in den Mund, und die Zunge leckte an den Seiten entlang. Jetzt spielten die Lippen mit der Eichel. Maggie hielt den Schaft fest gepackt und rieb ihn entschlossen. Derek fuhr mit einer Hand über ihren Rücken und fühlte die Hitze ihrer Haut durch die dünne Baumwolle des Hemds.

Maggie zog sich einen Moment zurück und entledigte sich rasch des Hemds und des BHs. Sie rieb die Brüste über seinen Schaft, bevor sie ihn wieder mit dem Mund umschloss. Derek griff unter sie und spielte mit ihren Brüsten. Ihm war jetzt schon so, als würde er jeden Augenblick explodieren. Als ahnte sie, wie es um ihn stand, hob sich Maggie und stieß mit dem Kopf gegen das Lenkrad.

»Autsch.« Sie rieb sich den Hinterkopf und gluckste. »Das sind die Nachteile des Liebeslebens im Auto. Willst du auf die Rückbank gehen?«

»Noch nicht.« Derek sah zu, wie eine blaue Limousine auf den Parkplatz einbog. Eine Frau stieg aus und ging in die Bar, aber sie war zu groß und zu schwer, um Anna auch nur annähernd zu ähneln.

Maggie lehnte sich zurück und zog ihre Shorts aus, und Derek musste ihre absolute Schamlosigkeit bewundern. Er packte ihre Hüften und zog sie an sich, und seine Hände glitten zu ihren prächtigen Backen. Seine Finger tauchten von hinten in ihre Pussy ein, und es überraschte ihn nicht, dass sie nass und bereit für ihn war.

Maggie hob ein Bein über ihn und brachte sich über seinen Schoß. Hitze strömte aus ihr heraus. Sie nahm seinen Penis in die Hand und ließ sich langsam darauf sinken. Stöhnend griff sie mit den Händen um seinen Hals, während sie ihn zu reiten begann. Ihre Brüste schwangen verführerisch vor ihm auf und ab.

Derek nahm eine Brust in die Hand und knetete sie wie einen Teigballen. Das Kokosnussöl vermischte sich mit dem Aroma von Sex. Dereks Blut fing Feuer, und er stieß immer schneller von unten gegen sie. In der Enge des Autos schien die Hitze noch intensiver zu sein. Maggie presste ihre Finger gegen die Klitoris und rieb den harten Hügel unter immer lauterem Stöhnen, das sich schließlich zu einem Lustschrei auswuchs. Ihr Körper wurde heftig geschüttelt.

Bevor er voller Wucht in sie hineinstoßen konnte, um den eigenen Höhepunkt zu erleben, stieg Maggie geschickt von ihm ab und senkte den Kopf wieder zwischen seine Schenkel. Sie drückte die Wurzel seines Penis und nahm den Stamm tief in den Mund. Rhythmisch glitten die Lippen auf und ab, bis er den Druck nicht mehr aushalten konnte. Derek schoss grunzend und keuchend in sie hinein, und sie saugte und schluckte bereitwillig, bis er keinen Tropfen mehr zu bieten hatte.

Sie wollte sich gerade von ihm lösen, als ein anderes Auto auf den Parkplatz fuhr. Derek schob Maggie zurück auf ihren Sitz und griff hinter sich nach dem Fernglas. Er sah zu, wie eine junge Frau aus dem Auto stieg. Der gelbe Schimmer einer Straßenlampe beschien ihr Gesicht.

Maggie, noch außer Atem, starrte durch die zunehmende Dunkelheit auf die Frau. »Wer ist das?«

Derek setzte das Fernglas ab. »Das ist die Frau, die ich suche.«

Viertes Kapitel

»Die Beine ein wenig auseinander«, sagte Freddie. »Geh auf dem Brett ein bisschen zurück. Ja, so ist es gut.«

Es war noch sehr frisch an diesem Morgen; die Sonne lugte gerade über den Horizont. Ein paar andere waren auch herausgekommen, um den Pazifikwellen zu trotzen. Tollkühn und anmutig ritten sie auf den Brechern. Freddie hatte Gavin zuerst in die Bucht geführt, wo kleinere Wellen sich im Sand verliefen, aber dann hatte er sich bald schon so geschickt gezeigt, dass er sich nun die Brecher vornehmen wollte. Der Ozean wogte unter ihren Brettern. Lange Seegrasstränge trieben auf der Oberfläche des Wassers.

Freddie richtete sich auf, zog das Shortboard zwischen die Beine, um sich dann draufzustellen.

»Halte dich mit beiden Händen fest«, ermahnte sie Gavin. »Nicht loslassen! Sonst fliegt es unter dir weg!«

Gavin schaffte es, sich auf dem Board zu halten, aber dann lehnte er sich zu weit nach links. Er fiel ins Wasser, und das Brett schwamm obenauf. Freddie griff nach seinem Arm. Gavin kam hoch und prustete irritiert.

»Du musst mit den Beinen das Gleichgewicht halten«, sagte Freddie. »Und immer aufrecht halten. Vergiss nicht, dass die Nase des Bretts zum Strand zeigen muss. Wenn dich die nächste Welle erwischt, musst du hinunter und paddeln.«

Sie wartete, bis Gavin eine Welle entdeckt hatte, bei der er sich gut fühlte. Die Nase des Bretts zeigte zum Strand, und er hielt sich mit beiden Händen fest. Rasch begab er sich in eine liegende Position.

»Paddeln!«, rief Freddie, als die Welle auf ihn zukam.

Er setzte die Arme ein, um durchs Wasser zu paddeln. Die Welle, auf der er ritt, trug ihn zurück an den Strand. Freddie wartete, bis er im Sand gelandet war, dann sah sie sich nach den anrollenden Wellen um. Sie paddelte ihnen entgegen, kurz bevor zwei Wellen sich trafen.

In einer flüssigen Bewegung zog sie die Beine unter ihren Leib und setzte die Füße seitlich aufs Brett. Sie gewann an Tempo, und um sie herum brach sich das Wasser in weiße Gischt. Ein wunderbares Glücksgefühl erfasste sie, als sie auf der Welle zum Strand ritt. Es war erotisch und atemberaubend, eine gute Welle einzufangen und die eigenen Bewegungen zu kontrollieren, auch wenn einem bewusst war, dass es die Kraft des Wassers war, die alles kontrollierte.

Gavin starrte sie mit unverhohlener Bewunderung an, als sie ihm entgegenging. »Du bist wirklich gut.«

Freddie lächelte. Es gefiel ihr, dass er sein mangelndes Geschick nicht verteidigte. »Danke. Hast du Hunger? Ich glaube, wir haben für den Anfang genug trainiert und sollten irgendwo frühstücken.«

»Ja, gern.«

Sie gingen zurück zu Freddies Geländewagen, in dem sie ihre Sachen zurückgelassen hatten. Nachdem sie die Surfbretter im hinteren Teil verstaut hatten, setzte sich Freddie hin, um den Sand von den Füßen zu wischen.

Sie fühlte sich gut. Ihr Körper schmerzte angenehm von den Anstrengungen, und jeder Muskel war entspannt. Gewöhnlich surfte sie auf dem Surfrider Beach in Malibu wegen der glasklaren Wellen, und vielleicht konnte sie Gavin später einmal mitnehmen. Es erstaunte sie, wie sehr es ihr gefallen hatte, ihm das Surfen beizubringen. Obwohl sie einige Freunde unter den Surfern hatte, surfte sie meistens allein; sie liebte das Alleinsein und das Gefühl, eins mit dem Wasser zu sein.

Es war auch eine der wenigen Aktivitäten, die sie nicht

mit Derek ausübte. Sie arbeiteten zusammen, gratulierten sich und bedauerten sich, fuhren auf Rollerblades, tauchten gemeinsam, gingen zusammen ins Kino oder klebten einfach nur zusammen. Aber Derek surfte nicht, und Freddie segelte nicht, sodass sie jeweils eine Aktivität nur für sich hatten – obwohl Freddie wusste, dass Derek auch sonst noch einigen Vergnügungen nachging, die sie sich ersparte.

Sie schaute zu Gavin, der gerade den Reißverschluss seines Kälteschutzanzugs aufriss. Darunter ließ er ein Dreieck herrlich gebräunter Haut sehen. Es juckte Freddie in den Fingern, seinen Brustkorb zu berühren. Sie stellte sich vor, dass seine Haut heiß und glatt war.

Er schaute hoch und fing ihren Blick auf. Rote Farbe stieg in ihre Wangen. Gavin grinste.

»Soll ich dir bei deinem helfen?«, fragte er.

»Nein, danke.«

Freddie bemerkte die seltsame Vertraulichkeit, die sich zwischen ihnen entwickelte. Obwohl sie beide Badesachen unter ihren Anzügen trugen, befanden sie sich beide im Vorgang des Ausziehens.

Sie wandte sich ab und öffnete den Reißverschluss, dann zog sie das dicke Neopren von den Schultern. Sie hörte, wie er aus seinem Anzug trat und ihn in den Fond des Geländewagens warf. Während Freddie noch mit ihrem Anzug kämpfte, spürte sie plötzlich Gavins Hände auf ihren nackten Armen. Sie hielt den Atem an. Seine Hände waren warm.

Freddie bewegte sich nicht. Ihr Körper reagierte auf die schlichte Berührung mit einer Woge, als wäre sie aus einem langen, tiefen Schlummer aufgewacht. Gavin trat näher an sie heran, so nahe, dass sie die Hitze seines Körpers spüren konnte. Sie wusste genau, wie er in seinen marineblauen Shorts aussah, viel braune Haut, und die blonden Haare trockneten in der Morgensonne, die Strähnen steif vom Salz. Ein Schauer erfasste sie.

»Kalt?«, fragte Gavin.

Freddie schüttelte den Kopf. Seine Hand strich an ihrem Arm entlang und schob sich an der Taille unter den Schutzanzug. Mit kräftigen Bewegungen zog er den Anzug über ihre Hüften und Schenkel, sodass sie nur noch mit dem fast züchtigen Bikini vor ihm stand. Gavins Mund presste sich in ihren Nacken. Wärme sprühte von seinen Lippen das ganze Rückgrat hinunter.

Er trat noch näher an sie heran, und sein Brustkorb drückte gegen ihren Rücken. Sie fühlte seine wachsende Erektion gegen ihre Backen. Eine Hand streichelte ihren Arm, während die andere Hand über ihren nackten Bauch kreiste.

Freddie traute sich nicht zu atmen, weil sie darauf wartete, in welche Richtung diese Hand gehen würde. Gavin küsste wieder ihren Nacken, dann bewegte sich sein Mund zu beiden Schultern und hinterließ eine feuchte warme Fährte. Seine Hand legte sich über ihre volle Brust. Freddie hielt sich mit den Fingern an der Autotür fest. Ihr war bewusst, dass das Fahrzeug sie vor neugierigen Blicken schützte, aber trotzdem bestand die Gefahr, dass jemand sie sah. Sie wollte sich wehren, aber das gelang ihr nicht. Gavin fühlte sich viel zu gut an.

Bevor Freddie irgendwie reagieren konnte, war Gavins andere Hand in ihr Höschen geschlüpft. Seine Finger lagen für einen Moment auf den weichen Härchen, dann tauchten sie tiefer hinab in die Falten ihrer Pussy. Freddie war es peinlich, dass sie schon so nass war, aber Gavins heiseres beifälliges Murmeln sorgte gleich für einen weiteren Schwall ihrer Säfte.

Mit den Hüften stieß er gegen ihre Backen, und sie konnte seine Erektion spüren, die hart und steif in ihre Kerbe rieb, während sein Zeigefinger an ihren Labien entlangglitt. Die Erregung spannte ihre Nerven an. Sie wollte sich gegen seine Hand reiben, wollte seinen Daumen hart auf ihrer Klitoris spüren. Nein, mehr als das – sie wollte sich über den Autositz beugen, damit Gavin sie von hinten nehmen konnte.

Freddie schloss die Augen, als sich dieses Bild in ihr Gehirn brannte. Gavin fasste mit einer Hand unter ihren Schenkel und stellte den Fuß aufs Trittbrett. Freddie stöhnte und fühlte, wie sich ihr Geschlecht für ihn öffnete. Sein Zeigefinger schlüpfte in sie hinein, und ihre Muskeln spannten sich um ihn, als wäre es sein Penis. Gavins Atem war heiß, und seine Zähne bissen zärtlich in ihre Schulter. Seine Bartstoppeln rieben köstlich gegen die Haut ihres Nackens.

Freddie ließ ihren Hinterkopf gegen seinen Brustkorb fallen. Sie fühlte sich mit Hingabe erfüllt. Sie wollte sich ihm bedingungslos ausliefern, endlich die Kontrolle abschütteln, um die sie sonst so heftig rang. Sie labte sich an der Lust, die seine Hand auf ihren Brüsten auslöste, als er die Nippel zwischen Daumen und Zeigefinger zwirbelte.

Der Daumen der anderen Hand presste hart auf die Klitoris, und sie spürte, wie eine Schockwelle durch ihren Körper lief. Freddies Hüften zuckten gegen seine Hand. Er presste die Handfläche auf ihren Bauch, damit sie ihre Bewegungen abstellte, während er die Pussy mit feinen, gleichmäßigen Zügen zu massieren begann.

Sie wusste, dass sie nicht lange durchhalten konnte und wollte. Innerhalb von Sekunden brach ihr Orgasmus durch. Freddie keuchte, und ihre Gliedmaßen wurden steif.

»Lass dich gehen«, wisperte Gavin heiß gegen ihren Nacken. »Lass dich einfach gehen.«

Seine heisere Ermunterung war erfolgreich. Freddie stieß einen Schrei aus, als spielte sich ein kleines Erdbeben in ihrem Körper ab. Lust floss aus dem Druck seiner Finger bis in ihre kleinen Zehen. Sie umklammerte die Autotür, solange Gavin sie weiter rieb, um noch die letzten Sensationen aus ihrem Körper herauszuholen.

Sie seufzte in tiefster Befriedigung. Gavin zog seine Hand

zurück, aber sie spürte seinen warmen Mund noch in ihrem Nacken. Freddie griff hinter sich und stieß mit den Fingern gegen den Rand seiner Erektion. Aber Gavin hielt ihr rasch das Handgelenk fest.

»Diesmal war es nur für dich«, sagte er.

Obwohl sie ihn wahnsinnig gern berührt hätte, auch um zu sehen, wie er völlig nackt aussah, wusste Freddie seine Selbstlosigkeit zu schätzen. Sie drehte sich in seinen Armen und presste den Mund auf seinen. Er schmeckte nach Sand, Salz und Schweiß, genau, wie sie es sich vorgestellt hatte.

»Ich nehme an, wir können nicht zu dir«, sagte Gavin.

Freddie schüttelte den Kopf. »Nein. Nicht jetzt. Noch nicht.«

Er neckte ihre Unterlippe mit der Zunge und nickte. »Wie wäre es denn, wenn ich dich zum Frühstück einlade?«

Freddie stimmte zu. Sie sah, wie er seine Sachen vom Rücksitz nahm und zum Umziehen ging. Netter Junge. Kein Druck, kein Versuch, sie zu etwas zu nötigen, zu dem sie noch nicht bereit war. Aber Freddie ahnte, dass es nicht lange dauern würde, bis sie ihn in ihr Apartment einlud.

Derek stand draußen vor Annas Apartmenthaus gegen eine Straßenlaterne gelehnt, die Hände tief in den Hosentaschen. Er wollte Anna festnehmen, aber irgendwie schien er die richtige Zeit verpasst zu haben. Den Abend hatte sie mit einem Bodybuildertypen verbracht, und Derek wollte vermeiden, dass er in die Aktion hineingezogen wurde.

Es gab viele Arten, wie er die Menschen auf der Flucht anging, nachdem er sie gestellt hatte, aber am liebsten war Derek, sie aus dem Schlaf zu holen. Dann waren sie desorientiert, verschlafen und am wenigsten kampfbereit. Derek kämpfte, wenn es erforderlich war, aber der Gegner sah danach angeschlagener aus als vorher. Es war besser für beide, wenn so eine Festnahme reibungslos verlief.

Er sah auf seine Uhr. Vor drei Stunden war Anna allein in ihr Apartment zurückgekehrt. Vor einer halben Stunde waren die Lichter ausgegangen. Bei einer anderen Geflohenen hätte Derek vielleicht länger gewartet, aber Anna war keine körperliche Herausforderung für ihn.

Er kletterte die Außentreppe des Gebäudes hoch und schüttelte den Kopf, als er das dürftige Schloss an der Tür sah. Einmal die Nadel kurz reinstecken und drehen, dann war die Tür offen. Drinnen war es trübe; die Dunkelheit wurde nur durch gelbliche Lichtstreifen durchbrochen, die durch die Schlitze in den Jalousienrippen fielen.

Derek schlich zum Schlafzimmer. Auf dem Teppich waren seine Schritte nicht zu hören. Sein Körper stand unter Spannung. Das Gewicht seiner 45er lastete schwer auf dem unteren Rücken. Die Schlafzimmertür stand einen Spalt offen. Er drückte sie weiter auf und wartete, bis sich seine Augen an die Dunkelheit gewöhnt hatten.

Eine Matratze lag neben einem offenen Koffer auf dem Boden. Unter der dünnen Decke zeichnete sich die Gestalt einer Frau ab. In dem Moment, in dem er näher zur Matratze treten wollte, drang ein Stöhnen aus Annas Kehle.

Derek blieb wie erstarrt in der Tür stehen. Er wusste, dass sie allein war, aber er wusste nicht, ob sie schlief oder nicht. Er sah in ihr Gesicht, das im schwachen Licht der Straßenlaterne lag. Sie hatte die Augen geschlossen. Schultern und Arme waren nackt. Derek griff an seine Waffe.

Gerade als seine Hand um den Schaft griff, öffnete Anna die Augen, aber sie sah nicht in seine Richtung, sondern streckte einen Arm aus und fuhr sich mit den Fingern durch die Haare. Die Lichtverhältnisse waren gerade so, dass Derek genau sehen konnte, was die Frau machte. Das Laken rutschte nach unten und entblößte Annas Brüste. Sie waren klein und fest wie Pfirsiche, und die Nippel standen hart hervor.

Derek zog eine Grimasse, als er spürte, wie sein Penis zuckte. Er mahnte sich zur Konzentration aufs Wesentliche. Anna hob die andere Hand und umfasste eine Brust. Ihre Finger zwickten den Nippel und brachten sie dazu, noch einmal laut zu stöhnen. Sie stieß das Laken von sich. Ihr nackter Körper war schlank und gespannt. Sie hob die Knie und ließ die Beine auseinanderfallen, wodurch Derek ein betörender Blick auf die Pussy gewährt wurde, auch wenn sie im Schatten lag.

Oh, verdammt. Derek wurde immer härter. Mit einem Steifen konnte man sich nicht ungezwungen bewegen, von einer Festnahme ganz zu schweigen. Er schloss die Augen und versuchte, an Baseball zu denken, aber dann stieß Anna wieder ein tiefes, kehliges Stöhnen aus. Derek öffnete die Augen und sah, wie Anna mit einer Hand über ihren Bauch streichelte und dann hinunter zur Pussy griff.

Sie spielte mit dem Nest ihrer Schamhaare, bevor sie einen Finger in die Spalte steckte. Als Reaktion darauf wurde ihr Körper geschüttelt. Die Knie fielen weiter auseinander. Sie presste die Finger in die nassen Falten und spreizte sich wie für einen Liebhaber.

Derek wusste, dass er weiter zuschauen würde. Anna hob sich auf einen Ellenbogen und griff mit einer Hand neben die Matratze auf den Boden. Sie hob eine Haarbürste mit dickem Plastikgriff auf. Derek hätte beinahe aufgestöhnt.

Anna presste den Bürstenstiel gegen die Falten ihrer Pussy und rieb sie auf und ab. Sie krümmte den Rücken, und ihr Kopf drückte sich ins Kissen, als sie den Stiel langsam einführte, die Augen geschlossen, den Mund weit geöffnet. Ihre Hüften stießen von unten gegen die Haarbürste, und der dicke Stiel drang immer tiefer in sie ein.

Derek war hart wie ein Stein, aber er widerstand der Versuchung, Hand an sich selbst zu legen. Annas Atem klang immer röchelnder. Sie zog den Stiel ganz heraus und stieß ihn dann so tief hinein, wie es ging. Mit der freien Hand massierte sie ihre Klitoris. Ihr Po hob sich vom Bett, während sie den Griff immer schneller hineinstieß.

»Oh, ja!« Das klang wie ein Zischen. Sie warf den Kopf von einer Seite zur anderen, und ihre Finger arbeiteten fieberhaft an ihrem Orgasmus.

Derek wollte am liebsten die verdammte Haarbürste herausziehen und durch seinen Penis ersetzen. Er wusste, dass sie einen heißen, biegsamen Schaft dem harten Plastik vorziehen würde. Seine Hand schloss sich um den Türgriff, während Anna den Stiel weiter in ihre Pussy trieb. Es kam ihr hart, und plötzlich schrie sie ihre Lust heraus, und ihr Körper wurde noch einmal heftig durchgeschüttelt.

Keuchend ließ Anna die Haarbürste auf den Boden fallen, während sie zurück aufs Kissen sank und die Arme über dem Kopf verschränkte. Sie schloss die Augen und atmete schwer. Ihr Körper wurde schlaff vor Erschöpfung.

Derek drückte die heiße Stirn gegen den Türrahmen und musste auch einige Male kräftig durchatmen. Er wünschte, er könnte jetzt mit Maggie schlafen, aber dann zwang er Maggie aus seinen Gedanken, denn er erkannte, dass sie ihm nicht aus seiner Bredouille helfen konnte.

Er wollte seine Erektion zur Unterdrückung zwingen. Er versuchte, an unangenehme Dinge im Leben zu denken. Nach ein paar Minuten fühlte er endlich, wie sein Schwanz abschlaffte. Er wartete noch, bis er sicher war, dass er sich unter Kontrolle halten konnte.

Zum Glück hatte Anna das Laken wieder über den nackten Körper gezogen. Derek konzentrierte sich auf seine Aufgabe. Er zog seine Waffe und trat tiefer ins Zimmer hinein.

»Anna.« Er richtete die Waffe nicht auf sie, hielt sie aber einsatzbereit an der Seite. Der Klang seiner tiefen Stimme wurde von den Wänden zurückgeworfen. Er schaltete das Licht ein.

Anna schoss hoch, als das Licht ihr Zimmer flutete. Sie schlug eine Hand vor ihre Brust, und ihre Augen weiteten sich vor Angst. »Was …?«

»Anna, ich muss Sie festnehmen.«

»Was …? Wer, zum Teufel, sind Sie?« Sie zog das Laken hoch und hielt es mit beiden Händen vor ihre Brust. Ihre Blicke begegneten sich. »Scheren Sie sich aus meiner Wohnung!«

»Sie stehen unter Arrest, Anna«, wiederholte Derek kühl. Er richtete die Waffe immer noch nicht auf sie, aber er bewegte sie ein wenig, und dadurch spiegelte sich das Licht auf dem Metall. Anna starrte auf die Waffe. »Sie haben gegen die Bedingungen der Kaution verstoßen.«

»Was soll der Scheiß? Wer sind Sie? Raus mit Ihnen!«

»Sie können das auf die leichte Tour haben oder auf die harte«, sagte Derek. »Wie auch immer. Aber ich werde Sie ins Gefängnis zurückbringen.«

Ihr Atem kam hechelnd. »Du verdammter Dreckskerl! Du bringst mich nirgendwohin!«

Derek griff nach seinen Handschellen. In diesem Moment schleuderte sich Anna gegen ihn. Ihr Körper krachte gegen seinen, und beide fielen zu Boden. Die Waffe rutschte aus seiner Hand, und Derek schlug mit dem Kopf auf.

Anna warf sich wie eine Raubkatze auf ihn. Ihre Finger zerkratzten sein Gesicht, seine Brust, alles, was sie erreichen konnten. Sie schaffte es sogar, ihm einen Schlag gegen sein Kinn zu verpassen, ehe Derek ihre Handgelenke festhalten konnte. Er warf sie auf den Bauch und presste seinen Körper gegen ihren, denn sie trat immer noch um sich.

»Anna«, sagte er, »beruhigen Sie sich.«

»Den Teufel werde ich tun!«, fauchte sie. »Wie können Sie es wagen, hier einzubrechen? Wer hat Sie geschickt? Mein Vater? Sie haben kein Recht …«

»Ich habe das Recht auf meiner Seite«, unterbrach Derek

sie. »Ich wäre nicht hier, wenn Sie Ihre Kaution nichts aufs Spiel gesetzt hätten. Es ist Ihre eigene Schuld.«

Langsam schien es Anna zu dämmern. »Oh, verdammt! Sie sind ein Kopfgeldjäger, was?«

»Kautionsvollzugsagent.«

»Wer hat Sie engagiert?« Anna krümmte den Rücken in einem Versuch, Derek abzuschütteln. »Gus oder mein Vater? Es war mein Vater, nicht wahr? Dieser Arsch hat nie ...«

»Anna! Beruhigen Sie sich.« Dereks Griff um ihre Gelenke verstärkte sich. Ihm war schmerzhaft bewusst, dass sie noch nackt war. Unter anderen Umständen hätte er gegen diese Position nichts einzuwenden gehabt. Anna war zierlich, und sie fühlte sich verdammt gut an.

Derek zog Annas Arme über den Kopf und hielt beide Gelenke mit einer Hand fest, während er mit der anderen die Handschellen aus seiner Gesäßtasche zog. Er fesselte sie und erhob sich – halb erleichtert, halb bedauernd – von ihrem Körper.

Er wandte sich ab und warf das Laken in Annas Richtung, ohne sie anzusehen. Das Geräusch ihres keuchenden Atems füllte das Zimmer. Derek hob seine Waffe auf und steckte sie unter den Gürtel seiner Jeans.

»Okay«, sagte er. »Ich muss Sie zurückbringen.«

Er sah sie an. Irgendwie hatte sie es geschafft, sich mit dem Laken notdürftig zu bedecken, aber der Blick ihrer Augen sprühte nichts als Hass.

»Wie haben Sie mich gefunden?«

»Ich habe mich umgehört.«

»Wen haben Sie gefragt? Meine Stiefmutter? Diese Hexe würde mich gern für zehn Jahre im Knast sehen.«

»Ich glaube nicht, dass irgendjemand Sie eingesperrt sehen will, Anna.«

»Woher wollen Sie das wissen, Sie Arsch? Sie wissen absolut nichts über mich.«

»Ich weiß, dass Sie mit der Zunge einen Knoten in einen Kirschstängel knüpfen können«, sagte Derek. »Ich weiß, dass Sie gut Billard spielen, und ich weiß, dass Sie gern laute Bars mögen und Männer, die wie Charles Atlas aussehen.«

Anna sah ihn verdutzt an. »Verfolgen Sie mich?«

»So kann man es auch nennen.« Derek trat vor den offenen Koffer und zog eine Jeans und ein durchgeknöpftes Hemd heraus. »Ziehen Sie sich an.«

»Wie soll ich das denn mit diesen Handschellen schaffen?«

»Lassen Sie sich was einfallen, denn ich nehme Ihnen die Fesseln nicht ab.«

Anna ließ ein paar schmutzige Beleidigungen hören, nahm aber die Jeans und schaffte es irgendwie, sich hineinzuzwängen. Derek griff sich das Hemd und legte es um Annas Schultern, dann knöpfte er es zu. Ihr Geruch stieg ihm in die Nase, er hatte die Wirkung eines Aphrodisiakums, und sein Penis versteifte sich wieder. Er schloss den letzten Knopf und trat von ihr zurück.

»Okay, gehen wir.«

»Wohin bringen Sie mich?«

»Zur Polizei.«

»Was ist mit meinen Sachen?«

»Ich packe sie ein und bringe sie Ihnen später.«

»Hab ich ein Glück. Ein Kopfgeldjäger mit Herz.«

»Kautionsvollzugsagent«, stellte Derek klar. Er wies zur Tür. Anna bewegte sich nicht.

»Wissen Sie überhaupt, warum ich verhaftet worden bin?«, fragte sie.

»Sie haben Geld aus der Firma Ihres Vaters gestohlen.«

»Man hat es so aussehen lassen, als hätte ich Geld aus der Firma meines Vaters gestohlen«, fauchte Anna.

»Ach, man hat es so aussehen lassen. Ja, klar. Das ist das Schicksal von Ihnen und jedem anderen flüchtigen Untersuchungshäftling.« Er packte sie am Arm. »Kommen Sie. Ich habe nicht die ganze Nacht Zeit.«

»Aber ich«, gab Anna zurück. »Besonders, weil ich wegen einer Sache verhaftet worden bin, von der ich nichts weiß.«

»Das können Sie dem Richter erzählen.«

Anna riss den Arm aus seinem Griff. »Haben Sie mit Cassandra gesprochen?«

»Ihre Stiefmutter hatte nicht viel zu erzählen.«

»Hat sie Ihnen gesagt, dass sie mit mir nichts zu tun haben will?«

»Ja. Und Ihr Vater hat dasselbe gesagt.«

Derek war nicht auf die Tiefe der Verletzung in ihren Augen vorbereitet. Er biss auf die Zähne, als wollte er sich gegen Mitleid wehren.

»Aber nach allem, was ich gehört habe, kann Sie das nicht wirklich überraschen«, sagte er.

»Ja, ja, aber das macht es nicht angenehmer, wenn man es hört«, antwortete Anna. »Hören Sie, ich will Ihnen einen Handel vorschlagen.«

»Ich handle nicht mit geflohenen Häftlingen.«

»Geben Sie mir eine halbe Stunde, um Ihnen was zu erklären«, sagte Anna. »Wenn Sie mir nicht glauben, wehre ich mich nicht mehr gegen Sie.«

»Sie haben sich schon gewehrt«, erinnerte Derek sie. »Und das hat Ihnen nichts gebracht.«

Anna warf den Kopf in den Nacken und starrte Derek trotzig an. »Ich kann dafür sorgen, dass Sie ein gehöriges Stück Arbeit vor sich haben, wenn Sie mich in den Knast bringen.« Sie warf einen Blick auf seinen Schritt. »Es sei denn, Sie sind an der Stelle besonders gut geschützt.«

Derek schüttelte den Kopf, halb amüsiert, halb bewundernd. »Hören Sie, Schätzchen, dies ist mein Job. Sie haben Ihren Gerichtstermin verpasst. Das ist nicht mein Problem.

Wenn Sie irgendeine rührselige Geschichte haben, sparen Sie sich die besser für den Anwalt auf.«

»Für den Fall, dass Sie es nicht erkennen können – ich bin nicht dumm. Ich weiß, Sie haben jedes Recht, mich festzunehmen, aber ich hatte nur eine Chance, meine Unschuld zu beweisen, und dafür musste ich abhauen.«

»Was habe ich gerade gesagt? Sie sollen sich Ihre Geschichte fürs Gericht oder Ihren Anwalt aufheben!«

»Das kann ich nicht, weil ich noch keine Beweise habe«, sagte Anna.

Derek seufzte. »Was gibt es denn für Beweise, dass man Ihnen was untergeschoben hat?«

Anna biss sich auf die Lippe. Die Geste ließ sie besonders verletzlich aussehen. Mit ihren blond gefärbten Haaren und dem zierlichen Gesicht, ihr Körper in einem viel zu großen Hemd versteckt, sah sie wie eine verlorene kleine Elfe aus.

»Also, das weiß ich noch nicht«, gab sie zu.

»Gut. Das reicht mir jetzt. Ich bringe Sie zur Polizei, und wenn Sie versuchen, mir in die Eier zu treten, lege ich Ihnen auch noch Fußeisen an.«

Er zog an ihrem Arm und wollte sie mit sich ziehen. Anna widersetzte sich, ihr Kinn entschlossen.

»Es ist Cassandra«, sagte sie. »Sie hat mich und meine Schwester immer gehasst, weil wir ihr im Weg stehen, den größten Teil meines Vaters Vermögen zu erben. Aber jetzt erbt Erin den größten Teil.«

»Mir bricht das Herz.«

»Cassandra hat jubiliert, als mein Vater mich enterbt hat«, fuhr Anna fort. »Aber bevor das geschah, hatte ich etwas über sie herausgefunden. Und sie will nicht, dass irgendeiner, am wenigsten mein Vater, davon erfährt. Deshalb wusste sie, dass ich aus dem Weg geschafft werden musste.«

»Und warum hat sie dann keinen entfernten sizilianischen Onkel angerufen?«, fragte Derek.

Trotz der sarkastischen Replik wunderte sich Derek über die Art des Geheimnisses, das die elegante Cassandra Maxwell unbedingt für sich behalten wollte.

»Was ist das für ein Geheimnis?«

Anna sah ihn mit einem gepressten Grinsen an. »Das möchten Sie gern wissen, was? Lassen Sie mich los, dann erzähle ich es Ihnen vielleicht.«

»Ich sagte doch, dass ich auf keinen Handel eingehe.« Noch während er das sagte, fiel ihm ein Satz von Cassandra ein. *Anna ist eine Erpresserin.* Gus Walker hatte ihm nichts von Erpressung erzählt.

Er verschränkte die Arme vor der Brust und sah Anna an. »Sie haben also das gut gehütete Geheimnis herausgefunden«, sagte er. »Woher hat Cassandra gewusst, dass Sie es herausgefunden hatten?«

Anna wich seinem forschenden Blick aus. »Sie wusste es eben.«

»Aha. Und warum hat sie geglaubt, Sie würden Ihrem Vater das Geheimnis erzählen?«

»Weil ich ihr das gesagt habe«, fauchte Anna. »Ich habe ihr gedroht, ich würde ihm alles erzählen, und nicht nur ihm, sondern auch noch einer Anzahl ihrer besten Freunde aus der besseren Gesellschaft.«

»Und was sollte sie tun, um Ihr Plaudern zu verhindern?«, fragte Derek.

Sie warf ihm einen rebellischen Blick zu. »Ich wollte, dass sie meinen Vater verlässt.«

»Was sie offenbar nicht wollte.«

»Richtig. Und deshalb musste sie mich loswerden. Sie arbeitet in der Firma meines Vaters, müssen Sie wissen. Sie ist nicht nur die schöne Trophäe am Arm meines Vaters, sie arbeitet als *vice president* in der Verwaltung. Sie weiß genau, wie die Dinge laufen. Und sie wusste, wie sie mir was unterschieben konnte.«

»Warum können Sie das Geheimnis nicht trotzdem Ihrem Vater erzählen?«

»Er redet nicht mit mir! Ich komme nicht mal an ihn heran. Und wenn doch, dann wüsste diese Hexe Cassandra das schon zu verhindern.«

»Sie glauben also, dass sie das Geld irgendwo gebunkert hat?«

»Ja, davon gehe ich aus. Eine halbe Million. Auf irgendeinem Konto, mit dem sie nicht in Verbindung gebracht werden kann. Aber ich weiß zu wenig über solche Dinge, deshalb werde ich ihr das nicht nachweisen können.«

»Und was haben Sie geplant?«, fragte Derek. Gegen seinen Willen fand er, dass sich Annas Geschichte nach der Wahrheit anhörte.

»Ich sagte doch, dass ich das nicht weiß!«, rief sie. »Ich muss nachdenken, sonst stecken sie mich für Jahre in den Knast.« Sie seufzte. »Ich weiß, ich habe das Gesetz gebrochen, als ich abgehauen bin. Ich wollte Gus nicht im Regen stehen lassen, aber verdammt, im Knast kann ich überhaupt nichts unternehmen. Ich brauche Zeit.«

»Tut mir leid.« Er hatte sich noch nie bei einer geflohenen Person entschuldigt. »Zeit kann ich Ihnen nicht geben. Ich muss Sie zurückbringen.«

»Wie viel kriegen Sie dafür?«

»Zwanzig Prozent von der Kaution.«

»Ich verdoppele das, wenn Sie mir zwei Wochen geben. Ich habe von den letzten Gehaltszahlungen was sparen können. Wenn ich nach zwei Wochen immer noch keinen Plan ausgeheckt habe, können Sie mich festnehmen und zurückbringen.«

»Wie oft muss ich Ihnen noch sagen, dass ich nicht mit mir handeln lasse?«, fragte Derek. »Und was bringt Sie auf die Idee, dass ich Ihnen vertraue?«

»Ich gebe Ihnen mein Wort.«

Sie sagte es mit einer solchen Überzeugung, dass Derek fast gelächelt hätte. Er schüttelte den Kopf.

»Sie glauben wirklich, ich könnte jetzt gehen und Sie allein hier zurücklassen? Wenn ich das täte, wäre ich in meinem Job ziemlich lausig.«

»Hören Sie, mein Vater hat mich enterbt«, sagte Anna. »Mit meiner Schwester kann ich nur heimlich reden. Alles, was ich besitze, befindet sich in diesen beiden Koffern. Vor mir liegen Gott weiß wie viele Jahre im Knast. Wenn ich jetzt nichts für mich tun kann, habe ich auf der ganzen Linie verloren. Und wenn Sie mich jetzt nicht festnehmen, was haben Sie dann verloren? Absolut nichts.«

»Ich habe einen Ruf in diesem Geschäft. Ich habe noch nie eine Ausgebüchste ein zweites Mal abhauen lassen.«

»Ich will nicht fliehen. Ich weiß eh nicht, wohin ich gehen sollte. Ich brauche nur zwei Wochen Freiheit. Ich muss irgendwie beweisen, dass Cassandra das Geld gestohlen hat.«

Derek kratzte sich am Kopf. Er sollte Anna aus diesem Zimmer zerren und in sein Auto verfrachten. Dann sollte er der Polizei mitteilen, dass er sie zurückbrachte. Er sollte Gus anrufen und ihm sagen, dass er das ausgebüchste Mädchen aufgegriffen hatte. Er sollte sein Geld einstreichen und sich dem nächsten Fall zuwenden.

Er packte Annas Arm und zwang sie zur Tür. »Kommen Sie.«

Sie riss sich los und zielte mit einem Schuh auf seine Kniescheibe. Derek ahnte ihre Absicht und trat rasch einen Schritt zurück.

»Sie Dreckskerl!« Annas Augen schimmerten feucht. »Sie machen einen gewaltigen Fehler.«

»Das sagen sie alle. Und vergessen Sie nicht, dass ich auch noch die Fußeisen habe. Wenn Sie eine Szene machen, wird die Polizei in einer Minute hier sein.«

Er drückte sie hinaus, die Treppen hinunter und auf sein

Auto zu. Anna leistete keinen Widerstand, als er sie auf den Rücksitz bugsierte und ihr den Sicherheitsgurt anlegte.

Derek setzte sich auf den Fahrersitz und startete den Motor. Im Innenspiegel beobachtete er seine Gefangene. Sie saß starr da, und mit versteinertem Gesicht starrte sie durchs Seitenfenster hinaus. Tränen glitzerten in ihren Augen, aber sie liefen nicht über. Sie schniefte.

Derek legte einen Gang ein und fuhr Richtung Fairfax. Die Polizei von Hollywood residierte auf der Wilcox im Norden, aber Derek fuhr nach Süden, dann nach Westen, bis er auf die 405 nach Süden bog. Nach einer viertelstündigen Fahrt hörte er schließlich Annas Stimme.

»He«, sagte sie, »wohin bringen Sie mich?«

»Das werden Sie schon noch sehen.« Er betrachtete sie wieder im Spiegel, denn er hatte die Angst in ihrer Stimme gehört. »Keine Sorge, ich werde Ihnen nichts tun.«

»Woher soll ich das wissen?«

»Wenn ich Ihnen was tun wollte, hätte ich es längst getan.«

»Woher soll ich wissen, dass Sie ein echter Kopfgeldjäger sind und nicht irgendein Sexverrückter?«, fragte Anna. »Ihr Leute tragt keine Marken mit euch herum, nicht wahr?«

»Einige ja, andere nicht. Aber heutzutage kriegt man an jeder Straßenecke irgendeinen Ausweis. Und ob ich ein Sexverrückter bin – nun ja, darüber lässt sich streiten.«

»Oh, ja, schön, werden Sie auch noch komisch. Das hebt die Situation.«

Den Rest der Fahrt blieb sie still. Derek parkte am Hafen und öffnete die Fondtür. Bevor Anna aussteigen konnte, brachte er seine Lippen dicht an ihr Ohr.

»Vergessen Sie es nicht«, mahnte er. »Wenn Sie wollen, dass die Polizei hier auftaucht, dann machen Sie eine Szene.«

Ihre Augen blitzten vor Wut. »Ich glaube, ich sollte mir wünschen, dass die Polizei kommt.«

Derek hielt die Tür für sie auf. »Das ist Ihre Entscheidung.«

Ihre Entscheidung. Anna hatte viele Entscheidungen in ihrem Leben getroffen, aber noch nie war sie gezwungen, zwischen etwas Unbekanntem und dem Gefängnis zu entscheiden. Langsam stieg sie aus dem Auto. Die Hand des Kopfgeldjägers hielt ihren Arm gepackt, als steckte er in einem Schraubstock.

Anna sah ihn misstrauisch an. Er war groß und gut gebaut, aber ihm fehlte die übertriebene Muskulatur der Männer, die sie bevorzugte. Der Kopfgeldjäger war athletischer und selbstsicherer, und er schritt mehr mit männlicher Anmut als mit diesem Macho-Gehabe. Nein, ihr Typ Mann war er nicht, aber er hatte was Anziehendes an sich, das ihr das Wasser im Mund zusammenlaufen ließ.

Der Griff auf ihrem Arm verstärkte sich noch, als er sie hinunter zum Hafen führte. Der Mond stand hoch und voll am Himmel und legte einen blassen Schimmer auf die Boote, die im Hafen leicht schaukelten. Es war so still, dass sie das Wasser sanft gegen die Schiffsrümpfe plätschern hörte.

Anna blieb stehen, als sie ein Segelboot mit dem Namen *Jezebel* erreichten. »Gehört es Ihnen?«

»Ja, und Sie können für die kurze Zeit hier bleiben.«

»Warum?«

»Gegen mein besseres Wissen gebe ich Ihnen eine zweite Chance«, sagte er. »Ich gehe nicht davon aus, dass Sie nicht weglaufen, aber zwei Wochen machen keinen großen Unterschied. Ich kann Gus hinhalten. Wenn Sie also irgendwas tun wollen, rate ich Ihnen, damit anzufangen.«

»Warten Sie eine Minute. Sie geben mir die zwei Wochen, aber Sie halten mich hier fest?«

»So lautet der Handel.«

»Ich dachte, Sie handeln nicht.«

»Ich sagte doch, dass ich mich gegen mein besseres Wissen entschieden habe.«

Anna schüttelte den Kopf. »Ich begreife es nicht. Wie soll ich irgendwas herausfinden, wenn ich auf Ihrem Boot festsitze?«

»Wohin Sie gehen, gehe ich auch«, sagte Derek. »Wenn ich nicht hier bin, schließe ich Sie in Ihrer Kabine ein. Ja oder nein?«

Anna starrte ihn an. »Warum?«

»Vorübergehender Verlust des Verstands«, murmelte Derek, »und eine offensichtliche Schwäche für Elfen.«

Er hielt die Kabinentür für sie auf. Als Anna an ihm vorbeiging, stieg sein Geruch in ihre Nase, eine anregende Mischung aus Seife und Rasierschaum. Sie glaube, die Hitze zu spüren, die sein Körper ausstrahlte.

Die Kabine war relativ groß, eingerichtet mit einem Esstisch und einem Sofa, mehreren Spinden und einer angeschlossenen Kombüse. Eine Tür führte wahrscheinlich zu einem Schlafraum. Auf einem Wandregal standen viele Bücher mit Beschreibungen von Ozeanreisen und über Meteorologie. Es gab mehrere Atlanten und Vorschläge für Kreuzfahrten. An den Wänden hingen Seekarten, und auf dem Kartentisch waren auch einige ausgebreitet.

Anna sah hinüber zum Kopfgeldjäger. Er stand noch in der Tür, lehnte mit dem Rücken gegen den Rahmen und beobachtete Anna ausdruckslos. Er hatte ein hartes Gesicht, aber es gab auch Zonen, in denen die harten Kanten von dichten Augenbrauen, dunklen Wimpern und einem überraschend sinnlichen Mund unterbrochen wurden.

Anna streckte wortlos ihre gefesselten Arme vor. Der Kopfgeldjäger bewegte sich nicht vom Fleck. Einen Moment lang dachte sie, er würde ihr die Handschellen nicht abnehmen, aber dann trat er vor und nahm ein Schlüsselbund aus seiner

Hosentasche. Er löste die Handschellen, und seine Finger glitten über die zarte Haut darunter.

Anna rieb sich die geröteten Gelenke. »Wie heißen Sie eigentlich?«

»Derek Rowland.«

»Nun, Derek Rowland, ich weiß das zu schätzen.« Die Worte hörten sich schwach und nicht angemessen an, deshalb legte sie nach. »Wirklich.«

Er hob die Schultern. »Sie haben eine begrenzte Zeit. Ich schlage vor, dass Sie sie sinnvoll nutzen. Sie können hier auf dem Bett schlafen. Morgen bringe ich Bettzeug mit.«

Er wandte sich zur Tür.

»Warten Sie«, sagte Anna.

Derek drehte sich zu ihr um.

»Was ist es ...« – Anna schluckte schwer – »was Sie von mir wollen?«

Er reagierte nicht, aber selbst aus der Distanz konnte sie in seinen Augen etwas flackern sehen, was zumindest Erregung hätte sein können.

Ihr stockte der Atem, als ihr einfiel, was sie getan hatte, bevor er sie so abrupt geweckt hatte. War er die ganze Zeit schon in ihrem Apartment gewesen? Hatte er gesehen, wie sie geil auf ihrem Bett herumgerutscht war, nackt und lüstern?

Röte erhitzte Annas Wangen. Auch bei ihrer hemmungslosen Natur war der Gedanke peinlich, dass dieser Mann sie in einem ihrer intimsten Momente erwischt hatte. Aber das gab ihr auch die Gewissheit, dass er was Anständiges an sich hatte.

»Sie zahlen mir das doppelte Honorar«, antwortete er nach einer Weile.

»Das ist alles, was Sie von mir wollen?«

»Glauben Sie, ich sollte mehr wollen?«

»Ich weiß nicht. Und Sie?«

»Über eine andere Form der Kompensation habe ich noch nicht nachgedacht«, sagte Derek. »Aber da Sie den Gedanken in meinen Kopf gebracht haben, werde ich darüber nachdenken.«

Als sie sah, wie er die Kabine verließ, stellte sich Anna erschauernd vor, was wohl passierte, wenn er auf einer Bezahlung bestand, die nichts mit Geld zu tun hatte.

Fünftes Kapitel

Cassandra Maxwell stellte unter dem Tisch ihre Füße nebeneinander. Richard stand vorn im Konferenzraum und präsentierte das abgelaufene Finanzjahr von Jump Start Computers. Cassandra ging durch den Kopf, dass er in seinem maßgeschneiderten Anzug wirklich eindrucksvoll aussah, anthrazitgrau, weil diese Farbe zu seinen Haaren passte. Alle ihre Freundinnen hielten Richard für einen gut aussehenden, bemerkenswerten Mann.

Das war er auch, dachte Cassandra. Schade nur, dass unter dem blendenden Äußeren nicht viel steckte. Richard konnte endlos über Programme und Gigabytes reden. Er konnte Budgetberichte analysieren und Stunden darüber nachdenken, wie man einen Web Browser optimieren konnte. Was er nicht konnte, der gute Richard – er konnte seiner Frau nicht das geben, was sie im Schlafzimmer brauchte.

Cassandra presste ihre Schenkel fester zusammen. In ihrem cremefarbenen Chanel Kostüm, den geschmackvollen goldenen Ohrringen und der passenden Halskette wusste sie, dass sie das Bild einer kühlen professionellen Frau abgab. Im Gegensatz zu vielen anderen Computerfirmen in der Bay Area hatte sie die übliche Bekleidung im Gewerbe – Jeans und Hemd – strikt abgelehnt.

Cassandra war in dem Glauben aufgewachsen, dass Frauen doppelt so viel und so hart arbeiten müssen wie Männer, um in der Geschäftswelt etwas zu erreichen. Sich schick und professionell zu kleiden war ihr erster Schritt zu einer beachtlichen Karriere gewesen. Während des Studiums, der Ausbildung und des Beginns der Karriere bei Jump Start bis zu ihrer Beförderung zur *vice president* hatte sie durch ihre Kleidung Respekt verlangt, der durch Intelligenz und Scharfsinn noch verstärkt wurde.

Sie richtete ihre Aufmerksamkeit wieder auf Richard. Einige Jahre nach ihrer Beförderung hatte sie ihn geheiratet, was natürlich in der Firma zu Klatsch und Tratsch geführt hatte. Alle ihre Angestellten wussten, dass sie sich ihre Position innerhalb des Unternehmens redlich verdient hatte; die Beziehung zu Richard hatte nichts damit zu tun. Zuletzt hatte sie eine aggressive Marketingkampagne durchgesetzt. Das Wachstumsplus von fünfundzwanzig Prozent hatte ihre Stellung bei Jump Start noch gefestigt.

Cassandra liebte die Tatsache, dass sie und Richard eine richtige Power Ehe führten. In ihren Gesellschaftskreisen gehörten sie zu den begehrtesten Paaren. Sie wurden wegen ihrer erfolgreichen Firma bewundert, aber auch wegen ihres sozialen Engagements und wegen ihrer Feste. Wer zu den Maxwells eingeladen wurde, konnte sicher sein, die höchste Stufe in der Gesellschaft erreicht zu haben.

Wenn Richard doch nur ihre Bedürfnisse so überzeugend erfüllen könnte, wie er seine Firma führte. Sie hatten nicht einmal ein schlechtes Sexualleben, aber es genügte ihr nicht. Sie fragte sich, was Richard denken würde, wenn er wüsste, dass sie unter ihrem teuren Kostüm kein Höschen trug. Oder dass sie es liebte, die frische Luft unter ihrem Rock zu spüren, weil sie so schön ihre heiße Pussy kühlte.

Sie fragte sich auch, was Richard von der dünnen schwarzen Kordel halten würde, die sie heute trug. Sie war unauffällig um ihre Taille geschlungen, und eine Kordel führte von den Backen und ihrer Pussy zurück zur Taille. Bei jedem Schritt rieb die Kordel gegen ihre inneren Falten und elektrisierte sie mit wilden Sensationen. Zweimal in der Woche legte sie die Kordel an, dienstags und donnerstags. Tage, die sie in ständiger Erregung verbrachte.

Erleichtert, dass Richard die Konferenz zu Ende brachte, packte Cassandra die Unterlagen zusammen und stand auf. Sie sprach noch ein paar Belanglosigkeiten mit anderen Abteilungsleitern, dann entschuldigte sie sich und ging zurück in ihr Büro. Mit jedem Schritt rieb die Kordel gegen ihre Klitoris. Sie wusste, wenn sie sich nicht zusammenriss, würde sie jeden Moment kommen.

Sie betrat ihr Büro, ein langes Eckzimmer, von dem aus sie den kleinen gepflegten Park überblicken konnte. Sie setzte sich an ihren Schreibtisch und zog den jüngsten Marketingbericht heran, der sich auf eine neue Foto Edition Software bezog, die sie erst vor kurzem auf den Markt gebracht hatten. Sie konzentrierte sich auf die Zahlen und blickte erst hoch, als es an ihre Tür klopfte. Richard trat ein, ohne auf ihre Aufforderung zu warten.

»Interessante Konferenz«, log Cassandra.

»Nein, war es nicht.« Richard zog die Tür hinter sich zu. »Hat Erin dir was über Anna erzählt?«

»Nein. Warum?«

»Ich glaube, sie haben Kontakt.«

Cassandras Augen verengten sich. »Wie kommst du auf die Idee?«

»Ich habe Erins Handy«, sagte Richard. »Sie hat es heute Morgen vergessen und wollte zurückkommen, um es zu holen. Ich habe gesehen, dass sie einen Anruf von einem Münzgerät in Redondo Beach erhalten hat.«

»Und?«

»Nun, als ich mich meldete, blieb es am anderen Ende der Leitung still, und dann war die Leitung plötzlich tot. Ich schwöre, dass es Anna war.«

»Warum sollte Anna mit Erin sprechen wollen?«

»Ich habe keine Ahnung«, gab Richard zu.

»Hast du Erin gefragt?«

»Nein, aber das will ich tun, sobald sie nach Hause kommt.

Wenn sie weiß, wo sich Anna aufhält, wird sie es mir sagen.«

Cassandras Gedanken überschlugen sich. Sie war vorsichtig erleichtert gewesen, als Anna abgehauen war, weil sie hoffte, dass Anna einfach untertauchen würde, um eine erneute Festnahme zu vermeiden. Dass sie aber frei herumlief, barg auch ein Element von Gefahr, denn wenn sie sich sehen ließ, konnte sie eine mittlere Katastrophe in der Familie anrichten. Der sicherste Ort für sie wäre das Gefängnis, und plötzlich wurde Cassandra bewusst, dass sie sich in einer prekären Situation befand, über die sie bisher noch nicht genügend nachgedacht hatte.

»Ich bin sicher, dass Erin ehrlich zu dir ist«, sagte sie zu Richard in ihrer besänftigenden Stimme. »Sie ist nicht wie Anna.«

»Nein.« Richard rieb sich über die Stirn und seufzte. »Aber Anna ist nicht dumm. Sie würde nichts tun, um ihre Freiheit zu gefährden.«

»Nun, sie ist zum Glück nicht mehr dein Problem.«

»Aber sie ist immer noch meine Tochter.«

»Du hast unzählige Male gesagt, dass du nichts mehr mit ihr zu tun haben willst«, sagte Cassandra. »Vielleicht ist es an der Zeit, dass du deine Worte in die Tat umsetzt.«

»Dass ich sie enterbt habe, ist nicht genug?«

»Ich meine doch nur, du solltest nicht so viel Energie in deine Sorge um sie stecken«, antwortete sie. »Schließlich ist sie erwachsen. Und eine Verbrecherin.«

»Vielleicht sollte ich Kontakt mit diesem Kopfgeldjäger aufnehmen«, murmelte Richard.

Cassandras Augen verengten sich. Wenn Richard eine Hand im Spiel hatte, wenn Anna gefunden wurde, würde er anschließend mit ihr sprechen wollen, und das wollte Cassandra um jeden Preis verhindern.

Sie kam um den Schreibtisch herum und ging auf Richard

zu. »Darling, du musst dich auf andere Dinge konzentrieren. Wir haben uns entschieden, was Anna angeht. Es ist Zeit, dass sie Verantwortung für sich selbst übernimmt.«

»Ja, aber ...«

»Kein Aber.« Cassandra drehte eine Locke seiner Haare um ihren Finger. »Lass sie in Ruhe, Richard. Sie wird nie etwas aus sich machen können.«

Sie sah, wie sein Blick auf ihren riefen Ausschnitt fiel, und sie konnte fast hören, wie Anna aus seinen Gedanken fiel. Cassandra lächelte in sich hinein. Richard war ein intelligenter Mann, aber er war auch einer, der sich leicht ablenken ließ. Sie drückte ihre Lippen auf seine Stirn.

»Hast du für die nächste Stunde irgendwelche Pläne?«, flüsterte sie.

»Noch nicht.«

»Gut. Halt diesen Gedanken fest.«

Cassandra ging ins Bad neben ihrem Büro. Sie betrachtete sich im Spiegel und sah, dass ihre Frisur saß. Ihre Finger zitterten leicht, als sie den Rock über ihre Hüften zog und die Kordel löste. Sie bedauerte, den Reiz nicht mehr zu spüren, und legte die Kordel in ein Fach unter dem Waschbecken. Dann zog sie den Rock glatt und kehrte zu Richard zurück.

Ihr Blick fiel auf seinen Schritt. Seine Erektion drückte sich schon gegen den Hosenstall. Das war das Schöne an Richard; er hatte kaum Mühe mit seiner Erektion, und sie hielt auch durch. Cassandra fuhr mit einer Hand die Umrisse des harten Glieds entlang und küsste ihren Mann auf den Mund. Seine heiße Zunge stieß gegen ihre.

Erregung ergriff Cassandra. Ihre Pussy war schon reif von der Reibung der Kordel. Wärme strömte von ihrem Innern durch ihren ganzen Körper. Richards Hände griffen an ihre Hüften. Er zog ihren Rock hoch, und seine Finger strichen über den nackten Hintern. Er hielt überrascht inne.

Cassandra lächelte und fing seine Unterlippe mit den Zähnen ein. »Ich hab das Höschen gerade ausgezogen«, murmelte sie. »Nichts soll dir im Weg sein.«

»Hübsch.« Seine Stimme klang eine Oktav tiefer. Seine Finger glitten zwischen die vollen Pobacken und erforschten die schattige Kerbe dazwischen. Cassandra erschauerte, als er tiefer in die Falten ihres Geschlechts vorstieß.

»Himmel, du bist ja schon nass.« Er legte den Oberkörper zurück, um sie anzusehen. Seine Geilheit stieg. »Du brauchst nicht lange, was?«

Cassandra ersparte sich, ihm zu sagen, dass sie die meisten Tage in einem Zustand der Erregung verbrachte. Sie lächelte. »Bei dir nicht, Darling.«

Richards Finger neckten den Spalt zwischen den Labien, und sein Daumen rieb ihre Klitoris. Cassandra sog tief die Luft ein, und wie von selbst gingen ihre Beine weiter auseinander. Ihre Pussy war völlig unbehaart, jedes Fältchen bot sich den Berührungen des Mannes dar. Richard hatte zunächst nicht viel davon gehalten, dass sie sich kahl rasierte, aber sie hatte ihn davon überzeugen können, dass ihre eigene Lust dadurch noch stärker wurde. Er hatte bald gelernt, die glatten Sensationen auch für seine Lust zu schätzen. Seine Finger streichelten über den nackten Venusberg, und er spürte, wie heiß sie wurde.

Cassandra bückte sich, um ihm die Hose zu öffnen, dann zog sie sie über seine Hüften. Er hatte einen schönen Penis, recht dick, wenn auch nicht zu lang. Er sprang ihr entgegen, und Cassandra ließ sich bereitwillig auf die Knie nieder und nahm seinen Penis in den Mund.

Richard stöhnte, und seine Hüften ruckten vor, während sie ihn tief mit dem Mund umschlungen hielt. Ihre Zunge arbeitete mit erfahrener Präzision, lutschte am Schaft entlang und leckte über die Spitze. Dann beugte sie sich noch tiefer, um das Zwillingssäckchen in den Mund zu nehmen. Richard legte eine Hand auf ihren Hinterkopf.

»Sanfter, Liebster«, flüsterte Cassandra. In erster Linie fürchtete sie um ihre teure Frisur.

Sie erhob sich und ging zum Schreibtisch. Sie räumte Papiere zur Seite, blickte Richard über die Schulter an und zog ihren Rock hoch bis zur Taille.

»Du hast einen phantastischen Arsch, Cassandra«, sagte Richard mit heiserer Stimme.

Cassandra unterdrückte den Drang, ihm zu sagen, er sollte sie mit der flachen Hand auf die Backen klatschen. Stattdessen bückte sie sich über den Schreibtisch und stellte die Beine auseinander, sodass Richard sehen konnte, wie sich ihre Muschi wie eine saftige Auster öffnete.

Ein Schwall kühler Luft küsste ihren Unterleib. Sie erschauerte und drückte eine Hand zwischen die Beine. Sie steckte einen Finger in ihre Öffnung und bewegte ihn vor und zurück, während Richard zuschaute. Ihre Scheide spannte sich um den Finger.

»Komm her und besorg's mir«, raunte sie.

Richard stand auf und trat hinter sie, das Schwert stoßbereit in der Hand. Er rieb die glitschige Spitze in die Kerbe zwischen den Backen. Cassandra legte den Kopf auf den Schreibtisch. Sie sah ihren raschen Atem auf dem polierten Holz. Richard drückte die Spitze gegen ihre Klitoris, während er einen Arm um ihre Taille legte. Die gespannte Erregung erfasste Cassandras Körper. Ihre Hände ballten sich zu Fäusten, als Richard die Eichel in ihrer Öffnung kreisen ließ.

»Schieb ihn rein«, flüsterte Cassandra.

Seine Hüften pressten gegen ihre Backen. Sein Schaft füllte sie aus, glitt in ihre nasse Passage und stimulierte sie mit jeder einzelnen Bewegung. Stöhnend sackte Cassandra mit dem Oberkörper auf den Schreibtisch. Sie krümmte den Rücken, sodass ihr Po sich stärker an ihm reiben konnte. Ihre Beine zitterten. Richards Hände packten ihre Hüften, und er begann, ernsthaft in sie hineinzustoßen. Keuchend trieb er tiefer und schneller in sie hinein. Sein Bauch klatschte gegen ihren Po.

Cassandra legte die Stirn auf das kühle Schreibtischholz. Ihr Körper ruckte bei jedem Stoß. Ihre Brüste rieben gegen die Seide ihres BHs, und sie wünschte, sie hätte ihre schmerzlich steifen Nippel drücken können. Sie glitt mit einer Hand nach unten, und ihre Finger spielten mit der Klitoris. Sie war so bereit … den ganzen Tag war sie für ihn bereit gewesen.

Sie schloss die Augen und genoss das Gefühl, von Richard genommen zu werden. Seine Methode war gut. Immer dasselbe, aber wenigstens gut.

Sie rieb den Knopf härter, als sich die Spannung aufbaute. Die Kombination von Richards Stößen und dem Druck ihrer Finger auf der Klitoris trieb sie der Erlösung entgegen. Sie kam mit einem gedämpften Schrei, und ihr Körper wurde geschüttelt, während Richards Stöße langsamer wurden.

»Himmel, Cass, ich kann mich nicht länger zurückhalten«, ächzte er.

Er zog sich aus ihr zurück und stieß einen Schrei aus, als er seinen Samen über ihren hoch gereckten Po schoss. Sein Körper sackte schwer auf ihren, während er um Luft rang. Der Geruch nach Sex füllte die Luft.

Cassandra versuchte, unter ihm wegzurutschen. »Richard, Liebster, du bist ein bisschen schwer.«

»Entschuldige.« Er erhob sich von ihr.

Cassandra kam hoch und drehte sich zu ihm um, während sie aus der Schachtel auf ihrem Schreibtisch ein paar Tücher zupfte. Sie lächelte.

»Wunderbar, Darling.«

Er lächelte und küsste sie. »Hübsche Pause zwischendurch, was?«

»Ja, aber jetzt gehst du besser, bevor sich die Leute wundern, was wir hier treiben«, riet Cassandra.

»Das geht keinen was an.«

»Richard!«

»Ja, schon gut, schon gut.« Er küsste sie wieder und strich mit einer Hand über ihr Gesicht. »Wir sehen uns später.«

»Ja, bis dahin.«

Cassandra ging ins Bad und war sicher, dass sie Gedanken an Anna aus dem Kopf ihres Ehemanns gedrängt hatte. Zumindest vorübergehend. Sie säuberte sich und bückte sich nach der Kordel, die sie mit zitternden Fingern anlegte.

Anna ging in der Enge der Kabine auf und ab. Seit zwei Tagen war sie nun an Bord von Derek Rowlands Boot, und sie hatte noch nichts erreicht. So sehr sie auch schätzte, dass er sie nicht bei der Polizei abgeliefert hatte, so wenig sah sie ein, welchen Sinn es ergab, sie hier einzusperren. Bisher war ihr nichts eingefallen, wie sie ihre Unschuld beweisen könnte.

Anna seufzte und nahm eine dunkelrote Kirsche aus der Schüssel, die auf dem Tisch stand. Am Morgen hatte Derek die Kirschen von einem Bauernmarkt mitgebracht, ehe er wieder verschwunden war.

»Ju-hu! Hallo?«

Anna drehte sich überrascht nach der Frauenstimme um. Die Kabinentür öffnete sich, und eine dunkel gebräunte Frau, Mitte vierzig, trat ein. Sie trug ein Bikini Top sowie Shorts, ihre kurzen Haare waren zerzaust, und sie sah so aus, als hätte sie noch nie Sorgen gehabt. Sie blieb stehen, als sie Anna sah, dann lächelte sie.

»Oh, hallo. Entschuldige, dass ich hier so reinplatze.«

»Wer bist du?«, fragte Anna.

»Ich heiße Maggie. Ist Derek da?«

»Nein.« Stirnrunzelnd warf Anna den Kirschkern in den Abfall. »Hast du einen Schlüssel?«

»Einen Schlüssel?«, wiederholte Maggie.

»Ja, um die Tür aufzuschließen.«

»Ich habe keinen Schlüssel.«

»Und wie bist du dann hereingekommen?«, fragte Anna.

»Die Tür war nicht abgeschlossen.«

Anna blieb mitten im Schritt stehen. »Nicht abgeschlossen?«

»Nicht abgeschlossen«, bestätigte Maggie.

»Da hängt kein Vorhängeschloss oder so etwas?«

»Nein. Warum auch?«

»Ja ...« Langsam dämmerte es Anna. Sie schüttelte den Kopf, halb bewundernd, halb verärgert. Dieser Bastard. Er hatte sie glauben lassen, dass er die Tür gesichert hatte, und gewusst, dass sie das nicht überprüfen würde.

Maggie lehnte sich gegen die Tür und musterte Anna. »Darf ich fragen, wer du bist?«

»Ich bin nur eine Freundin von Derek.«

»Mhm. Ich auch.«

Anna fragte sich, ob Maggie ihr damit irgendwas sagen wollte wie ›Finger weg‹ oder so, aber die andere Frau schaute sie nur weiter an, das Gesicht voller Neugier.

»Du warst in der Bar The Cave, nicht wahr?«, fragte Maggie.

Anna sah sie verdutzt an. »Woher weißt du das?«

»Ich war bei Derek, als er sich den Laden angesehen und auf dich gewartet hat«, antwortete Maggie. »Schrecklich aufregend. Ich war noch nie bei einer Überwachung dabei.«

»Heißt das, du weißt über mich Bescheid?«

»Nun, wenn Derek dich gesucht hat, kann das nur heißen, dass du abgehauen bist«, sagte Maggie.

Ein Anflug von Angst überfiel Anna. Wenn Maggie die Umstände kannte, stellte sie für sie und Derek eine Gefahr dar. Aber Maggie schien absolut unbekümmert, dass sie auf so engem Raum mit einer Kriminellen zusammen war.

»Willst du nicht wissen, warum Derek mich nicht festgenommen hat?«, fragte sie lauernd.

»Ich bin sicher, er hat seine Gründe«, sagte Maggie achselzuckend.

»Bist du auch Kopfgeldjägerin?«

Maggie lachte. »Himmel, nein. »Ich bin Autorin und Künstlerin.«

Die Spannung in Annas Nacken ließ nach. Maggie ließ sich auf einen Stuhl nieder und streckte ihre Beine aus. Sie strich sich mit einer Hand über die Schenkel.

»Und du hast geglaubt, er hätte die Tür mit einem Vorhängeschloss gesichert?«, fragte sie. »Hat Derek dich hier eingesperrt? Wie romantisch!«

Anna errötete. »Ja, ich habe geglaubt, dass er mich eingesperrt hätte.«

»Damit du nicht fliehen kannst?« Maggie dachte über die Situation nach. »Ich glaube, es gibt schlimmere Dinge auf der Welt, als Dereks Gefangene zu sein.«

»Ja, kann sein. Wie gut kennst du ihn?«

»Oh, Derek und ich, wir kennen uns schon viele Jahre.«

Maggie grinste. Anna betrachtete Maggies Körper ausgiebig. Sie hatte einen angenehm üppigen Körper mit vollen Brüsten und muskulösen Beinen, und sie strömte eine selbstbewusste Sexualität aus. Anna fand, das war in einer Welt der Unsicherheiten eine sehr anziehende Qualität.

Plötzlich drängte sich der jungen Frau ein Bild auf, wie Derek und Maggie nackt miteinander verschlungen waren. Ihr stockte für einen Moment der Atem, und dann gewahrte sie ihre eigene Erregung. Sie stellte sich die beiden als eingespieltes, ungehemmtes Paar vor.

»Lebst du in der Nähe, Maggie?«, fragte Anna.

Maggie nickte und wies auf das Dock gegenüber. »Genau da. Du solltest mich mal besuchen.«

»Ja, werde ich vielleicht tun.«

»Das würde mir gefallen.« Maggie hob ihre Arme und streckte sich genüsslich. Ihre Brüste hoben sich, und die harten Nippel drückten gegen den Bikinistoff. »Manchmal habe ich Langeweile, deshalb freue ich mich immer über Dereks Besuche.«

»Das kann ich gut verstehen«, sagte Anna. Ihr gefiel die offene Art der Frau. Sie hielt ihr die Schüssel mit den Kirschen hin. »Möchtest du eine?«

Maggie suchte sich eine knallrote Kirsche aus und biss auf sie. »Mhm. Das ist die beste Zeit für Kirschen.«

Anna erinnerte sich an ihre letzte Kirsche: Sie hatte einen bulligen Hafenarbeiter namens Ben verführen wollen. Ihr kam es so vor, als wäre das schon eine Ewigkeit her.

»Soll ich dir mal einen Trick zeigen?«, fragte sie Maggie.

Anna löste einen Stängel von der Kirsche und schob ihn in den Mund. Sie bearbeitete ihn mit der Zunge und ließ ihn erst wieder sehen, als sie ihn mit dem Knoten vorzeigen konnte. Maggie gluckste und besah sich den Stängel.

»Irre.«

»Man hat mir gesagt, dass ich eine talentierte Zunge habe«, sagte Anna und lachte Maggie an.

»Das würde ich auch sagen.« Maggie sah sie mit offener Bewunderung an. »Kennt Derek denn schon deine talentierte Zunge?«

Noch nicht, dachte Anna. »Ich habe ihm den Trick noch nicht gezeigt«, antwortete sie.

»Da habe ich aber Glück gehabt«, murmelte Maggie.

Anna räusperte sich und griff nach einer weiteren Kirsche. »Soll ich dir die Wahrheit sagen?«, fragte sie und war überrascht von den Worten, die aus ihrem Mund kamen.

»Nur, wenn du sie mir wirklich sagen willst.«

Anna fand, dass sie wenig zu verlieren hatte. Das Schlimmste, was passieren konnte, war, dass Maggie die Polizei benachrichtigte, aber irgendwie war sich Anna sicher, dass sie das nicht tun würde. Außerdem wusste Maggie bereits, dass sie sich auf der Flucht befand.

Anna gab ihr eine kurze Version der ganzen Geschichte, und Maggie hörte aufmerksam zu.

»Deshalb hat Derek mir eine zweite Chance gegeben.«

»Das war sehr lieb von ihm.« Maggie bedachte sie mit einem freundlichen Lächeln. »Ich wusste immer, dass er ein gutes Herz hat.«

»Sag ihm das nicht.«

»Derek agiert oft wie ein harter Bursche, aber er hat eine Schwäche für Frauen«, sagte Maggie. »Ich bin sicher, dass er dir helfen würde, wenn du ihn darum bittest.«

»Ja, vielleicht werde ich das tun, denn ich weiß nicht, wo ich anfangen soll.«

»Nun, wie ich schon sagte, du bist herzlich auf mein Boot eingeladen, wenn dir danach zumute ist«, bot Maggie an. »Ich meine, dann braucht Derek dich nicht einzusperren«, fügte sie grinsend hinzu.

»Derek wird das vielleicht nicht für eine gute Idee halten.«

»Warum nicht?«, fragte Maggie. »Du hast Gesellschaft, und ich habe Gesellschaft. Und ich lasse nicht zu, dass du abhaust.«

Sie zwinkerte der jüngeren Frau zu, und Anna spürte wieder ein erregendes Ziehen im Schoß. Sie hatte schon einige kurze Beziehungen mit anderen Frauen hinter sich, aber sie hatte noch keine Frau gekannt, die so selbstbewusst war wie Maggie.

»Ich werde ihn fragen«, versprach Anna.

»Ja, das ist eine gute Idee.« Maggie stand auf und streckte sich wieder. »Derek weiß, dass er mir vertrauen kann. Es war mir ein Vergnügen, dich kennen zu lernen, Anna.«

»Ganz meinerseits.«

Maggie ging hinauf aufs Deck. Anna nahm noch eine Kirsche aus der Schüssel und biss hinein. Ein Schwall Süße füllte ihren Mund und schmeckte wie ein Sonnenaufgang.

Sechstes Kapitel

»Und mir sagst du, ich wäre verrückt, weil ich mich mit Gavin verabredet habe!« Freddie schüttelte ungläubig den Kopf. »Du hast den Verstand verloren, mein Freund.«

»Ja, das sage ich mir auch.« Dass Freddie seine Meinung bestätigte, machte seine Entscheidung nicht einfacher. Derek fand, dass er in die unterste Schublade gegriffen hatte, was seine Professionalität anging. »Wenn jemand davon erfährt, kann ich meine Karriere vergessen.«

»Nein, sie werden nur glauben, dass du weiche Eier bekommen hast«, sagte sie fröhlich. »Ich glaube das ja schon seit längerer Zeit.«

Derek seufzte und stieß die Hände tief in die Taschen seiner Shorts, während er und Freddie entlang des Piers von Santa Monica spazierten. Der Pier war voller Menschen, die hin und her flanierten und die Andenkenläden und Fressbuden heimsuchten. Oder sie stellten sich an die Schlangen vor dem Riesenrad und der Achterbahn im Pacific Park. Ein uraltes Karussell drehte sich zu blecherner Musik. Die geschnitzten Pferde wurden von einer Lichttrommel angestrahlt.

Derek blieb vor einem Imbiss stehen und brachte zwei Becher Kaffee mit, dann verließen sie den Pier und gingen an den Strand zurück.

»Ich weiß nicht, was ich gedacht habe«, sagte er, als sie einen Platz im Sand gefunden hatten. Hohe Palmen bogen sich über ihnen, und vom Highway dröhnte der Verkehr.

»Du hast gar nicht gedacht, das ist das Problem.« Freddie breitete ein Badetuch auf dem Sand aus und zog Shorts und

T-Shirt aus. »Oder besser gesagt, du hast mit dem anderen Kopf gedacht.«

Derek sah sie düster an. »Danke für die Analyse.«

»Komm schon, Derek! Sie muss eine Bombe sein!«

»Sie ist keine Bombe. Sie ist nett, aber das ist nicht der Grund, warum ich ...«

»Aha.« Freddie nahm die Tube Sonnenschutz aus ihrem Rucksack und rieb Arme und Beine ein.

»Was sie mir erzählte, ergab irgendwie einen Sinn«, versuchte Derek zu erklären. Er sah in die andere Richtung, damit er Freddie nicht dabei zusehen musste, wie sie ihre honigfarbene Haut streichelte. »Ich habe ihre Stiefmutter kennen gelernt. Ich halte sie durchaus für fähig, so eine Nummer abzuziehen.«

»Also, jetzt mach mal einen Punkt«, rief Freddie aufgeregt. »Anna hat dich ja völlig eingewickelt. Sie ist schuldig wie die Sünde, und du weißt es.«

»Ich weiß es nicht«, widersprach Derek. »Und danke für deine Unterstellung, dass ich so töricht bin, mich von einer Frau um meinen Job bringen zu lassen.«

Zu seiner Verärgerung grinste Freddie. »Ich glaube nicht, dass du töricht bist. Jeder Mann wird bei einer Frau wie Anna Maxwell schwach.«

»Ich werde nicht schwach! Ich habe ihr zwei Wochen Zeit gegeben!«

»Was macht sie in diesen zwei Wochen?«

»Ich habe keine Ahnung. Gestern Abend hat sie die meiste Zeit in ihr Notizbuch geschrieben. Ich nehme an, dass sie damit auch jetzt beschäftigt ist.«

»Wie effizient.« Freddie klopfte auf seinen Arm. »Hör mal, ich weiß, dass ich dir das Leben schwer mache, aber das ist so gar nicht deine Art. Ich habe noch nie gehört, dass du mit einem deiner Gefangenen überhaupt ein Wort gewechselt hast über das Notwendige hinaus, ganz zu schweigen von

Unterbringung und Beköstigung, bis er seine Unschuld bewiesen hat.«

Derek stützte die Arme auf den Knien ab und starrte hinaus auf den Ozean. Ein paar Segelboote glitten gegen den Horizont. Am Strand spazierten die Leute; einige tauchten ihre Zehen in den kalten Pazifik, während einige Mutige weiter hinausgingen.

»Nun, ich halte meinen Teil der Abmachung ein«, sagte er schließlich. »Und ich gehe davon aus, dass sie das auch tut.«

»Was genau hat sie dir versprochen?«, fragte Freddie. Sie griff einen dicken Ordner, den sie im Rucksack verstaut hatte, und schlug ihn auf.

»Doppelt so viel wie Gus.« Derek nahm einen Schluck Kaffee. »Das Geld kann ich gut gebrauchen.«

Annas Geld würde die Lücke zwischen dem Traum seiner Weltumseglung und ihrer Realisierung nicht schließen, aber sie würde kleiner werden.

Er sah zu Freddie. Sie hatte sich auf dem Strandtuch ausgestreckt, und ihre langen Gliedmaßen glänzten von der Sonnencreme. Selbst in ihrem züchtigen Badeanzug konnte sie ihre natürliche Attraktivität nicht verstecken. Eine Sonnenbrille und ein Pferdeschwanz hielten Freddies lange Haare vom Gesicht fern, während sie durch den Ordner blätterte.

»Was liest du?«, fragte Derek.

Freddie hielt ihm die Papiere hin. »Hintergrundinfos über meinen Mordversuch. Seine letzte Adresse war im Haus seiner Mutter. Ich wette, er wird sie besuchen.«

Derek wusste, dass Freddie nicht einfach tatenlos am Strand liegen konnte; sie musste sich mit irgendwas beschäftigen. Faulenzen kam in Freddies Leben nicht vor.

»Du solltest diesen Fall nicht allein übernehmen«, sagte er.

»Ich werde damit schon fertig.«

»Du solltest es trotzdem nicht tun. Ich komme mit«, legte Derek fest.

Freddie reagierte nicht, aber er wusste, dass sie verärgert war.

»Wie ist eigentlich deine Verabredung zum Surfen gelaufen?«, fragte er. Zu seiner Überraschung errötete Freddie.

»Wirklich gut«, sagte sie und wich seinem Blick aus.

»Nur gut?«

»Ja. Gavin macht Spaß. Und die Grundbegriffe hat er schnell kapiert.«

Ihre Reaktion verriet Derek, dass es um mehr als Surfen gegangen war. Er war nicht sicher, ob ihm das gefiel. »Was macht er eigentlich beruflich?«

Freddies Augen blitzten ihn an. »Was soll denn diese Frage?«

»Ich möchte es nur gern wissen.«

»Nein, das ist es nicht. Du willst einen Grund suchen, warum ich ihn nicht sehen soll.« Freddie blätterte weiter in ihren Unterlagen. »Aber dafür ist es schon zu spät. Ich habe mich für morgen mit ihm verabredet.«

Derek unterdrückte die Mahnung, dass sie vorsichtig sein sollte. »Tu nichts Dummes«, sagte er stattdessen.

»Du meinst, ich soll ihn nicht in meinem Boot einschließen?«

»Ja, so ungefähr.« Er legte den Kopf in den Nacken und trank den Rest seines Kaffees.

»Keine Bange.« Freddie legte sich auf den Bauch. Ihre Brüste wurden gequetscht, und dazwischen bildete sich ein verführerisches Tal. »Werde ich sie kennen lernen?«

»Anna? Ja, wenn du willst. Solange du niemandem was davon erzählst.«

»Meine Lippen sind versiegelt.«

»Schade.«

Freddie gluckste und trat verspielt nach ihm. Derek richtete sich auf und staubte den Sand von seinen Beinen.

»Da wir gerade von ihr sprechen, ich will mal nach ihr sehen«, sagte er.

»Okay, vielleicht komme ich später mal vorbei.«

»Ich werde da sein.«

»Wie willst du einen anderen Job übernehmen, wenn du sie überwachen musst?«, fragte Freddie.

Derek verzog das Gesicht. »Ich schätze, ich werde für die Zeit keinen neuen Job übernehmen.«

Freddie schüttelte den Kopf und wandte sich wieder ihrem Ordner zu. »Sie muss eine Bombe sein.«

Während er unterwegs zum Hafen war, fragte sich Derek, was Anna Maxwell an sich hatte, dass sie ihn zu dieser Vereinbarung gebracht hatte. Er gab sich damit zufrieden, dass ihre Angaben ihn überzeugt hatten.

Er betrat die Kabine und fand Anna am Tisch vor, vertieft in ein dickes Buch mit dem Titel *Ozeanreisen auf der ganzen Welt*. Sie blickte auf, als er eintrat. Mit ihren zerrissenen Jeans, dem schwarzen T-Shirt und den nur noch halb gefärbten Haaren sah sie wie ein verirrter Kobold aus.

»Wird Ihnen das bei Ihrer Stiefmutter helfen?«, fragte Derek.

Anna hob die Schultern. »Ich muss noch nachdenken.«

»Morgen bleiben Ihnen nur noch zwölf Tage.«

»Das ist mir sehr bewusst.« Anna schlug das Buch zu. »Planen Sie eine Ozeanreise?«

»Warum fragen Sie?«

Sie wies mit dem Kopf auf all die Bücher an der Wand. »Die ganzen Karten und so. Das sieht so aus, als planten Sie irgendwas Großes.«

»Ja, kann schon sein.« Aus irgendeinem Grund wollte er sie an seinem Plan nicht teilhaben lassen. Er legte die Hände auf seine Hüften und sah ihr in die Augen. »Haben Sie irgendwas gefunden, was Ihre Unschuld beweist?«

»Entschuldigung, ich habe nicht herumgeschnüffelt. Mir war nur langweilig.«

Derek schüttelte den Kopf. »Zwölf Tage, Anna. Sie sollten Ihre Zeit besser nutzen.«

»Das versuche ich ja, aber selbst Sie müssen zugeben, dass ich nicht viel ausrichten kann, wenn ich hier festsitze. Sie haben nicht mal eine Internetverbindung.«

»Okay.« Derek setzte sich ihr gegenüber. »Welche Art Beweis brauchen Sie?«

»Den Beweis, dass Cassandra das Geld gestohlen hat.«

»Welche Art von Beweis?«

»Ein Bankkonto, auf dem sich das Geld befindet«, meinte Anna. »Sie hat ein falsches Kundenkonto benutzt, nehme ich an. Vielleicht lässt sich irgendwas Schriftliches zur ihr zurückverfolgen. Ich weiß es nicht. Am besten wäre es, wenn ich sie zu einem Geständnis bringen könnte.«

»Könnte sie irgendwas dazu bringen?«

»Ich bezweifle das. Dazu ist sie zu clever.« Anna sah ihn an. »Aber Sie sollten etwas über sie wissen. Sie hat eine Affäre.«

»Das ist ihr großes Geheimnis?« Derek war nicht sehr beeindruckt.

»Nun, es ist eine absonderliche Affäre.«

»Wie absonderlich?«

»Sie ist mit diesem Mann zusammen, der sie kontrolliert«, sagte Anna. »Er fesselt sie, verhaut sie, solche Sachen.«

»Woher wissen Sie das?«

»Ich habe sie dabei mal überrascht. Mein Vater war zu der Zeit nicht in der Stadt, und Erin war auf dem College. Ich sollte in Untersuchungshaft sitzen, aber wegen der Kaution kam ich frei. Wieder einmal.«

»Und wo waren sie?«

»Im Haus meines Vaters. In einem der Schlafzimmer. Ich habe sie gehört, und dann habe ich nachgeschaut. Er hatte sie über einen Schemel gebunden und verabreichte ihr eine ordentliche Tracht Prügel. Sie waren ziemlich überrascht, mich zu sehen.«

»Was geschah dann?«

»Cassandra ist mir nachgelaufen und wollte mich dazu überreden, meinem Vater nichts davon zu sagen«, antwortete Anna. »Als ich bemerkte, wie verzweifelt sie war, ihr Geheimnis zu wahren, wusste ich, dass ich etwas in der Hand hielt, das ich mal gegen sie verwenden konnte. Ich sagte ihr, wenn sie meinen Vater verließe, würde ich ihr Geheimnis für mich behalten.«

»Und das hat sie nicht getan.«

»Nein. Und deshalb hat sie mir den Betrug untergeschoben. Damit ich ihr nicht mehr im Weg stehe. Sie wusste, dass mein Vater den Kontakt zu mir einstellen würde, was auch so eintraf. Sonst hätte ich ihm nämlich alles über seine Frau erzählt.«

»Was ist mit Brief oder E-Mail?«

Anna schüttelte den Kopf. »Das habe ich versucht. Cassandra hat Zugang zu seinen E-Mails. Er nimmt meine Telefonanrufe nicht an, und ein Brief käme nie an Cassandra vorbei.«

Sie hob die Schultern. »Cassandra will nicht, dass irgendeiner von der Affäre erfährt. Sie weiß, dass mein Vater sich scheiden lassen würde, und das wäre ihr beruflicher und gesellschaftlicher Untergang.«

»Glauben Sie, dass sich die Leute so sehr darum scheren?«

»Bei den Leuten weiß ich das nicht«, antwortete Anna. »Aber Cassandra würde es nicht ertragen, wenn ihre Freundinnen und Kollegen von ihren sexuellen Vorlieben erfahren.«

»Wie heißt der Typ?«, fragte Derek.

»Victor. Victor Thane. Warum?«

Derek stand auf, das Gesicht sehr nachdenklich. »Schon gut. Überlassen Sie das mir.«

»Aber ...«

»Wenn Sie Hilfe brauchen, Ihre Unschuld zu beweisen, dann überlassen Sie das mir«, wiederholte Derek. »So eine Affäre dürfte leicht aufzuspüren sein.«

»Maggie war ziemlich sicher, dass Sie helfen würden, wenn ich Sie darum bitte«, sagte Anna.

Derek runzelte die Stirn. »Maggie?«

»Ihre Nachbarin. Sie ist gestern vorbeigekommen, als Sie nicht da waren.«

»Warum haben Sie mir das nicht gesagt?«

»Ich sage es Ihnen jetzt. Sie schien harmlos genug zu sein.«

»Was haben Sie ihr gesagt?« Derek wusste, er konnte Maggie trauen, aber je weniger Menschen über Anna Bescheid wussten, desto besser.

»Ich habe ihr die Wahrheit gesagt«, erwiderte Anna. »Es hört sich so an, als hätte sie eine Schwäche für Sie.«

Derek war ein wenig verlegen. »Sie ist nur eine gute Freundin.«

Anna grinste. »Das ist das, was Cassandra mir über Victor weismachen wollte: Nur ein guter Freund. Aber sie hat eine Schwäche für Männer im Allgemeinen.«

»Alle Männer?«

»Nun, ganz gewiss für bestimmte Männer.« Anna errötete, und die Farbe stand ihr gut. »Männer wie Sie.«

»Was soll das heißen?«

»Wollen Sie Komplimente hören?«

»Vielleicht.« Er musterte sie ungeniert. »Was ist mit Ihnen?«

»Was soll mit mir sein?«

»Wo ist Ihre Schwäche?«, fragte Derek, obwohl er ahnte, dass er die Antwort schon wusste.

Anna schüttelte den Kopf, stand auf und wandte sich ab. »Nicht Männer wie Sie, wenn Sie das meinen.«

»Tut mir leid, das zu hören.« Er erwartete eine ätzende Replik, deshalb überraschte es ihn, als sie ihn mit einem fast traurigen Blick ansah.

»Ja, stimmt«, sagte sie leise. »Sie sind einer der guten Jungs, nicht wahr?«

»Das ist umstritten.«

Er wollte an ihr vorbei in die Kombüse gehen, aber dann hielt er inne, als sie ihm in den Weg trat. Ihr Ausdruck war eine Mischung aus Neugier und Besorgtheit. Gegen seinen Willen nahm Derek eine Locke ihrer blonden Haare in die Hand.

»Die Wurzeln scheinen durch«, sagte er.

»Sagen Sie mir was Neues.«

Derek hielt ihrem Blick stand. »Ich habe mich etwa eine halbe Stunde in Ihrem Apartment aufgehalten, bevor ich Sie geweckt habe.«

Anna starrte ihn an, dann dämmerte ihr, was er andeuten wollte. Die rote Farbe im Gesicht vertiefte sich, und jetzt blitzte es auch noch in ihren Augen.

»Ich ... eh, ich dachte, Sie wären ...«

»Ich muss sagen«, murmelte Derek, »das war ein toller Anblick.«

Annas schlanker Hals arbeitete, als sie hastig schluckte. Ihre Lippen lösten sich, während sie nach Luft rang. Derek spürte, wie die Erregung durch sein Blut schoss. Er starrte auf ihren Mund. Sie hatte volle Lippen, die sie knallrot angemalt hatte. Ohne nachzudenken, senkte er den Kopf.

Anna begegnete ihm auf halbem Weg, und dann trafen sich ihre Lippen zu einem sanften Kuss. Sie schmeckte warm und süß. Dereks Lippen öffneten sich langsam. Seine Hände hielten ihre zierlichen Schultern fest. Ein Seufzer drang über Annas Lippen. Sie spreizte die Finger auf seinem Brustkorb. Ihr Körper entspannte sich.

Die Zungen begegneten sich, und Derek sah wieder das Bild vor sich, wie sie sich auf der Matratze ausstreckte. Er wollte sie nackt sehen, wollte ihren biegsamen festen Körper streicheln, wollte ihn unter seinem fühlen. Er zog sie dichter an sich heran. Ihre Brüste drückten gegen seinen Torso, und sie erschauerte. Der Kuss hielt an.

Dereks Hände berührten Annas Rücken ganz unten an der

empfindlichen Stelle, wo sich Rücken und Po begegnen. Die Finger streckten sich auf ihren Backen aus. Er zog ihre Hüften gegen seine. Sie keuchte heiser, als sie seine wachsende Erektion zwischen ihren Schenkeln spürte. Heißer Atem wich aus ihr und drang in seinen Mund ein.

Verlangen brandete durch Dereks Adern. Bei keiner anderen Frau bisher hatte er eine so starke Anziehung, verbunden mit dem Drang, ihr zu helfen, empfunden. Sie kam ihm wie eine verlorene Seele vor, die hart daran gearbeitet hatte, eine dicke Mauer um sich herum aufzurichten. Er wollte diese Mauer einreißen.

Ihre Hände schlüpften unter sein Hemd und strichen über seinen Brustkorb. Sie berührte ihn mit einer Selbstsicherheit, die nicht so recht zu ihrer hilflosen Situation passen wollte. Sie strich über den behaarten Torso und rieb gegen die flachen Nippel. Gleichzeitig öffnete sie den Mund weiter, um seine Zunge tiefer einzulassen. Er konnte beinahe die Lustwelle fühlen, die durch ihren Körper raste.

Er zog sein Hemd aus. Anna presste den Mund auf seinen Brustkorb, und die Zunge spielte mit einem Nippel. Murmelnd zog sie den Reißverschluss seiner Shorts auf und stieß eine Hand in seinen Schritt. Die kleine Hand schloss sich um seine Erektion. Derek stöhnte auf. Er wollte ihr das T-Shirt abstreifen, um ihre nackte Haut zu spüren.

»Hallo? Derek?« Die Stimme wurde von einem Klopfen gegen die Kabinenwand begleitet. »Bist du da?«

»Wer ... wer ist das?«, stammelte Anna.

»Das ist Freddie«, antwortete Derek. Bedauern zuckte durch seinen Körper. »Sie ist eine der Guten im Lande, das ist unbestritten.«

Er wandte sich ab und ging an Deck. Freddie stand nahe beim Cockpit, die Arme über der Brust verschränkt.

»Das hat aber eine Zeit gedauert«, bemerkte sie und richtete den Blick auf seine nackte Brust.

»Ja, die Zeit passt nicht gut.«

Freddie hob eine Augenbraue. »Für mich trifft das vielleicht zu, aber nicht für dich.«

»Was willst du damit sagen?«

Freddie fuhr mit den Fingern über Dereks Lippen. Sie hielt ihm einen Finger hin. »Roter Lippenstift. Nicht deine Farbe.«

Derek verzog das Gesicht und wischte sich mit dem Handrücken über den Mund. Ihm war Freddies wachsende Missbilligung bewusst.

»Sag es nicht«, murmelte er.

»Werde ich auch nicht.« Sie stieg zurück auf das Dock. »Du weißt selbst, dass du dir Ärger einhandelst.«

Siebtes Kapitel

Derek verschlang das letzte Stück seines Apple Pan Hamburgers und schob den Teller von sich. Die alte Burgerbude mit der karierten Tapete, der offenen Küche und den barschen Kellnern gehörte zu seinen und Freddies Lieblingsessplätzen. Sie saß neben ihm an der U-förmigen Theke, ihre ganze Konzentration auf den eigenen Burger gerichtet. Seit sie aßen, das musste eine Viertelstunde her sein, hatten sie kein Wort mehr gesprochen, obwohl Derek spürte, dass Freddie eine Menge zu sagen hatte.

»Ich habe angeboten, ihr zu helfen«, sagte er dann.

Sie kaute weiter und sah ihn an. »Hast du ihr nicht schon geholfen, indem du sie nicht festgenommen hast?«

»Ich meine, ich habe ihr angeboten, bei der Stiefmutter zu helfen.« Derek nahm eine Serviette und wischte Ketchup von Freddies Kinn. »Sie ist es, von der sie glaubt, hereingelegt worden zu sein.«

Freddie verdrehte die Augen. »Sie hat dich wirklich um ihren kleinen Finger gewickelt, was?«

»Nein.« Derek war verärgert, weil Freddie glaubte, er wäre so leicht hinters Licht zu führen. »Was sie erzählt, macht wirklich Sinn.«

»Macht Sinn für deinen Schwanz«, murmelte Freddie.

»Ich habe nicht mit ihr geschlafen.«

»Noch nicht.«

Derek knurrte: »Und was ist der Unterschied, wenn man sich mit einem Informanten verabredet?«

»Gavin ist kein gesuchter Krimineller«, gab sie spröde zurück. »Das ist ein großer Unterschied.«

»Du klingst so, als ob du eifersüchtig auf Anna wärst.«

»Warum, um alles in der Welt, sollte ich eifersüchtig auf sie sein?«

»Die Geschichte ist doch romantisch, findest du nicht auch?«, fragte Derek. »Der Kopfgeldjäger hilft einem Mädchen auf der Flucht. Eine solche Chance hat sich dir noch nicht geboten.«

»Nun ja, bisher waren die Kerle, die ich gejagt habe, entweder verlaust oder mit Akne gesegnet.«

»Und deshalb bist du eifersüchtig. Anna ist hübsch.«

Freddie starrte ihn strafend an. »Das macht den Vorgang doch nicht besser, Derek. Aber lass es gut sein. Dir gefällt nicht, was ich mit Gavin mache, und mir gefällt nicht, was du mit Anna machst. Wir sind quitt.«

»Ich mache nichts mit Anna.«

»Noch nicht.«

»Ich schätze, dasselbe kannst du nicht von Gavin behaupten.«

»Es geht dich nichts an, was ich mit Gavin mache.«

»Das beantwortet meine Frage.«

»Du hast keine Frage gestellt.«

»Also gut. Was treibst du denn so mit Gavin?«

»Das geht dich nichts an.«

Derek musste grinsen. Er langte nach seiner Brieftasche. Auch wenn Freddie ihn ärgerte, so war er gern mit ihr zusammen. Vielleicht weil er wusste, dass ihr Ärger der gegenseitigen Anziehung entsprang.

Außerdem musste er zugeben, dass er sie gern reizte. Wenn sie verärgert war, riss sie die braunen Augen weit auf, und ihre Haut wurde von einem wunderschönen Rot überzogen. Sie tat dann so, als wäre er geringer einzuschätzen als die Kakerlake unter ihrem Fuß. Er mochte dieses Aufgebrachtsein von ihr.

»Okay, Fredericka«, sagte er, nachdem er die Rechnung bezahlt hatte, »gehen wir.«

»Nenn mich nicht so.« Sie schlang den Rucksack über ihre Schulter und schritt zur Tür.

»Wie du willst, Fredericka.«

Als Derek sie draußen einholte, sah er, dass sie versuchte, einen Schimmer von Belustigung zu unterdrücken.

Sie überquerten den West Pico Boulevard zum Westside Pavillon Einkaufszentrum und gingen hinein. Ein Schwall künstlich kalter Luft begrüßte sie. Fluoreszierende Lampen mischten sich mit den Sonnenstrahlen, die sich durch das Glasgewölbe brachen. Gläserne Geschäftsfassaden säumten den Hauptweg wie Soldaten in Habachtstellung. Überall an strategischen Punkten waren Bänke zwischen Kübelpflanzen aufgestellt worden.

Derek fiel auf, dass sich viele Männer nach Freddie umdrehten. Sie war in ihren verwaschenen Jeans, die sich an ihre langen Beine schmiegten, und dem pinkfarbenen T-Shirt mit V-Ausschnitt, das die Fülle ihrer Brüste nicht wirklich bändigen konnte, eine auffällige Gestalt. Sie hatte die Haare streng zurückgekämmt und in einen Pferdeschwanz zusammengefasst, der bei jedem Schritt pendelte. Sie schien die Aufmerksamkeit, die ihr zuteil wurde, gar nicht zu bemerken.

Derek fand, dass ihre Ahnungslosigkeit die Anziehung nur noch erhöhte. Während er begriff, dass Männer sie anstarrten, hieß das noch lange nicht, dass es ihm gefiel. Es passierte zwar jedes Mal, wenn sie zusammen ausgingen, aber er hatte sich immer noch nicht daran gewöhnt, und er hasste es.

»Weißt du, es ist doch nur, weil ich nicht will, dass du verletzt wirst«, sagte Freddie nach einer Weile.

Er strich mit einer Hand über ihre Haare und nickte. »Ich weiß.«

»Und wenn es jemand herausfindet, Derek, könntest du wegen Begünstigung einer gesuchten Person angeklagt werden.«

»Das weiß ich auch.« Er hatte schon mehr als einmal daran gedacht, aber irgendwie schien das nichts im Vergleich zu dem, was Anna erwartete, falls er ihr nicht helfen konnte. »Du bist die Einzige, der ich was gesagt habe.«

»Was ist mit Maggie?«

»Sie hat Anna schon kennen gelernt.«

Freddie warf ihm einen Blick zu. »Wie viel weiß sie?«

»Anna sagt, sie hätte ihr die Wahrheit gesagt.«

»Derek!«

»Maggie ist das egal. Sie hat das Motto ›leben und leben lassen‹ verinnerlicht.«

»Aber wenn du schon von Eifersucht redest – sie könnte eifersüchtig sein, dass Anna plötzlich deine Zeit in Anspruch nimmt.«

Derek hob die Schultern. »Ich mache mir keine Sorgen.«

»Solltest du aber.« Freddie blieb stehen und sah ihn an, die Hände auf den Hüften. »Es ist mir ernst, Derek. Dies könnte ein schlimmes Ende für dich haben.«

»Hör zu, ich werde damit fertig«, sagte Derek. »Ich bin doch kein Anfänger mehr.«

Sie hielt die Hände hoch, als wollte sie sich ergeben. »Also gut. Wie planst du, ihr zu helfen?«

»Anna behauptet, ihre Stiefmutter hätte eine Affäre«, sagte Derek. »Ich habe meinen Informanten gebeten, die Finanzen der Stiefmutter und ihres Liebhabers mal unter die Lupe zu nehmen.«

»Was ist, wenn du belastendes Material findest?«, fragte Freddie.

»Dann überlasse ich es Anna, was sie damit anfängt.«

»Hast du überhaupt vor, sie festzunehmen?«

»Nicht, wenn bewiesen ist, dass sie kein Verbrechen begangen hat. Aber sie ist natürlich erst frei, wenn die Anklage gegen sie fallengelassen wird.«

»Falls sie fallengelassen wird«, korrigierte Freddie.

»Ja.«

»Nun, sei vorsichtig, okay?« Freddie schaute auf ihre Uhr. »Warum kaufst du nicht, was du brauchst, und wir treffen uns hier in einer Stunde wieder.«

»Ich brauche nichts.«

»Du musst gar nicht einkaufen?«

»Nein. Ich leiste dir nur Gesellschaft.«

»Aber irgendwas wirst du doch brauchen.«

»Nein.« Derek ahnte ihr Unbehagen, und dann bemerkte er, dass sie vor einem Wäschegeschäft stehen geblieben waren. Er grinste in Freddies Verlegenheit hinein.

»Ich werde dich bei deinem Einkauf begleiten«, bot er an und ging auf das Wäschegeschäft zu. »Komm.«

»Derek, das ist nicht nötig«, zischte Freddie.

»Ich helfe dir, was Schönes auszusuchen.«

Derek betrat das Geschäft und wurde von einer Wolke aus Parfums und Lotions empfangen. Es herrschte eine sinnliche Atmosphäre; dicke Teppiche und eine Tapete mit großen Blumen. Es gab zahlreiche Regale mit Schlafanzügen, Büstenhaltern, Höschen und vielen anderen sexy Wäschestücken. Klassische Musik berieselte die Kunden aus verborgenen Lautsprechern.

»Sir, kann ich Ihnen helfen?« Eine attraktive junge Frau eilte zur Begrüßung auf ihn zu.

»Ja, wir suchen etwas für meine Freundin.« Derek wies mit dem Kopf auf Freddie.

»Ihre eh ... Freundin, Sir?«

Freddie war rot geworden, aber in ihren Augen schimmerte auch Vergnügen durch, während sie Derek kopfschüttelnd tadelte.

»Etwas aus Seide und Spitze«, ergänzte Derek. Er hob einen BH aus dem Regal und hielt ihn hoch. »Davon haben Sie eine Menge, wie ich sehe.«

»Ja, wir haben ein großes Sortiment«, sagte die Verkäuferin eifrig. »Wenn Sie sich ...«

»Ich schaue mich nur ein bisschen um«, unterbrach Freddie. »Vielen Dank für Ihre Hilfe.«

»Gewiss. Lassen Sie mich wissen, wenn Sie etwas anprobieren wollen.«

»Oh, ja, das wird sie wollen«, sagte Derek. »Aber zuvor muss ich mein Okay geben.«

Freddie kniff ihn fest in den Arm, nachdem die Verkäuferin sich zurückgezogen hatte.

»Autsch! Wofür war das denn?«

»Ich möchte gern selbst entscheiden, was für Kleider ich kaufe«, sagte Freddie.

»Das sind Kleider?« Derek sah auf einen kleinen Fetzen aus Spitze, die absolut nichts verbarg.

»Würdest du bitte draußen warten?«

»Niemals.« Derek holte ein orangefarbenes Mieder aus einem Regal. »Was sagst du dazu?«

»Ich mag kein Orange.« Freddie wandte sich von ihm ab und begann selbst, durch die einzelnen Regale zu stöbern. Offenbar hatte sie sich vorgenommen, ihn einfach zu ignorieren.

Derek machte sich ein eigenes Bild von den Angeboten, bevor ihm wie aus dem Nichts bewusst wurde, dass Freddie wahrscheinlich etwas für ihren Surfknaben kaufen wollte. Er schaute zu ihr hinüber, als sie das Preisschild an einem schwarzen Spitzen-BH betrachtete.

Sein Besitzanspruch war plötzlich ins Wanken geraten. Die unterhaltsame Natur der Situation schwand und wurde ersetzt durch ein Bild von Freddie, die ihren schwarzen BH trug, der ihre Brüste zusammendrückte und nach oben schob. Er spürte eine beginnende Erektion, und er hätte nur zu gern gewusst, welche Wäsche sie jetzt trug.

»Na, meinetwegen«, knurrte er, nicht glücklich über den Verlauf. »He, Freddie, ich warte draußen.«

»Gut, ja.«

Derek verließ das Wäschegeschäft und setzte sich draußen auf eine Bank. Er versuchte, das sexy Bild von Freddie im schwarzen BH abzuschütteln, aber es schien in seinem Kopf fest verankert zu sein.

Es war nicht das erste Mal, dass Derek ein paar heiße Gedanken über Freddie pflegte. Und obwohl er ein Eunuch hätte sein müssen, um Freddies natürliche Anmut nicht zu erkennen, fühlte er sich trotzdem schuldig. Er wusste, wie hart sie dafür gearbeitet hatte, in diesem Gewerbe ernst genommen zu werden, und irgendwie fühlte er sich wie ein Verräter, wenn er sie als attraktive Frau wahrnahm.

Die nächste halbe Stunde verbrachte er damit, andere Frauen anzusehen, um Freddies Bild zu verdrängen. Schließlich trat Freddie aus der Tür, eine Papiertasche über dem Arm.

»Bist du endlich fertig?«, fragte Derek, immer noch ein wenig verärgert über ihr Verhalten.

»Ich habe doch gar nicht lange gebraucht.«

»Zeige mir wenigstens, was du gekauft hast.«

Freddie reichte ihm ihre Papiertasche. Er wusste, dass es ein Fehler war, aber Derek schaute trotzdem hinein. Sie hatte verschiedene Spitzen-BHs mit den jeweils passenden Höschen ausgewählt sowie ein Seidenhemdchen. Ein ganzer Filmstreifen lief in seinem Kopf ab, und alle Bilder zeigten Freddie in ihrer neuen Wäsche, betörend und verführerisch.

»Hübsch. Ich bin sicher, das wird deinem Surfknaben gefallen.« Er schloss die Tasche.

»Was lässt dich glauben, dass ich die Wäsche gekauft habe, um sie vor Gavin zu tragen?«

»Hast du nicht?«

»Nicht unbedingt.«

Derek runzelte die Stirn. »Für wen denn sonst?«

Jetzt runzelte auch Freddie die Stirn. »Warum sollte dich das interessieren?«

»Du kannst mir Vorträge über Anna halten, aber ich kann dich nicht mal nach deiner Verabredung fragen?«

»Ich bin nicht einmal sicher, ob ich eine weitere Verabredung mit Gavin habe. Wir haben uns einige Male getroffen, das ist alles.«

»Ich habe den Eindruck, dass du eine Menge mehr mit ihm anstellen willst.«

»Und?« Ihre Stimme klang kalt.

»Weißt du irgendwas über ihn?«

»Das hatten wir doch schon hinter uns, Derek«, gab Freddie knapp zurück. »Ich werde mit ihm fertig.«

»He, du hast mich eben wegen Anna in die Mangel genommen. Ich weiß wenigstens, wer sie ist und wo sie herkommt. Du lässt dich mit einem Informanten ein, der durchaus auch ein Krimineller sein könnte.«

»Gavin ist kein Krimineller.«

»Das weißt du nicht.«

»Würdest du bitte aufhören, an meinem Urteilsvermögen zu zweifeln?« Freddie schnappte sich ihre Tasche. »Ich habe genug davon.«

»Bei deinem letzten Freund hat dich dein Urteilsvermögen im Stich gelassen«, erinnerte Derek sie, obwohl er wusste, dass er völlig unfair argumentierte. Er konnte sich nicht erklären, warum er so verärgert über sie war, denn schließlich war er es, der diese lüsternen Gedanken über sie hatte.

»Ja, er war ein Verlierertyp«, murmelte Freddie.

»Und Gavin ist das nicht?«

»He, hör auf damit«, fauchte Freddie ihn an. »Ich sagte, ich habe genug von deinem Misstrauen.«

»Du bist es nicht, der ich misstraue«, sagte er. »Es sind die anderen.«

»Ich verstehe. Ich bin es überdrüssig, dass du glaubst, ich

kann mir keinen anständigen Mann suchen, weil ich einmal einen Fehler begangen habe.«

Sie drehte sich um und ging in die andere Richtung, den Rücken kerzengerade. Derek fluchte still vor sich hin, aber gleichzeitig war er auch davon überzeugt, dass er richtig gehandelt hatte.

Freddies letzter Freund hatte sie nicht nur betrogen, er hatte sie auch bestohlen. Selbst nachdem sie das herausgefunden und mit ihm gebrochen hatte, war sie noch einmal schwach geworden und wieder mit ihm im Bett gelandet. Derek war wütend gewesen, als Freddie ihm das gestanden hatte. Er hätte dem Kerl gern den Schädel eingeschlagen, denn er hasste die Vorstellung, dass irgendeiner Freddie Schaden zufügen konnte, sowohl körperlich wie seelisch.

Es hatte sich herausgestellt, dass der Kerl die Stadt verlassen hatte, bevor Derek ihn in die Finger bekommen konnte. Das war schon gut so, dachte Derek, während auch er umkehrte, um Freddie einzuholen und seinen Frieden mit ihr zu machen.

Ihre Handgelenke schürften gegen den Lederriemen, der sie zusammenband. Ihr Körper fühlte sich in dem engen Korsett eingezwängt, das mindestens eine Nummer zu klein war. Cassandra schloss die Augen, während das Blut heiß durch ihre Adern floss. Sie keuchte leise, als eine Männerhand in ihr geöffnetes Haar griff und ihren Kopf zurückzog. Ein harter Mund presste sich auf ihren. Der Kuss fühlte sich wie eine Bestrafung an und war doch so erregend.

»Wie oft hast du es ausgezogen?«, fragte Victor.

»Ehm ... nur einmal ... letzte Woche.« Cassandra schlug die Augen auf und sah ihn flehentlich an. »Ich musste es tun, denn Richard war ...«

»Dein Mann ist keine Entschuldigung.«

»Ich weiß. Es tut mir leid.«

Ihr Herz begann zu rasen, als sie sich ausmalte, was er mit ihr anstellen würde. Er war zwanzig Jahre älter als sie, ein Fels von einem Mann, hart und kantig. Seine schwarzen Haare waren von grauen Fäden durchzogen, und seine hellen grünen Augen konnten sie mit der Intensität eines Laserstrahls durchdringen. Cassandra betete ihn an und fürchtete ihn.

Sie trat von einem Bein aufs andere und versuchte, eine andere Haltung einzunehmen, um die Spannung aus den Armen zu bannen. Sie stand unter einem Holzrahmen, die Arme über ihrem Kopf, der Körper gespannt.

Victors Hand strich über ihren prallen Po und drang in die Kerbe zwischen den Backen ein. Die schwarze Kordel schmiegte sich zwischen ihre Beine. Victor öffnete die Schnallen des Korsetts und ließ es zu Boden gleiten. Cassandra stieß einen Seufzer der Erleichterung aus und konnte wieder kräftig durchatmen.

»Wann hast du sie wieder angelegt?«, fragte Victor.

»Gleich danach.«

»Wonach?«

»Nachdem Richard und ich ...« Ihre Stimme brach ab.

»Nachdem er dich gevögelt hat?«

»Ja«, wisperte Cassandra.

»So ein böses Mädchen«, sagte Victor. »Du weißt, du sollst diese Kordel nicht ablegen, ohne mich vorher zu fragen.«

»Ich weiß, aber ich hatte keine Zeit mehr. Es tut mir leid.«

Sie wusste, dass ihr das Betteln in der Stimme nicht helfen würde. Während sie fruchtlos an den Fesseln zerrte, fing sie einen Blick von sich im Wandspiegel auf.

Ihr Körper war nackt bis auf die schwarze Kordel um ihre Taille. Sie stach auf ihrer blassen Haut so deutlich hervor wie ein Brandzeichen. Die harten Nippel hoben sich ab wie Beeren, und ihre Muskeln waren straff gespannt. Die blonden Haare bedeckten ihre Schultern.

Bevor sie Victor fragen konnte, was er mit ihr anstellen wollte, glitt er mit einer Hand über ihren flachen Bauch und dann zwischen ihre Schenkel. Er rieb die Finger über den rasierten Venusberg.

»Hm, scheint, dass wir da noch einen Pflegebedarf haben«, murmelte er.

Cassandra zwang sich, nicht zu protestieren. Sie versuchte, sich so glatt wie möglich zu halten, aber manchmal vergaß sie es, oder sie hatte keine Zeit. Dann übernahm es Victor nur zu gern, die hartnäckigen Härchen zu rasieren oder auszuzupfen – ein Akt, der Cassandra immer sehr nervös machte.

Victor band ihre Handfesseln los, und Cassandra ließ die Arme sinken. Er brauchte es ihr nicht zu sagen – sie legte sich aufs Bett und spreizte die Beine. Sie errötete, als Victor laut gluckste.

»Wie nass du schon bist.« Er tunkte die Finger in ihre Falten. »So wünsch ich mir mein Mädchen.«

Cassandra sah ihn verlegen und doch voller Stolz an. Unter einem lose gebundenen schwarzen Bademantel war er nackt, die Brust behaart, der Penis halb steif. Cassandra hoffte, dass er ihr befahl, ihn zu saugen, denn sie nahm gern die unterwürfige Stellung auf den Knien ein.

Victor öffnete die Kordel um ihre Taille und legte sie beiseite, bevor er nebenan ins Bad ging. Cassandra hörte das Geräusch des rauschenden Wassers. Sie ballte ihre Faust, um sich dagegen zu wappnen, ihre schmerzende Pussy zu berühren. Victor kam mit einer Schüssel heißen Wassers zurück, außerdem mit Rasierschaum und Messer.

Cassandras Herz schlug schneller. Obwohl sie Victor vertraute, mochte sie nicht das Gefühl des scharfen Rasiermessers zwischen den Beinen. Außerdem hasste sie es, ihren unvermeidlichen Orgasmus zu unterdrücken.

Sie lehnte den Kopf zurück und schloss die Augen, als Victor sie mit einem Handtuch abtupfte. Er trug den Rasierschaum auf ihren Venusberg auf. Cassandra biss sich auf die Lippen, als seine Finger sie zu streicheln begannen. Er war der einzige Mann, der sie nur durch die leichteste Berührung seiner Finger zum Orgasmus bringen konnte. Der Schaum auf ihrer Haut fühlte sich kühl und cremig an.

Victor setzte das Rasiermesser auf ihrem Schenkel an und zog es hoch über die empfindliche Haut des Venusbergs. Er ging sehr geschickt vor, tauchte das Messer ins Wasser und strich wieder über den Hügel.

Cassandras Klitoris pulsierte. Sie konnte Victors Atem auf ihrem inneren Schenkel spüren. Seine Finger teilten die Labien, während er alle Stoppeln entfernte. Nach einer Weile, die ihr wie eine Ewigkeit vorkam, wischte er sie mit dem Handtuch trocken, trat zurück und betrachtete seine Arbeit.

»Da! Glatt und seiden.« Er griff nach einer kleinen Flasche und ließ ein paar Tropfen Öl auf seine Fingerkuppen fallen.

Cassandras Hüften ruckten vor und zurück, als Victor begann, das Öl in ihre Haut zu reiben. Er lächelte und schlüpfte mit einem Finger in ihre Spalte. Ihre Pussy klammerte sich um den Finger. Cassandra glaubte, sie würde platzen, als sie versuchte, ihre Erregung zu kontrollieren.

»Bitte«, keuchte sie, »bitte nicht.«

»Du armes Ding«, murmelte Victor grinsend. »Du bist heiß wie eine Katze.«

Er stellte die Rasierutensilien zur Seite und schnipste die Finger. »Dreh dich um.«

Cassandra brauchte nicht zu fragen, was er meinte. Sie drehte sich um und richtete sich bereitwillig auf die Knie auf. Sie senkte den Kopf auf ihre Arme, während der Po sich Victor verführerisch entgegenstreckte.

Das ist alles Annas Schuld, dachte Cassandra wütend.

Wenn diese kleine Schlampe nicht damit angefangen hätte, wäre es nicht nötig gewesen, dass Victor sie bestrafte.

Sie gab einen leisen Schrei von sich, als Victors Hand auf ihre Backen klatschte. Seine Hand war hart, und die Schläge klangen entschlossen. Sie spürte, dass ihre Haut warm und rosig wurde. Ihre Finger gruben sich in die Arme, während sie auf den nächsten Schlag wartete. Neue Angst brach in ihr aus, und tatsächlich klatschte er ein Paddel auf ihre erhitzten Backen. Cassandra knirschte mit den Zähnen, als Victor zuschlug, immer und immer wieder.

»Autsch! Victor, bitte!« Cassandras Hüften mahlten im Kreis, als sich die Schläge häuften. Schmerz wallte in ihr auf. Sie barg den Kopf in ihren Armen, und Tränen füllten ihre Augen.

»Cassandra!« Seine Stimme klang streng.

Mit letzter Anstrengung streckte sie ihm den Po wieder entgegen und wurde durch ein geknurrtes »Gutes Mädchen« belohnt.

Das Paddel klatschte weiter auf die Backen und erhitzte sie mit Farben, die von Pink bis Scharlachrot reichten. Cassandra wusste nicht mehr, wie sie den Schmerz ertragen sollte, selbst als sie spürte, dass ihre Säfte zwischen ihre Schenkel tropften. Die Hitze zwischen ihren Beinen rivalisierte mit der Hitze ihrer Pobacken. Ihr Körper wand sich unkontrolliert, während Victor nicht nachließ, sie zu bestrafen. Cassandra spürte eine wunderbare Mischung aus Schmerz und Hitze, die durch ihre Blutbahn zog. Die Tränen liefen über, und ihr Flehen ging im dämpfenden Kissen unter.

Schließlich hörte Cassandra, wie er das Paddel auf den Nachttisch legte. Sie atmete voller Erleichterung tief ein, aber sie ließ den Po weiter so provozierend nach hinten gereckt. Victors Finger strichen über die entzündeten Backen, womit er den Schmerz weiter stimulierte. Aber diesmal störte es Cassandra nicht. Einladend wedelte sie ihm den Po entgegen. Ihr Körper lechzte nach Befriedigung.

Victor gluckste, und dann spürte sie seinen Schaft an ihrer Pussy. Sein Bauch presste sich hart gegen ihren Po.

»Ah, gut«, stöhnte er. »Hübsch und heiß.«

Er grub seine Finger in ihre Hüften und zog sie fester an sich. Sein Penis drückte mit voller Kraft in ihre Höhle. Cassandra keuchte auf und krümmte den Rücken, als er rhythmisch zuzustoßen begann. Er langte unter sie, griff ihre Brüste und zwirbelte hart ihre Nippel.

Cassandra schloss die Augen und labte sich an den vielfältigen Sensationen, die ihren Körper überschwemmten. Sie wurde von Hitze, Schmerz und Lust gepackt, als Victors Bauch gegen ihren geröteten Po klatschte, sein Schwanz kraftvoll in sie stieß und seine Finger ihre Brüste rieben. Sie zuckte, als Victors Finger zu ihrer Klitoris vordrang.

»Oh, Victor«, stöhnte sie, »bitte nicht ...«

»Reiß dich am Riemen, Cassandra«, verlangte er, die Stimme tief und heiser.

Cassandra zügelte ihre Erregung mit allem, was sie hatte. Sie wusste, wenn sie ohne Erlaubnis kam, würde Victor sie noch härter bestrafen. Seine Finger bildeten eine Schere, mit der er die Klitoris rieb, weil er wusste, dass Cassandra es so am liebsten hatte. Ihr ganzer Körper pochte und pulsierte. Victors Stöße wurden länger und langsamer.

Sie spürte, wie seine Erregung anstieg. Im nächsten Moment zog er sich aus ihr heraus und besprühte ihren geschundenen Hintern. Obwohl sie selbst noch auf ihre Erfüllung wartete, wurde Cassandra von Glücksgefühlen überflutet, weil sie wusste, dass Victor bei ihr seine Befriedigung gefunden hatte. Sie ließ ihre Pobacken kreisen.

»Bitte.« Ihre Stimme klang gepresst.

»Ja.«

Er rieb ihre pochende Klitoris. Dreimal in der Schere seiner Finger, und schon war es um sie geschehen. Der ganze Körper wurde geschüttelt, und die Ekstase floss von Victors Fingern durch ihre Adern. Ihre Augen füllten sich mit Tränen der Erleichterung und Dankbarkeit. Sie fiel aufs Bett, mitten in eine Wolke aus Befriedigung und lauerndem Schmerz.

Victor streckte sich neben ihr aus. »Du nimmst deine Bestrafung gut hin, mein Darling. Aber ich lasse nicht zu, dass du Dinge ohne meine Erlaubnis tust.«

»Ich weiß. Es tut mir leid.« Cassandra hasste die Vorstellung, ihn verärgert zu haben. »Ich musste vermeiden, dass Richard weiter über Anna sprach.«

Er runzelte die Stirn. »Weiß er, wo sie ist?«

»Nein. Ich glaube nicht, dass der Kopfgeldjäger sie gefunden hat, sonst wüssten wir davon.«

Victor richtete sich auf. Seine Befriedigung schien von ihm abzufallen wie ein abgelegter Mantel. »Mir gefällt das nicht. Mir gefällt es nicht, dass sie noch frei herumläuft.«

»Noch hat sie keinen Ärger verursacht.«

»Aber sie könnte.« Victors Gesichtszüge härteten sich, als er sie anschaute. Es war ein Blick, der Cassandra wie ein Eiszapfen durchbohrte.

»Du musst herausfinden, was der Kopfgeldjäger unternimmt«, sagte Victor. »Sie muss hinter Gitter. Ich will nicht, dass sie hier vor der Tür steht. Oder vor meiner.«

»Was soll ich tun?«

»Finde heraus, wie nahe der Kopfgeldjäger ihr auf den Fersen ist«, antwortete Victor. »Je schneller sie verhaftet wird, desto besser.«

Cassandra legte sich auf den Rücken und starrte an die Decke. Ihr ging es nur darum, dass ihre Affäre mit Victor ein Geheimnis blieb. Wenn Richard davon erfuhr, würde er sich scheiden lassen. Und sie würde mit nichts in die Wüste geschickt, wie es im Ehevertrag festgehalten war. Ihr Ruf wäre ruiniert. Sie würde alles verlieren, für das sie so hart gearbeitet hatte.

Verlass meinen Vater, sonst wirst du es bereuen, hatte Anna ihr gedroht. Es war nicht schwer für Cassandra gewesen, es so aussehen zu lassen, als hätte Anna das Geld gestohlen. Dafür war es umso schwieriger zu erkennen, ob sie Anna endgültig ausgeschaltet hatte.

Achtes Kapitel

Im Baum hingen kleine Elfen mit hauchdünnen Flügeln und perfekten runden Brüsten. Ihre Gesichter schauten listig und geheimnisvoll aus, und ihre Hände mit den langen Fingern griffen sich gegenseitig an ihre Sanduhrfigur. Ihre Körper wurden von langen fließenden Haaren bedeckt, aber sie erlaubten Blicke auf weiße Haut, pinkfarbene Nippel und schattige Spalten. Kein Zweifel, es waren sexy Dinger, dachte Derek.

Er wandte sich vom Bild ab. Kleine Gemälde und Zeichnungen hingen wie Schmuckstücke an den Wänden des Armand Hammer Museums. Ein paar Besucher wanderten durch die Galerie und beugten sich nahe an die Gemälde heran, um sich ein genaues Bild von den Werken des Hanson Janglitz zu machen.

Freddie stand in der Nähe und betrachtete mit konzentriertem Gesicht ein Ölgemälde. Sie trug ihre übliche Kluft, Jeans und ein purpurfarbenes T-Shirt mit V-Ausschnitt. Sie hatte ihre Haare hochgesteckt und sah gut und anziehend aus.

Derek ging auf sie zu und dachte, ohne es zu wollen, dass Freddies Körper es mit den Elfen aufnehmen konnte. Ein paar Sekunden dachte er darüber nach, welche Wäsche sie unter ihrer praktischen Kleidung trug. Und er fragte sich auch, was sie für Gavin Vincent getragen hatte.

Zu seiner Enttäuschung hatte sein Informant nichts über Gavin herausfinden können. Nicht mal ein Knöllchen wegen Geschwindigkeitsübertretung. Obwohl Derek froh war, dass Freddie sich nicht mit einem Kerl verabredete, der vorbestraft war, bereitete es ihm Unbehagen, dass sie sich überhaupt mit jemandem verabredete.

Er blieb neben ihr stehen und sah sich das Bild an. Ein Satyr hatte sich eine dralle Elfe geschnappt, presste eine Hand zwischen ihre Beine und die andere auf ihre Brust. Die Elfe schien zwischen Erregung und Widerstand zu schwanken.

»Exotisch und pervers«, sagte Derek und erinnerte sich an Freddies Bemerkung über den Künstler. »Ich schätze, das ist eine zutreffende Beschreibung, wenn man vögelnde Elfen sehen möchte.«

Sie sah ihn von der Seite an. »Ich schätze, du hättest nichts dagegen.«

»Nicht, wenn sie so aussehen.« Derek folgte ihr zum nächsten Gemälde. »Wieso ist das Kunst und nicht Pornographie?«

»Kann es nicht beides sein?«

»Wenn du diese Bilder in einem anrüchigen Männermagazin abdruckst, kommt niemand darauf, sie Kunst zu nennen«, knurrte Derek.

»Der Unterschied ist die Phantasie«, sagte Freddie. Sie blieb vor einem Gemälde stehen, das ein vogelähnliches Wesen darstellte, dessen Flügel um eine üppige Elfe schwirrten, die nur ein paar Fetzen am Leib trug. »Du musst zugeben, dass das ein kreatives Werk ist.«

»Ja, ist es. Es macht einen scharf.«

»Derek!« Freddie gluckste, schaute sich dann aber hastig um, ob jemand ihn gehört haben könnte.

»Ist doch wahr«, verteidigte er sich und wies auf ein anderes Bild, auf dem ein Zentaur bei der lustvollen Begegnung mit einer Elfe gezeigt wurde. »Selbst du musst zugeben, dass das verdammt sexy ist.«

»Was soll das heißen: selbst ich muss zugeben …?«

»Ja, nun, ich zähle dich nicht zu denen, die auf exotische Perversionen stehen.«

»Das bedeutet nicht, dass ich prüde bin.«

»Das habe ich nicht gesagt«, hielt Derek dagegen. »Niemand, der solche Wäsche trägt, kann prüde sein.«

Freddie errötete. Ihre Haut strahlte in einem charmanten Karmesinrot. Ja, sie könnte es zu jeder Zeit mit den Elfen aufnehmen. Derek fragte sich, ob er von der Kunst angemacht wurde oder von ihr. Er räusperte sich und nahm sich ein anderes Bild vor.

»Ich glaube, der Künstler will uns was über die Gesellschaft sagen«, meine Freddie. »Diese Bilder repräsentieren die heimlichen Wünsche und Träume, die jeder in sich verborgen hält.«

»Ich hatte solche Träume zuletzt als Teenager«, gab Derek zurück.

»Derek, wirst du wohl ernsthaft bleiben!«

»Ich bin ernsthaft, das kannst du mir glauben.«

»Lies im Katalog«, empfahl Freddie. »Hanson Janglitz hat eine eigene Welt um eine Reihe von Wesen geschaffen, die verschiedene psychologische und physische Triebe symbolisieren. Die Satyrn zum Beispiel stellen die selbstsüchtige Lust dar, während die Zentauren die Liebe repräsentieren.«

»Und wen stellen die Elfen dar?«, fragte Derek und war auf die Antwort gespannt.

Freddie blätterte im Katalog. »Eh ... das weibliche Verlangen.«

»Ja, hört sich gut an.«

»Weibliches Verlangen wird durch eine Elfe nicht wirklich gut repräsentiert«, murmelte Freddie.

»Was stellt es denn besser dar?«

Freddie hob die Schultern. »Ich weiß es nicht.«

»Na, komm schon, Freddie. Was stellt sie besser dar? Die Blumen? Die Natur?«

»Himmel! Wie bist du denn drauf? Wie der letzte Romantiker?«

»Was denn?«

Freddie sah einen Moment auf das Bild, vor dem sie standen. »Fiber«, sagte sie dann.

»Fieber wie erhöhte Temperatur oder Fiber wie die Fasern im Weizenmehl?« Derek hätte enttäuschter nicht sein können.

»Nun, wie du weißt, hat Fiber mehrere Bedeutungen«, erklärte Freddie. Sie und Derek schlenderten langsam aus der Galerie und traten in den hellen, luftigen Innenhof des Museums. »Fiber kann aus verschiedenen Materialien sein. Baumwolle, Nylon, Wolle. Man kann Garn daraus spinnen, aus dem man wiederum die verschiedensten Produkte herstellen kann. Du kannst es weben und in tausend Farben bleichen. Fiber kann aus Glas geschaffen werden und farbiges Licht transportieren. Außerdem steht das Wort für Kraft und Integrität. Fiber ist das, was Substanz gibt, verstehst du?«

»Und das symbolisiert das weibliche Verlangen?«

»Ja, klar. Das Verlangen einer Frau ist genauso vielschichtig. Es kann in unzählige Formen gesponnen werden, kann hunderte Farben absorbieren und Licht transportieren. Es hilft, dem Charakter einer Frau Substanz zu geben. Es kann so zerbrechlich sein wie Glas oder so stark wie ein Tau. Webe alle Fäden des weiblichen Verlangens zusammen, und du erhältst alles, vom einfachen Bettvorleger bis zum kunstvollen vielfarbigen Gobelin.«

»Oh, Mann.« Derek schüttelte den Kopf. Freddie würde nie aufhören, ihn in Staunen zu versetzen.

»Und was symbolisiert das männliche Verlangen?«, fragte sie.

»Eh ... lass mich nachdenken.« Derek zermarterte sein Gehirn. »Samen vielleicht. Kleine Körner, die du aussäst, und dann werden schöne Blumen und Pflanzen daraus.«

»Mit der Hilfe von gutem Dünger«, ergänzte Freddie lachend.

Derek lachte mit ihr. Er stupste sie an und wurde mit einem schelmischen Grinsen belohnt. Die kurze Berührung weckte

Lust auf mehr, er hätte sie gern an sich gezogen und fest gedrückt.

Beinahe hätte er es getan. Freddie blieb stehen, als ahnte sie seine Anspannung. Ihre Blicke trafen sich. Ihre braunen Augen glitzerten mit einem Anflug von Verwirrung und einem Ausdruck, der tiefer ging.

Derek starrte sie an. Sie hatte ihn noch nie so angesehen. Er wollte etwas sagen, aber dann wandte sich Freddie ab und ging in Richtung Halle.

»Hast du Hunger?«, fragte sie. »Wir können uns schnell was zu essen greifen, wenn du Zeit hast.«

»Ja, klar.« Derek schämte sich fast für seine Gedanken.

Die verdammte Wäsche war schuld, redete er sich ein. Wenn er nicht von Freddies Schwäche für Seide und Spitze gewusst hätte, würde er nicht auf diese Weise an sie denken. Er ignorierte die Tatsache, dass er nicht zum ersten Mal registrierte, wie begehrenswert sie war. Dass er immer heißer auf sie ansprang, bereitete ihm Unbehagen.

Er schüttelte den Kopf, als wollte er seine Gedanken lichten. Vielleicht lag es auch an Anna. Schließlich musste es zwangsläufig zu sexuellen Spannungen führen, wenn eine solche Frau auf seinem Boot lebte.

Ja, das war die Erklärung. Derek hätte fast einen Seufzer der Erleichterung ausgestoßen, als er für Freddie die Tür zum Café aufhielt. Zwischen Anna und Maggie stand er, kein Wunder, dass er sich dem Siedepunkt näherte. Er reagierte so heftig auf Freddie, weil sie zufällig bei ihm war. Sobald er Klarheit geschaffen hatte, würde seine Beziehung mit Freddie wieder ganz normal laufen, Fiber oder nicht.

Während er sich ihr gegenüber an den Tisch setzte, überlegte er, welche Gobelins man aus ihrem Verlangen weben könnte.

»Warum bist du nicht gegangen?« Maggie sah Anna neugierig an. »Du hättest doch wieder abhauen können.«

Anna hob die Schultern. Es stimmte, sie konnte einfach durch diese Tür gehen. Sie zeigte Maggie den Ansatz eines Lächelns. »Ich weiß nicht, wohin ich gehen soll. Außerdem hat Derek gestern gesagt, dass er mir helfen will. Ich kann alle Hilfe brauchen, die ich kriegen kann.«

»Kann ich irgendwas tun?« Maggie streckte ihre langen Beine aus und hob sie auf einen Stuhl. Sie trug einen purpurfarbenen Bikini mit einem fließenden Sarong um die Taille. Mit einem Glas Limonade in der Hand sah sie so aus, als sollte sie auf einer exotischen Pazifikinsel in einer Hängematte liegen. »Weißt du, ich habe auch meine Möglichkeiten.«

»Ich brauche Beweise gegen meine Stiefmutter«, sagte Anna. »Und ich habe keine Ahnung, wie ich sie beschaffen soll. Derek sagte, er würde mir helfen, aber er hat mir noch nicht erzählt, welche Pläne er hat.«

»Nun, Derek kennt eine Menge Leute«, meinte Maggie. »Polizisten, Informanten, Kriminelle und seine Kollegen jetzt und von früher. Ich bin sicher, dass er einige Leute anrufen wird, um in deiner Sache weiterzukommen.«

»Warum, glaubst du, tut er das für mich?« Anna erinnerte sich an den Kuss, und ein wohliger Schauer lief ihr über den Rücken. Sie wusste, dass sie ihn anziehend fand, ob er ihr half oder nicht. Aber sein Angebot hatte ihn in ihren Augen noch anziehender gemacht.

Maggie lächelte versonnen. »Vielleicht hat er einen Märchenkomplex und will den Prinzen spielen, der die brave Königstochter aus höchster Gefahr rettet.«

Anna errötete. »Da hat er sich die falsche Tochter ausgesucht.«

»Nein, hat er nicht.« Maggie sah sie an, als wäre Anna ein Gemälde, das man studieren konnte. »Woher kommst du eigentlich, Anna?«

»Wie meinst du das?«

»Du bist eine sehr ungewöhnliche Frau, eine Mischung aus ätherisch und hart. Wie bist du so geworden?«

»Durch die Umstände, nehme ich an. Du würdest auch hart werden, wenn du so eine Stiefmutter hättest wie ich.«

»Was ist mit deiner Mutter passiert?«

»Sie ist gestorben, als ich noch klein war.« Eine vertraute Traurigkeit überfiel Anna. »Es ist seltsam. Cassandra hat absolut nichts von meiner Mutter. Ich kann immer noch nicht begreifen, warum mein Vater sie geheiratet hat.«

»Vielleicht genau deshalb, weil sie nichts von deiner Mutter hat«, meinte Maggie.

»Ich weiß es nicht. Sie hat mich nie gemocht. Sie toleriert meine Schwester, aber auch nur, weil Erin sich innerhalb ihrer Grenzen bewegt. Ich habe das nie getan. Ich schätze, deshalb finde ich mich in der Situation wieder, in der ich bin.«

»Deine eigenen Entscheidungen zu treffen ist nichts, dessen man sich schämen muss«, sagte Maggie. »Sieh doch nur Derek und mich an. Glaubst du, wir hätten uns je an Grenzen gehalten?«

»Aber ihr habt nichts mit Cassandra zu tun.«

»Oh, wir alle haben es im Leben mit Cassandras zu tun.«

»Wer war deine?«

»Mein Ex-Mann«, antwortete Maggie. Sie schloss den Mund um den Strohhalm und saugte aus dem Glas. »Du hast noch keinen Mann erlebt, der so ängstlich, unreif und förmlich ist. Ich musste sogar seine Unterhemden bügeln. Und im Bett war er eine Null. Alles andere als die Missionarsstellung war tabu. Zehn Jahre war ich bei ihm.«

»Warum so lange?«

»Ich brauchte so lange, bis ich herausgefunden hatte, dass es Optionen gibt.«

»Und was hat dich hergebracht?«

»Du meinst, warum ich auf dem Boot lebe? Nun, als ich mit

John zusammen war, lebten wir im Vorort. Klassisches kleines Reihenhaus mit einem eingezäunten Ziergarten am Ende einer von Bäumen gesäumten Sackgasse. Ich fuhr eine viertürige Limousine. Als ich ihn endlich verlassen hatte, wollte ich ein gegensätzliches Leben führen, und ich dachte, auf einem Boot zu wohnen wäre ein guter Anfang.«

»Und hast du das gegensätzliche Leben gefunden?«

»Ich bin jetzt glücklicher, als ich je gewesen bin«, sagte Maggie. »Ich lebe völlig unabhängig. Ich kann tun, was ich will, wann ich will.« Sie grinste. »Und mit wem ich will. Also ja, ich habe dieses Leben gefunden.«

»Wie gut für dich«, sagte Anna und wünschte, sie könnte das auch von sich sagen. Sie wusste nicht einmal, ob sie genug Mut hatte, um ein ganz anderes Leben als bisher zu führen, denn sie konnte sich nicht einmal vorstellen, welche Qualität dieses Leben enthalten sollte.

»Eines Tages findest du es«, sagte Maggie.

»Was?«

»Eines Tages wirst du auch dein gegensätzliches Leben finden«, präzisierte Maggie. »Und wenn es sich anbietet, wirst du es erkennen.«

»Das hoffe ich.«

»Ich rede mit Derek, ob du zu mir kommen kannst«, sagte Maggie. »Wie ich schon sagte, er vertraut mir.«

»Aber kann ich das auch?«, murmelte Anna.

Maggie lachte. »Nur wenn du willst. Und wenn Derek sagt, dass er dir hilft, dann wird er es tun. Er ist zuverlässig – und nicht nur das.«

»Das finde ich langsam auch heraus.«

»Schläfst du mit ihm?«, fragte Maggie.

Anna blinzelte überrascht. Sie hatte immer noch kein Gefühl dafür entwickelt, welche Art Beziehung diese Frau zu Derek unterhielt.

»Eh, nein.«

Maggie lächelte. »Noch nicht.«

»Würde dich das stören?«, fragte Anna.

»Die Vorstellung von dir und Derek? Ich finde das sehr aufregend.«

Maggie hatte eine Art, sie mit einer so offenen Bewunderung anzusehen, dass Anna nicht wusste, wie sie darauf reagieren sollte. Sie war immer selbstsicher gewesen, wenn es um Männer ging, aber ihre Erfahrung mit Frauen war sehr begrenzt.

Sie ließ den Blick über Maggies volle Brüste schweifen, über den tiefen Ausschnitt, über die schmale Taille. Sie stellte sich vor, wie es wäre, wenn sie ihren eigenen Körper gegen den der anderen Frau presste und diese Wärme und Weichheit fühlte.

Erregung trieb Annas Blut schneller durch die Adern. Sie schluckte schwer und riskierte ein zittriges Lächeln. »Ich finde es auch aufregend.«

»Aber natürlich«, rief Maggie. »Ich meine, sieh dir Derek doch mal an! Welche Frau, die noch ihren Verstand besitzt, würde nicht mit ihm ins Bett wollen?«

Sie stand in einer flüssigen Bewegung auf und ging auf Anna zu. Anna stockte der Atem. Sie starrte Maggie an, starrte ihr in die Augen, die tiefgrün wie ein Eichenblatt waren. Maggie hob eine Hand und legte die Finger zart auf Annas Wangenknochen.

»Darf ich dich zeichnen?«, fragte sie.

»Was?«

»Ich möchte dich gern zeichnen«, sagte Maggie. »Nur ein paar Bleistiftskizzen. Porträts. Ich möchte sehen, ob ich deine Einzigartigkeit auf Papier einfangen kann.«

Anna glaubte nicht, dass irgendwas an ihr einzigartig sein könnte, aber sie fühlte sich trotzdem geschmeichelt. »Ehm ... ja, sicher.«

»Ausgezeichnet.« Maggies Mund bog sich zu einem Lächeln.

Sie stand so nahe, dass Anna ihren Duft nach frischer Luft aufnehmen konnte. Sie starrte auf Maggies Mund. Die Lippen waren gebogen wie Meereswellen. Sie spürte plötzlich den Drang, die andere Frau zu küssen.

Bevor sie dem Drang nachgeben konnte, hörten sie über sich Schritte. Maggie wandte sich ab von ihr, und im nächsten Moment öffnete sich die Tür, und Derek trat ein.

Er sah verlockend aus in den Jeans, die seine langen Beine umhüllten und dem T-Shirt mit dem Logo der UCLA.

Er sah von Anna zu Maggie und runzelte die Stirn.

»Hallo«, sagte Maggie fröhlich. »Ich bin gerade dabei, deinen neuen Untermieter besser kennen zu lernen.«

»Du warst nicht eingeladen.«

»Seit wann brauche ich eine Einladung?« Maggie hob ihr Glas und nahm einen Schluck. »Du bist es, der die arme Anna im Stich gelassen hat. Was soll sie die ganze Zeit machen, wenn sie so allein ist?«

»Du solltest nicht einmal wissen, dass es sie gibt.«

»He, du warst es, der sie mitgebracht hat, als du mich gesucht hast«, erinnerte Anna ihn. »Deshalb hat sie mich auch sofort erkannt. Ich habe ihr dann nur noch ein paar weitere Details erzählt.«

»Ja, stimmt«, warf Maggie ein.

Anna war nicht auf den Ausdruck des Selbstekels bei Derek gefasst.

»Freddie hat Recht«, murmelte er.

»Worin?«

»Ich muss verrückt sein. Ich könnte uns alle ins Gefängnis bringen. Ich habe mich noch niemals so verdammt unprofessionell verhalten.«

»Und warum machst du das?«, fragte Anna.

»Warum mache ich was?«

»Warum hilfst du mir?«

»Ich habe keine Ahnung.«

»Vielleicht, weil du mir glaubst«, sagte Anna. »Und es ist nicht unprofessionell, jemandem zu helfen, wenn man glaubt, dass ihm Unrecht widerfahren ist. Ich glaube sogar, dass es nichts gibt, was bewundernswerter ist.« Sie sah ihn unsicher an. »Und wer ist übrigens Freddie?«

»Eine gute Bekannte. Sie ist auch eine Kautionsvollzugsagentin.«

»Nicht deine Freundin?«

»Nein«, sagte er und starrte sie an. »Nicht meine Freundin.«

»Aber sie ist ganz schön heiß«, warf Maggie ein.

Anna musterte Derek. Sie kannte sich einigermaßen bei Männern aus, und sie nahm an, dass sein Ausdruck des Unbehagens nicht nur auf Maggies Bemerkung zurückzuführen war.

»Nur eine gute Bekannte, was?«, murmelte sie.

»Ja, zumindest behauptet er das«, antwortete Maggie.

»Genug.« Dereks Stimme klang wie ein Bellen.

Maggie wusste offenbar, wann es Zeit zu gehen war. Sie bewegte sich auf die Tür zu.

»Ich sehe euch beide später. Benehmt euch.« Sie lächelte Anna zu und ging hinaus.

Derek nahm ein Bier aus dem Kühlschrank. Er sah immer noch schlecht gelaunt aus, als er Anna anschaute.

»Wo warst du?«, fragte sie.

»In einer Kunstausstellung im Armand Hammer«, antwortete er. Er nahm einen Schluck Bier und starrte sie weiter an. »Ich will dich mal was fragen. Wenn du dir ein Symbol für weibliches Verlangen einfallen lassen müsstest, was wäre das dann?«

»Ein Symbol?«

»Ja, wie eine Rose oder ein Fluss oder irgendwas. Was symbolisiert weibliches Verlangen?«

»Wie kommst du denn auf eine so intellektuelle Frage?«, wollte Anna wissen.

»Der Künstler hat Elfen als Symbol gewählt.«

»Ich schätze, das ergibt Sinn. Aber ich würde sagen, ein Pfirsich. Rund und reif, die süßen Säfte tropfen, weich und doch hart, wenn man ihn anfasst.«

Derek sah sie beinahe erleichtert an. »Ja, hübsch.«

»Was hältst du von weiblichem Verlangen?«, fragte Anna.

»Ich glaube, es gefällt mir.«

Anna lächelte, aber ein Gedanke nagte an ihr.

»Du hast also nie mit Freddie geschlafen?«

»Was für eine Frage ist das denn?«

»He, du hast die Frage nach dem weiblichen Verlangen aufgebracht.«

»Nein, ich habe noch nie mit Freddie geschlafen.«

»Und mit Maggie?«

»Was ist mit ihr?«

»Sie scheint dich auf eine intime Art zu kennen.«

»Warum bist du so sehr an meinem Sexualleben interessiert?«

»Dringe ich da zu tief in dich ein?«, fragte Anna, obwohl ihr bewusst war, dass sie lange nicht mehr so neugierig auf eine Antwort gewesen war.

Sie warf einen Blick auf Dereks schlanken, muskulösen Körper. Auch wenn er nicht ihr Typ Mann war, so begehrte sie ihn sehr. Die Erinnerung an seinen Kuss dominierte ihre Gedanken. Derek verfügte über eine exquisite Kombination aus Kraft und Zärtlichkeit, deshalb fragte sie sich, wie sich diese Gegensätze auswirkten, wenn sie mit ihm ins Bett ging.

»Ich mag sie«, sagte Anna. »Maggie, meine ich.«

»Offensichtlich mag sie dich auch«, sagte Derek. Er legte die Hände auf seine Hüften und schaute auf Anna hinab.

»Ist das schlimm?«

»Nicht, wenn du es nicht für schlimm hältst.«

»Nein, tue ich nicht.« Annas Blut rauschte noch von Maggies sinnlichen Berührungen. Jetzt streckte sie eine Hand aus und legte sie auf Dereks Brustkorb. »Es stimmt, dass du für mich ein Risiko eingegangen bist. Ich weiß das zu schätzen.«

»Das will ich hoffen.«

»Ja.« Ihre Hand strich über sein T-Shirt. Er rührte sich nicht, als die Hand unter den Stoff schlüpfte und über den harten Bauch strich. Seine Haut war warm und gespannt.

»Was hast du mit Maggie gemacht?«, fragte Anna frech.

»Was meinst du denn?« Derek wickelte eine von Annas Haarlocken um seinen Zeigefinger.

»War es gut?«

»Sie ist immer gut.«

»Das habe ich mir gedacht.« Anna schob ihre Hand zum Hosenstall seiner Jeans. Obwohl sie wusste, dass er ein durchtrainierter Mann war, überraschte es sie, die harte Beule unter dem Baumwollstoff zu finden.

Sie war nervös. Diese Reaktion kannte sie nicht von sich. Männer schüchterten sie sonst nicht ein, aber Derek war anders. Sie hatte keine Angst vor ihm, aber sie fürchtete, dass sie ihm emotional näher kam, als ihr recht war. Und emotionale Bindungen waren das Letzte, was sie brauchte.

Sie stieß langsam die Luft aus. Vielleicht war es nur eine körperliche Anziehung. Wenn sie ihre Geilheit befriedigt hatte, würde sie die nagende Furcht vor ihren eigenen Emotionen verlieren. Und wenn sie an seine Reaktion auf den Kuss dachte, war sie sicher, dass er auf sie so scharf war wie sie auf ihn.

Sie legte den Kopf in den Nacken und schaute zu ihm auf. »Erinnerst du dich, als ich sagte, du wärst nicht mein Typ Mann?«, fragte sie.

Derek nickte.

»Ich habe mich geirrt«, sagte Anna. »Du bist mein Typ.«

»Beweise es.«

Die heisere Herausforderung ging ihr direkt ins Blut. Ihr Herz begann schneller zu schlagen, und sein Blick berührte sie, als wären es seine Finger.

»Wie?«, flüsterte sie.

»Lass dir was einfallen.«

Annas Hände zitterten leicht, als sie die Knöpfe seines Hosenstalls öffnete und ihre Hand unter das Gummiband seiner Shorts schob. Seine Erektion wuchs immer noch und stieß hart und warm gegen ihre Finger. Anna stieß aufgeregte Laute aus, als ihr eigener Körper auf seine Erregung reagierte.

Sie schaute wieder zu Derek hoch und labte sich an der sprühenden Hitze seiner grauen Augen. Sie liebte diesen Moment, wenn die Spannung zwischen ihr und dem Mann ins Unermessliche wuchs, den Moment, in dem es noch alles zu entdecken galt.

Derek legte eine Hand in ihren Nacken, zog sie an sich und beugte den Kopf. Ihre Münder trafen sich, unbeholfen, drängend. Anna schloss die Augen, während sich ihre Lippen öffneten und seine Zunge in die feuchte Höhle ihres Mundes drang. Sein Penis zuckte in ihrer Hand. Sie strich mit dem Daumen über die Spitze und verrieb einen Tropfen in seine Haut. Ein Schauer durchlief seinen Körper.

Derek schmiegte seine Lippen gegen ihre; seine Hände umfassten ihre Taille und zogen sie fest an sich. Ihre Nippel rieben über seine Brust. Anna versuchte, seine Jeans abzustreifen, aber Derek schob ihre Hände zurück.

»Ich will dich zuerst nackt sehen«, murmelte er gegen ihre Lippen.

»Du hast mich doch schon nackt gesehen.«

»Aber diesmal will ich, dass du es weißt.«

Eine Spirale der Lust bohrte sich durch Anna. Sie trat von Derek zurück, was er nutzte, ihre Jeans zu öffnen. Langsam schob er sie die Beine hinunter. Sie stützte sich mit einer Hand auf seiner Schulter ab, als sie aus der Hose heraustrat. Dereks Finger strichen über die Tätowierung einer Sonnenblume, die ihren Schenkel zierte.

»Wie viele von denen hast du?«

»Sechs. Du wirst sie noch alle sehen.«

»Ich kann es kaum erwarten.«

Derek zog ihr Hemd über den Kopf, und so stand sie in ihrem Höschen und dem schwarzen BH vor ihm. Auch wenn er sie schon mit weniger bekleidet gesehen hatte, empfand Anna plötzlich einen Anflug von Scheu.

Es war schon eine Zeit her, dass sie mit einem Mann zusammen war, der ihr mehr bedeutete, als nur der Träger des Schwanzes zu sein, der ihre Lust befriedigen sollte. Derek wusste mehr von ihr als jeder andere Mann.

Anna entledigte sich ihrer Wäsche und ließ ihn dabei nicht aus den Augen. Derek weidete sich an ihrem blassen Körper. Er sah sie so intensiv an, als wollte er alles an ihr für immer festhalten. Sein Blick wanderte vom zierlichen Gesicht zu ihren schmalen Schultern, zur zarten Kurve ihrer Taille und zum flachen Bauch. Er schaute auf ihren kurz geschorenen Venusberg.

Seine Hände legten sich um ihre Brüste, und die Finger zwickten leicht ihre Nippel, bevor er wieder ihre Taille umfasste und Anna auf den Tisch hob. Annas Keuchen wurde von seinen Lippen erstickt.

Ihre Pussy wurde von einem neuen Schwall ihrer Lust noch feuchter. »Wie willst du es mir besorgen?«, wisperte sie.

»Hart.«

Anna erschauerte. Sie langte wieder in seine Jeans und schloss die Faust um seinen Schaft, der wild zuckte. Derek zog sich aus. Anna trank den Anblick seines athletischen Körpers wie eine Verdurstende. Sie starrte mit weiten Augen auf die glatten gebräunten Ebenen seiner Muskeln, auf die dunklen Haare auf seiner Brust und dann auf die Erektion, die sich aus dem Nest seiner Locken erhob.

»Fang an«, raunte Derek.

Sie sah ihn ratlos an. »Womit?«

»Streichle dich selbst«, sagte Derek. »Ich will sehen, wie du dich heiß machst.«

Annas Haut wurde mit roter Farbe überzogen. Sie war noch nie eine unsichere Frau gewesen, aber Derek war so ganz anders als die Männer, mit denen sie sonst zusammen war, und plötzlich wurde sie schüchtern. Sie sah, wie er sie beobachtete.

»Fang an«, sagte er wieder, die Stimme heiser.

Anna rutschte auf dem Tisch zurück, spreizte die Beine und griff mit einer Hand an ihr Delta. Sie tunkte die Finger in ihre inneren Falten. Sie waren glitschig und heiß. Dereks Blicke konzentrierten sich auf ihren Schoß. Annas Wahrnehmung von Dereks Blicken wirkte wie ein Aphrodisiakum. Ihr Atem begann zu hecheln.

Sie strich mit dem Zeigefinger über die feuchten Falten und wischte mit dem Daumen gegen den gespannten Knopf der Klitoris. Unwillkürlich zuckten ihre Hüften, als suchten sie die Penetration der eigenen Hand. Ihre Schenkel zitterten. Mit wachsendem Hunger starrte sie auf seinen dicken Schaft. Sie rieb die glitschigen Falten ihres Geschlechts und fühlte ein vertrautes, wunderbares Anspannen ihrer Nerven.

Derek hörte nicht auf, sie anzustarren. Er packte die Wurzel seiner Erektion und rieb seine Faust auf und ab. Sein Rhythmus entsprach den Bewegungen von Annas Hand. Der Anblick seiner eigenen Stimulierung trieb Anna noch stärker an. Mit der freien Hand drückte sie ihre Brüste und zwickte die geschwollenen Nippel.

Ein leichter Schweißfilm brach auf ihrer Haut aus. Ihre Pussy begann vor Verlangen zu schmerzen und wollte endlich gefüllt werden. Sie schob den Zeigefinger tief in ihre Höhle. Ihr Fleisch zuckte.

Derek trat näher an sie heran. Zu Annas Überraschung breitete er seinen Körper über ihren und presste seine Lippen auf ihren Hals. Seine Zähne bissen leicht in die Halsschlagader. Anna sog tief die Luft ein. Die Hand zwischen ihren Schenkeln bewegte sich nicht mehr. Dereks Körper lag über ihr, seine nackte Haut rau und glatt zugleich.

Sie schloss die Augen, als er den Mund über ihren stülpte. Seine Zunge lief über die verschiedenen Tätowierungen, die Arme, Hüften und Brustansatz zierten. Seine Hand glitt über ihren Venusberg; er bedeckte ihre Hand und drückte die Finger wieder in ihre Pussy. Anna schlug die Augen auf und starrte ihn an, während sie ihre Finger weiter in die nassen Falten trieb.

»Lass mich nicht länger warten«, flüsterte Anna.

»Nein, werde ich nicht.«

Er trat einen Schritt zurück, und Anna spreizte die Schenkel weiter. Derek griff ihre rechte Wade und legte ihr Bein über seinen Unterarm. Annas Herz schlug gegen seine Brust und erfüllte sie mit einer Mischung aus Erwartung und Verlangen. Sie beobachtete Derek, als er seine Eichel gegen ihre Klitoris rieb. Sie erwartete, dass er gleich tief in sie hineinstieß, aber stattdessen tränkte er die Eichel in ihren glitschigen Falten.

Anna stöhnte, sie streckte in einer Geste der absoluten Hingabe ihre Arme über den Kopf.

Dereks Körper spannte sich an; es bereitete ihm Mühe, die Kontrolle zu behalten, als er sich mit den Händen auf dem Tisch abstützte und in sie eindrang. Anna hob die Beine an und drückte sie auf ihre Brüste, damit er sie so tief wie möglich penetrieren konnte.

Ihr Kopf war benommen von der puren Sensation, die sie durchlief. Sein Schoß klatschte gegen ihren; es war der nasse, rhythmische Klang des Sex. Wenn er so wuchtig in sie hineinstieß, hob sich ihr Po von der Tischplatte.

»Oh, verdammt«, zischte Anna. Ihre Hände griffen an seine Arme, um sich auf dem Tisch besser halten zu können. »Ja, komm, besorg's mir.«

Sein Schaft trieb mit immer größerer Kraft in sie hinein. Annas Körper hüpfte. Derek senkte den Kopf und fing eine Brustwarze mit den Zähnen ein. Funken schierer Lust sprühten durch ihren Körper.

Bevor Anna ihn darum bitten konnte, schlüpfte Derek mit einer Hand zwischen ihre verschwitzten Körper und fand die schmerzende Knospe, in dem das Zentrum ihrer Lust verborgen war. Er umspielte es mit dem Daumen, spreizte die Finger und rieb den Lustknopf von beiden Seiten, während der Daumen die Kuppe rieb.

Die Anspannung war mehr, als Anna ertragen konnte. Sie kam mit einem lauten Aufschrei und hielt sich verzweifelt an Derek fest, als wäre er ein Rettungsboot auf stürmischer See. Ihre Fingernägel gruben sich in seine Haut, während die Leidenschaft in ihrem Körper explodierte. Ihre Hüften bockten hoch, während Derek mit einem ächzenden Laut zustieß und seine eigene Erfüllung herausschrie.

Sie wollte, dass er sich auf sie fallen ließ. Sie wollte das volle Gewicht seines Körpers spüren, aber stattdessen stemmte sich Derek hoch und zog sich aus ihr zurück.

Sein Mund berührte kurz ihren, und sein heißer Atem strich über ihr Gesicht, während er mit einer Hand über ihren wogenden Bauch strich.

»Ein Pfirsich«, murmelte er. »Ich hätte es nicht besser sagen können.«

Neuntes Kapitel

Freddie stieg aus ihrem Auto und zog die Baseballkappe tiefer in die Stirn. Die heiße Abendluft lag mit dem typischen Smog schwer über den kleinen Städten östlich von Los Angeles. Freddie drückte eine Hand gegen den unteren Teil des Rückens und streckte sich nach der Anstrengung der siebzig Meilen von Santa Monica bis Riverside.

Sie sah die University Avenue hinauf und hinunter, denn sie war stark befahren, eine der Hauptdurchfahrtsstraßen der kleinen Stadt. Riverside war in erster Linie wegen der Universität bekannt, aber in diesem Teil der Stadt drängten sich billige Motels und Apartmentgebäude, die oft als Absteige für Prostituierte dienten. Straßenlampen brannten gelbe Lichtkleckse auf den Asphalt. Bis auf ein paar spärlich bekleidete Damen, die auf den Bürgersteigen auf und ab schlenderten, war kaum jemand zu sehen.

Freddie überprüfte den Sitz ihrer 9mm Glock Halbautomatik in der Schulterhalfter unter ihrer leichten Jacke. Sie hatte auch eine chemische Keule einsatzbereit.

Sie schaute auf die Uhr. Raymond Thompsons Mutter hatte versprochen, dass sie zum Wochenende nicht in ihrem Apartment sein würde, weil sie ihre Schwester in Palm Springs besuchen wollte. Sie hatte Freddie gesagt, ihr Sohn würde vermutlich das Wochenende im Apartment verbringen.

Freddie überquerte die Straße und besah sich die Autos auf dem Parkplatz des Gebäudes. Sie sah keinen Pick-up, der Raymonds entsprach, aber sie ging trotzdem zum Apartment hoch. Niemand reagierte auf ihr Klingeln. Freddie kehrte zum Parkplatz zurück und wartete.

Sie setzte sich auf die niedrige Betonmauer, die den Parkplatz einfasste. Seit etwa einem Jahr nahm sie auf sich allein gestellt Festnahmen vor. Bis dahin hatte Derek darauf bestanden, dass er sie begleitete. Auch heute noch wollte er ihr bei einem solchen Job helfen. Um das zu verhindern, erzählte ihm Freddie nicht, wann sie eine Festnahme plante. Wenn er später davon erfuhr, war er alles andere als glücklich, aber durch ihre Taktik hatte sich Freddie wieder ein Stückchen mehr Unabhängigkeit erkämpft.

Derek. Manchmal trieb er sie in den Wahnsinn, aber sie wusste, dass er immer ihr Bestes wollte. Das war mehr, als sie über die vorherigen Männer in ihrem Leben sagen konnte. Seine überfürsorgliche Art mochte sie zwar vor Fehlern bewahren, aber Freddie wollte auch aus ihren Fehlern lernen, statt mit extremer Vorsicht durchs Leben zu gehen. Wenn es nach Derek ginge, würde sie sich mit keinem Mann treffen und erst recht keinen Sex haben. Aber das war doch kein Leben. Und es war auch nicht Dereks Art zu leben.

Freddie musste lächeln, als sie an sein Verhalten im Wäschegeschäft dachte. Ihr war bewusst, dass er ihre Schwäche für Seide und Spitze kannte, denn einige Male hatte sie ihn dabei ertappt, wie er ihr in den Ausschnitt starrte. Seine Blicke lösten Hitze und ein angenehmes Kribbeln in ihr aus.

Freddie unterbrach ihre Gedanken, als ein verbeulter Ford Truck auf den Parkplatz bog. Ein stämmiger Mann im Overall stieg aus und ging die Außentreppe hoch. Freddie schaute auf das Kennzeichen und fand die Bestätigung: Es war Raymonds Fahrzeug.

Sie war nicht überrascht, dass er sich im Haus der Mutter sehen ließ. Für viele Geflohene ist es schwierig, die Mutter oder die Freundin zu meiden. Mütter wie Edith Thompson sind bereit zu helfen, dass der Sohn geschnappt und ins Gefängnis zurückgebracht wird, weil sie fürchten, was ihm auf der Flucht alles zustoßen und was er anderen noch zufügen könnte.

Da Raymond Thompson gesucht wurde, weil er einen Mann niedergestochen hatte, konnte Freddie gut verstehen, dass seine Mutter ihn bestraft sehen wollte.

Sie ging die Treppe zu Ediths Apartment hinauf. Ein kleines Licht brannte im Fenster. Freddie blinzelte durch das Fenster ins Wohnzimmer. Es war altbacken eingerichtet, ein paar getrocknete Blumen auf dem Tisch, eine gestickte Decke über das verschlissene Sofa geworfen, Familienfotos an den Wänden. Von Raymond nichts zu sehen.

Freddie versuchte die Tür. Der Knopf drehte sich. Sie öffnete die Tür einen kleinen Spalt. Aus einem der hinteren Zimmer drang Country Musik. Freddie trat in den Flur. Aus irgendeinem Grund trat sie die Schuhe auf der Matte ab.

Sie zog die Waffe und ging ein paar vorsichtige Schritte tiefer in den Flur hinein. Der Geräusch von fließendem Wasser und ein singender Mann im Badezimmer. Freddie ging am Wohnzimmer vorbei. Im Flur brannte kein Licht, aber aus der halb offenen Badtür fiel ein Lichtschein.

Freddie ging neben der Tür in Position. Raymond sang von einem Mann, der seine Frau und seinen Pick-up verloren hatte. Freddie wartete.

Nach einer kleinen Ewigkeit wurde die Dusche abgestellt. Freddie stieß die Tür ganz auf.

»Meine Frau hat mich verlassen, und mein Herz ist gebrochen«, sang Raymond, als er die Duschtür öffnete. »Mann, was geht es mir schlecht.«

Freddie trat ins Badezimmer, als er gerade blind nach einem Duschtuch greifen wollte. Sie riss das Tuch aus seiner Reichweite und richtete die Waffe auf ihn.

»Hände hoch, Raymond«, befahl sie. »Sie stehen unter Arrest.«

Raymond riss die Augen auf. Er war ein stämmiger Mann mit einem Vollbart, einem beträchtlichen Bierbauch und dicken Armen und Beinen. Freddie wollte seine Kraft einschätzen für den Fall, dass sie Gewalt anwenden musste.

»Was soll der Scheiß?«, fauchte er.

»Hände hoch!«, wiederholte Freddie, die Waffe immer noch auf ihn gerichtet. »Sie haben Ihren Gerichtstermin verstreichen lassen und Ihre Kaution verspielt. Deshalb sind Sie jetzt ein gesuchter Mann.«

Raymond starrte sie eine Sekunde an, dann warf er den Kopf in den Nacken und fing an zu lachen. »Oh, das haut den stärksten Mann um. Du willst mich in den Knast bringen? Seit wann werden Frauen Kopfgeldjäger?«

»Kautionsvollzugsagenten«, sagte Freddie. Sie warf ihm ein Duschtuch zu. »Ich bringe Sie zurück, Raymond.«

Er grinste und traf keine Anstalten, sich zu bedecken. »Dann versuch das mal, Schätzchen.«

Freddie verspürte Ärger. Sie war es gewohnt, herablassend behandelt zu werden, von Kollegen, die sie nicht kannten, wie auch von Männern, die sie festnahm, aber diese Haltung feuerte ihre Entschlossenheit nur noch an.

»Einer von uns befindet sich in einem entscheidenden Nachteil«, sagte sie grinsend. »Ich gebe Ihnen einen Tipp: Ich bin es nicht.«

»Oh, eine gewiefte Klugscheißerin. Das hat mir gerade noch gefehlt.«

Freddie griff nach ihren Handschellen. »Drehen Sie sich um, Raymond. Die Hände auf den Rücken.«

»Ja, klar, mach ich doch glatt.« Er langte nach seinen Kleidern, die auf dem Toilettensitz lagen.

Freddie streckte sich nach den Kleidern und trat sie aus seiner Reichweite. Die Shorts fielen mit einem metallenen Klang auf den Boden. Mit einer Hand griff Freddie in die Tasche der Shorts und förderte einen 38er Derringer hervor. Sie steckte die Waffe in ihre Tasche und trat die Shorts in Raymonds Richtung.

»Ziehen Sie sich an, sonst bringe ich Sie in all Ihrer Schönheit in den Knast.«

»Du Luder, lege endlich die Knarre hin, bevor du dich noch verletzt.« Raymond trat aus der Dusche und griff nach seinen Shorts. »Du bringst mich nirgendwohin.«

Er bewegte sich, als wollte er die Jeans vom Boden aufheben, aber dann fuhr er herum und warf seinen schweren Körper gegen Freddie. Seine Faust knallte gegen ihr Kinn, dass es krachte. Schmerz schoss durch die eine Kopfhälfte. Raymond warf sich auf sie, und sie stürzten beide zu Boden. Freddie stöhnte. Bevor sein Gewicht auf ihr landete, zog sie ihr Knie an und stieß es in seinen Schritt. Raymond kreischte auf und krümmte sich.

Freddie stieß ihn von sich und griff in der Tasche nach dem kleinen Behälter mit der chemischen Keule. Bevor Raymond sich wieder erholt hatte, sprühte sie einen kräftigen Stoß in sein Gesicht.

»Autsch! Oh, verdammt!« Er hielt sich eine Hand vor die Augen und die andere Hand vor seinen Schritt.

Freddie stand schwer atmend auf. In ihrem Kopf pochte es. »Ihre Mutter will, dass Sie Ihre Strafe erhalten, Raymond. Ziehen Sie sich an.«

»Du Luder!« Er hatte Mühe mit seinen Shorts. »Du wirst mich niemals ...«

Bevor er den Reißverschluss hochziehen konnte, stieß Freddie ihn mit harter Gewalt auf den Bauch und riss seine Arme auf den Rücken. Sie fesselte die Gelenke mit den Handschellen, dann legte sie ihm auch noch Fußfesseln an.

»Stehen Sie auf!« Freddie packte einen Arm und zog ihn hoch. »Hören Sie auf zu jammern, Raymond.«

»Du bist eine verdammte Hexe. Welchen Scheiß hast du mir ins Gesicht gesprüht?«

»Chemische Keule. Gehen wir. Wenn Sie noch einmal was tricksen wollen, werden Ihre Nachbarn was zu lachen haben.«

Sie sah, wie seine Schultern einsackten, das war oft ein Zeichen von Resignation. Aber sein Ausdruck blieb trotzig. Sie hatte oft genug Männer zurückgebracht und wusste, dass sie es erniedrigend fanden, von einer Frau festgenommen zu werden.

Freddie gestattete ihm, dass er in seine Schuhe stieg, aber sie wollte kein Risiko mehr eingehen und ließ ihn nichts anderes mehr anziehen. Sie wies mit dem Kopf zur Tür.

»Gehen wir. Sie verbringen die Nacht in der Haftanlage von Riverside.«

Sie ignorierte den Schmerz in ihrem Kinn, als sie ihn die Treppe hinunter zu ihrem Auto führte. Sie fuhr ihn zum Gefängnis und ließ ihn bei den Wärtern. Nachdem der Papierkram abgeschlossen war, rief sie den *bondsman* an, der die Kaution geleistet hatte, und teilte ihm mit, dass sie den Thompson Fall erledigt hatte.

Freddie klappte das Handy zu und blieb ein paar Minuten still im Auto sitzen. Der ganze Kopf schmerzte von Raymonds Schlag, aber ihre Zufriedenheit war größer als der Schmerz. Es gab kein besseres Gefühl, als einen Geflohenen zurückzubringen. Nun, fast kein besseres Gefühl.

Freddie drehte die Fenster hinunter, legte einen Gang ein und fuhr zurück nach Los Angeles.

»Ja, gut.« Freddie beobachtete Gavin, der auf einer Welle ritt und auf sie zukam. Er sah wie ein Meereswesen aus, schlank und glatt und nass. »Du machst Fortschritte.«

Er strahlte sie mit seinen weißen Zähnen an. »Ich habe geübt.«

»Allein?«

»Ja. Ich wollte meine Lehrerin nicht enttäuschen.« Grinsend blieb er vor ihr stehen. »Bei meinem Glück hält sie mich sonst nach dem Unterricht noch in der Klasse.«

Freddie atmete ein bisschen schneller, wie es immer geschah, wenn sie so nah bei Gavin stand.

»Wäre das denn so schlimm?«, fragte sie.

»Nein.« Er beugte sich näher zu ihr und senkte die Stimme. »Insgeheim habe ich darauf gehofft.«

Er blinzelte und ging dann zu seinem Badetuch. Freddie schüttelte den Kopf, während sie zusah, wie er sich aus seinem Anzug schälte. Ihr gefiel es, bei ihm zu sein. Er war voller Charme und so wunderbar unkompliziert.

Freddie folgte ihm zu den Sachen, die sie am Strand zurückgelassen hatten. Sie hob ihren Rucksack auf und schlang ihn über die Schulter. Sie hatte heute keine Lust zum Surfen gehabt, aber sie hatte Gavin gern zugeschaut. Ihr Blick blieb auf seinem bronzenen Brustkorb haften.

»Willst du bei mir duschen?«, fragte sie. »Ich wohne gleich unten an der Straße.«

Gavin rubbelte ein Handtuch durch die nassen Haare. »Ich dachte schon, du würdest mir das nie anbieten.«

Freddie nahm sich vor, ihm klarzumachen, dass alles auf einer platonischen Ebene ablaufen würde, und dies wäre der richtige Moment gewesen. Aber die Worte weigerten sich und blieben in ihrer Kehle stecken. Ihr Blut schoss schneller durch ihre Adern. Derek würde es nicht fassen, worauf sie sich nun schon wieder einließ.

Sie runzelte die Stirn. Was scherte sie Derek? Es hatte ihn nicht zu interessieren, wenn sie Gavin in ihre Wohnung einlud. Und es hatte ihn auch nicht zu interessieren, was sie sonst noch alles mit Gavin treiben wollte. Schließlich war sie nicht diejenige, die sich mit einer Geflohenen einließ, die schon seit drei Tagen zurück im Knast hätte sein sollen.

»He, was ist los?«

»Was denn?« Freddie wandte sich wieder Gavin zu.

»Du hast tiefe Falten auf der Stirn.«

»Ach, es ist nichts. Entschuldige. Ich habe an was anderes

denken müssen.« Freddie verstieß Derek aus ihren Gedanken. »Bist du fertig?«

»Ja. Was macht dein Kinn?«

»Okay.« Freddie hatte Gavin erzählt, der beeindruckende blaue Fleck am Kinn wäre das Ergebnis einer unerfreulichen Begegnung mit ihrem Surfbrett. Zum Glück schien er ihr zu glauben.

Während sie zu ihrem Apartment gingen, spürte Freddie, wie sie zunehmend nervös wurde. Sie versuchte, sich gegen dieses Gefühl zu wehren, aber es fiel ihr schwer. Verdammt, Derek schien keine Probleme damit zu haben, wen auch immer mit auf sein Boot zu nehmen, und Freddie sah nicht ein, warum sie nicht wen auch immer mit in ihr Apartment einladen sollte.

Seufzend rief sie sich in Erinnerung, dass sie nicht an Derek denken wollte.

Sie schloss die Apartmenttür auf und ließ Gavin eintreten.

»Hübsch hast du's hier«, sagte er und betrachtete die helle Einrichtung. »Aber irgendwie sieht es nicht nach dir aus.«

»Warum nicht?«

Er hob die Schultern. »Ich weiß nicht genau. Du bist mehr praktisch veranlagt. Das Zimmer ist eher mädchenhaft.«

Freddie grinste. »Kann ich nicht ein praktisches Mädchen sein?«

»Du kannst alles sein, was du dir vornimmst.«

Freddie holte ihm ein frisches Badetuch und zeigte in den Flur. »Letzte Tür rechts ist das Bad, lass dir Zeit.«

Gavin zog die Tür hinter sich zu. Die Dusche prasselte. Freddie schenkte sich ein Glas Limonade ein. Sie hatte es in den letzten Tagen mit duschenden Männern, dachte sie, aber zum Glück wusste sie, dass Gavin nackt viel besser aussehen würde als Raymond Thompson.

Ein warmer Schauer lief ihr über den Rücken. Sie stellte sich Gavin in der Dusche vor, wie das Wasser auf seinen Körper prasselte, wie seine Hände die gebräunte Haut einschäumten, und wie die Bäche über seine Muskeln liefen.

Freddie presste das kühle Glas gegen die Stirn. Ihr ganzer Körper dachte an Gavin unter der Dusche. So musste sich eine heiße Katze fühlen.

Nach ein paar Minuten wurde die Dusche abgedreht. Freddie behielt die Badtür im Auge. Gavin trat heraus, nackt bis auf das Badetuch um die Taille. Sein Brustkorb war völlig unbehaart und sah verführerisch glatt aus. Er hob die Hände, um seine Haare trocken zu rubbeln, und dabei rutschte das Badetuch ein wenig nach unten.

»Eh ... möchtest du ein Glas Limo?«

»Mit was drin?«

»Nein.«

»Dann ja.«

Sie schenkte ihm ein Glas ein und schob es über die Küchentheke. »Warum willst du es nicht mit was Stärkerem garniert haben?«

»Weil ich einen klaren Kopf haben möchte, wenn ich mit dir ins Bett gehe.«

Freddie zuckte zusammen, dann schoss ein Blitz der Erregung durch sie, und gleich darauf verspürte sie Ärger.

»Was macht dich so sicher, dass wir zusammen ins Bett gehen?«, fragte sie und musste sich bemühen, dass ihre Stimme nicht zitterte.

»Willst du nicht?«, fragte Gavin.

»Darum geht es nicht.«

Er trat näher an sie heran. Der saubere Duft der Seife stieg ihr in die Nase.

»Vielleicht ist es dir lieber, wenn du mit mir ins Bett gehst«, sagte Gavin.

Freddies Hand spannte sich um das Glas. »Du bist ziemlich von dir eingenommen, was?«

Gavin blieb vor ihr stehen. Er war so groß wie sie, ihre

Augen auf einer Höhe. Seine waren dunkelblau und mit einem kleinen goldenen Kreis um die Pupillen versehen.

In all ihren Jahren als Kautionsvollzugsagentin hatte Freddie gelernt, ihren Instinkten zu trauen. Von Anfang an hatte sie geglaubt, dass Gavin Vincent im Grunde seines Herzens ein anständiger Mann war, der sie nicht absichtlich verletzen würde. Er war sich seiner Anziehungskraft bewusst, aber sie konnte bei ihm entspannen. Sie konnte Spaß haben mit ihm. Vielleicht konnte sie bei ihm sogar ein bisschen schmutzig sein, ohne über ihren Ruf besorgt sein zu müssen.

Gavins blaue Augen wurden weich, als sie sich anschauten. »Für dich ist es schon eine lange Zeit her, nicht wahr, Freddie?«, fragte er.

Freddie schluckte. Sie starrte auf seinen gebräunten Hals. Er roch so gut. Zögernd neigte sie sich ihm zu und drückte den Mund zart auf seine Halsbeuge. Seine Haut fühlte sich glatt und warm an. Sie ließ die Finger über seinen harten Bauch streichen und hörte, wie er laut nach Luft schnappte.

Gavins Hände strichen über ihre Schultern und trafen sich am Hals. Er neigte ihren Kopf nach hinten und presste seinen Mund auf ihren. Hitze schoss durch Freddies Blutbahnen, als ihre Lippen sich vereinten. Gavin stieß die Zunge in sie hinein und nahm ihre ganze Mundhöhle gefangen.

Während des Kusses schlang er die Länge ihres Pferdeschwanzes um seine Hand. Freddie ließ ihre Finger tiefer wandern, bis sie den Rand des Badetuchs erreichten. Seine Muskeln fühlten sich glatt und hart an. Sein unterer Körper presste sich gegen sie, und sie fühlte, wie sein Penis unter dem Badetuch härter wurde.

Er strich mit dem Mund über ihr Kinn. Seine Zunge fuhr um die Ohrmuschel herum, was zu kleinen Schauern auf ihrem Rücken führte. Sie schloss die Augen. Sie bewegte eine Hand tiefer nach unten und drückte seine wachsende Erektion durch das Badetuch. Er murmelte ihr eine Aufmunterung zu und drückte seinen Schoß härter gegen ihre Hand. Sein Schwanz fühlte sich köstlich an, schwer und fest.

»Bist du nass?« Die Frage keuchte er gegen ihr Ohr. Sein Atem war ganz heiß.

»Was glaubst du?«

Seine Hände schlüpften unter ihr T-Shirt. Er knöpfte die Shorts auf, fuhr mit den Fingern in ihr Höschen und zwischen ihre Schenkel. Die Berührung allein schickte einen Lustschock durch sie, und Freddie fing an zu stöhnen, als er die feuchten Falten ihrer Pussy erforschte.

»Ich will dich nackt sehen«, wisperte Gavin.

»Du zuerst.«

Er lächelte. »Das ist leicht getan.«

Er löste das Badetuch und ließ es auf den Boden fallen. Freddie hielt beim Anblick seines dicken, strotzenden Penis die Luft an. Ihre Pussy pochte. Sie griff ihn, nahm ihn in die Hand und rieb ihre Finger über den gespannten Sack darunter.

»Du bist dran«, sagte Gavin.

Freddie trat einen Schritt zurück. Ihre Finger zitterten leicht, als sie T-Shirt und Shorts abstreifte. Sie war immer ein wenig unsicher wegen der Größe ihrer Brüste gewesen. Sie waren zwar nicht enorm, schienen aber immer die Aufmerksamkeit der Männer in ihrer Umgebung zu erregen. Sie trug ein pinkfarbenes Spitzenhöschen und den passenden BH dazu, durch den die steifen Nippel deutlich zu sehen waren.

Gavins Blicke schweiften bewundernd über ihren Körper. »Ich schätze, du kannst eine praktische Frau und doch sehr mädchenhaft sein. Du bist sehr sexy, Freddie James.«

Er hielt das Gewicht ihrer Brüste in den Händen und rieb die Daumen über ihre Nippel. Seine Berührung und das eher raue Gefühl der Spitze auf ihren Brustwarzen sandten kleine Lustwellen zu ihrem Schoß. Sie presste die Schenkel zusammen, und ihre Klitoris pulsierte im Rhythmus ihres Herzens.

Sie verstärkte den Griff um Gavins Schaft, und mit dem Daumen strich sie über die feuchte Eichel.

Er griff hinter sie und öffnete die Häkchen des BHs. Ihre Brüste fielen ungestützt in seine Hände. Sein Atem wurde schwerer, als er mit den Fingern an ihren Warzen zog, dann streichelten die Hände über die Kurven ihrer Taille. Freddie musste sich am Tisch festhalten, um das Gleichgewicht nicht zu verlieren.

Sie sah zu, wie Gavin mit den Fingern unter den Bund des Höschens griff und es langsam über die Hüften zog. Er presste seine Lippen zwischen ihre Brüste, und seine Zunge leckte über ihre Haut, bevor er einen Nippel mit dem Mund einfing.

Ihr Griff um die Tischplatte wurde fester, als die Geilheit ihre Nerven überstrahlte. Gavins Zunge spielte mit der Brustwarze und speichelte die ganze Aureole ein. Zu ihrer Überraschung ließ er sich vor ihr auf den Boden nieder. Er streifte ihr Höschen ab, tunkte die Zunge in den Nabel und strich sie dann durch das krause Nest ihrer Härchen.

Freddies Lippen öffneten sich zu einem lang gezogenen Stöhnen, als Gavins Finger ihre Labien spreizten und mit dem Daumen kurz über die Klitoris strichen. Ihre Hüften stießen gegen ihn. Seine Zunge streichelte sie zu einer neuen Erregungsebene, und süße Säfte überzogen seinen Mund.

Freddie griff in Gavins Haare, als wollte sie versuchen, ihn noch fester an sich zu pressen. Er packte ihren Po. Seine Zunge drang in ihre feuchte, heiße Grotte ein. Freddie ächzte, und ihre Beine zitterten.

Gavin drückte den Mund gegen ihre Klitoris, während er mit einem Finger langsam in sie eindrang. Die Anspannung wurde immer größer, immer intensiver. Ein Schweißfilm legte sich über ihre Haut. Bevor sie sich unter Kontrolle bringen konnte, kam sie mit unerwarteter Wucht in Gavins Mund. Sie stieß einen lauten Schrei ihrer Lust aus, und ihr biegsamer Körper wurde kräftig geschüttelt.

»Gut«, murmelte Gavin, »sehr gut.«

Seine Hände hielten ihre Pobacken gepackt, und seine Zunge strich nur noch sanft über die Labien, während die Zuckungen ihres Körpers allmählich abklangen. Sie sackte schwach gegen den Tisch und rang nach Luft.

Gavin lächelte zu ihr hoch. »Das war erst der Anfang, Freddie.«

Der Blick seiner Augen entflammte ihre Erregung von neuem. Er erhob sich, nahm sie in die Arme und presste seinen Mund auf ihren. Freddie stöhnte leise und schmeckte ihr salziges Aroma auf seinen Lippen.

»Wo ist das Schlafzimmer?«, raunte Gavin.

»Den Flur entlang.«

Er schob seine Hände unter ihren Po und hob sie an. Freddie schlang die langen Beine um seine Taille und ließ sich von ihm ins Schlafzimmer tragen.

»Stolpere bloß nicht.«

»Keine Bange.«

Sein Bauch fühlte sich gespannt an, als ihre gespreizte Pussy darüber rieb. Sie wollte sich auf ihm massieren, bis es ihr wieder und wieder kam. Er legte sie aufs Bett nieder und trieb die Zunge wieder in ihren Mund. Sie spürte, wie nötig er die eigene Erleichterung hatte. Freddie spreizte die Schenkel noch weiter und schlang sie um seine Hüften. Sein Penis drückte sich gegen ihren heißen Schoß, und im nächsten Moment war er in ihr verschwunden.

Freddie stockte der Atem, sie streckte die Arme über den Kopf und rutschte ihm mit dem Schoß entgegen.

»Ah, Freddie, du bist so verdammt eng.« Gavin stützte sich auf den Armen auf und stieß behutsam weiter zu.

Sein Penis fühlte sich wie heißes Wachs an. Sie konnte ihn an den inneren Wänden pulsieren fühlen. Sie hatte fast vergessen, wie sich ein guter Schwanz in ihr anfühlte. Sie packte Gavins Hüften und stieß sich ihm entgegen.

»Fick mich«, wisperte sie.

Er stieß in sie hinein, und bei jedem Stoß presste er den Atem aus ihr heraus. Freddie schrie auf vor Lust. Gavin schob die Hände unter ihre Schenkel und drückte sie noch weiter auseinander. Er stieß kraftvoll zu, und die begleitenden nassen Geräusche wurden immer lauter. Schweiß perlte auf seiner Brust, und seine Muskeln spannten sich fester an. Er beugte sich über sie und massierte ihre Brüste. Er nahm die Warzen zwischen seine Finger und zwirbelte sie, und wieder regneten Schauer der Lust auf sie herab.

»Was willst du?«, raunte Gavin.

»Ich ... ich will ... noch einmal kommen.«

»Reib dich selbst für mich.«

Sie konnte es ihm und sich nicht verweigern, und so griff sie mit einer Hand hinunter und begann, ihre harte Klitoris zu reiben. Sie wollte noch einmal kommen, und dieses Wollen war intensiver als alles, was sie bisher gewollt hatte. Sie konnte den Blick nicht von Gavins Körper wenden. Die Muskeln bewegten sich unter der feuchten Haut wie eine gut geölte Maschine. Seine Stöße kamen hart und rhythmisch und fachten ihre Lust wieder an.

»Komm«, ächzte Gavin, während er den Kopf senkte und seinen Mund auf ihren presste.

Er fing ihre Zunge mit den Lippen ein, und genau in diesem Augenblick kochte Freddies Stimulation das zweite Mal über. Ihr Körper versteifte sich und bäumte sich gegen ihn auf, während sie quietschende Laute ausstieß.

Gavin erhöhte das Tempo seiner Stöße, bis auch er seinen Höhepunkt nahen fühlte. Er packte Freddie an den Hüften und trieb tief in ihre Pussy hinein, und als er in ihr explodierte, stieß auch er einen Schrei der Erlösung aus.

Er sackte heftig atmend auf Freddie zusammen. Sie schlang die Arme um ihn und fuhr mit einer Hand durch seine dichten, feuchten Haare. Sie schloss die Augen und gab sich den Wonnen hin, die sie gerade erlebt hatte. Köstliche Sensationen waberten noch durch ihre Adern.

»Du hast Recht«, murmelte sie.

»Mit was?« Seine Stimme klang gedämpft, denn sein Mund drückte sich in ihre Halsbeuge.

»Es war schon lange her.«

Gavin hob den Kopf und sah sie an. »Aber es hat dir gefallen?«

Zum ersten Mal sah Freddie durch seine zur Schau getragene Selbstsicherheit hindurch und in seinen verwundbaren Kern. Sie lächelte und streichelte weiter über seine Haare.

»Oh, ja. Ich glaube, es war viel mehr als nur ›gefallen‹. Ich könnte mich daran gewöhnen.«

Gavin erwiderte ihr Lächeln. »Dabei würde ich dir gern helfen.«

Er wälzte sich von ihr und nahm sie mit sich, sodass sie an seine Seite geschmiegt auf dem Bett lag. Freddie schob den Kopf in seine Armbeuge und schloss die Augen. Gut. Endlich. Dies war ein guter Tag. Sie konnte Gavin genießen und hatte keinen Grund mehr, sich zu sorgen. Nicht mal Derek konnte ihr das nehmen, verdammt!

Freddie brach diesen Gedanken ab, der ihr hartnäckig immer wieder auflauerte. Es irritierte sie, dass sie nicht einmal mit einem Mann schlafen konnte, ohne sich zu fragen, was Derek dazu sagen würde. Sie hasste es, ihr Privatleben von seiner Zustimmung abhängig zu machen.

Freddie hob den Kopf, um Gavin zu küssen. Wieder war sie entschlossen, Derek aus ihren Gedanken zu verbannen.

Zehntes Kapitel

Anna starrte auf die geklammerten Papiere, die Derek ihr gegeben hatte. Die Dokumente waren ein wenig verschwommen – Kopien von Victor Thanes Bankauszügen der letzten Monate. Die auffälligsten Bewegungen waren regelmäßige Einzahlungen in einer Höhe, die etwa der Summe entsprach, die Anna angeblich von Jump Starts Konten abgezweigt hatte.

Fassungslos sah sie Derek an. »Wo hast du die Unterlagen her?«

»Ich habe ein paar gute Informanten.«

»Das ist doch der Beweis, oder?«, fragte Anna aufgeregt. »Das ist genau das, was ich brauche. Jetzt müssen wir nur noch Victors Verbindung zu Cassandra beweisen.«

»Das sollte so schwierig nicht sein, wenn sie noch ihre Affäre haben.«

Zum ersten Mal, seit dieser Albtraum begonnen hatte, sah Anna Licht am Ende des Tunnels.

»Danke.«

Derek hob die Schultern. »Das hat mich wirklich nur einen Anruf gekostet. Willst du die Unterlagen deinem Vater zeigen?«

»Nachdem wir bewiesen haben, dass Cassandra und Victor eine Affäre haben.«

»Ich habe herausgefunden, wo sie sich gewöhnlich treffen«, sagte Derek. »Ein schäbiges Hotel im Süden von San Francisco. Jetzt am Wochenende will ich mich davon mal überzeugen. Ich fliege hin.«

Anna sah ihn mit immer größerer Verwunderung an. »Warum tust du das alles für mich?«

»Wie ich schon sagte – ich habe eine Schwäche für Elfen.« Er wandte sich ab und ging an Deck. »Komm mit.«

Anna folgte ihm. Seit Derek sie hergebracht hatte, hatte sie die Kabine nicht mehr verlassen. Sie setzte sich in einen Liegestuhl. Der Horizont hatte die letzten Sonnenstrahlen geschluckt, aber der Himmel war noch von roten und goldenen Streifen durchsetzt. Anna atmete die salzige Luft ein und lauschte, wie das Wasser gegen den Bug schwappte. Sie konnte gut nachvollziehen, warum Derek auf seinem Boot wohnen wollte.

»Warum Jezebel?«, fragte sie.

»Sie war die Königin Israels, die Ahab dazu gebracht hat, ihren Gott zu verehren. Sie wurde daraufhin der sexuellen Unmoral beschuldigt.«

»Und für sie hast du auch eine Schwäche?«

»Ach, ich glaube, meine Schwäche erstreckt sich auf alle berechnenden unmoralischen Frauen.«

»Dann müsste dir auch Cassandra gefallen.«

»Nein, nur ihre Stieftochter.«

Ein warmes, wohliges Gefühl brach in Anna aus, aber es war auch eine bittersüße Emotion. So sehr sie Derek mochte, so sehr sie ihn begehrte, so wenig konnte sie verdrängen, dass sie nur eine begrenzte Zeit miteinander hatten. Sie konnte keine gemeinsame Zukunft erkennen, erst recht nicht, wenn es zur Versöhnung mit ihrem Vater kommen sollte.

Richard Maxwell würde nicht viel von Dereks Humor halten. Die beiden Männer hätten gegensätzlicher nicht sein können, und für Richard stand fest, dass ein Kopfgeldjäger, der auf einem Boot lebte, keine Partie für seine Tochter war.

Anna selbst war sich nicht einmal sicher, ob Derek mehr sein wollte als ein Freund und Sexpartner. Seufzend dachte sie, dass sie ihr Leben zunächst einmal ordnen musste, bevor es da Platz für etwas Neues gab.

Sie blickte zum Himmel und starrte auf die Sterne. »Ich

kann mir gar nicht vorstellen, wie es ist, wieder mit meinem Vater zu reden«, sagte sie nach einer Weile.

»Glaubst du, er wird dich sehen wollen?«

»Ich weiß es nicht.«

Anna biss sich auf die Lippe. Seit Monaten hatte sie kein Wort mehr mit ihrem Vater gewechselt. Er hatte ihr unmissverständlich klargemacht, wenn sie noch einmal versagte, würde er sie nicht nur feuern, sondern ganz von der Familie abschneiden. Wie sich dann herausstellte, hatte er sie verhaften und enterben lassen. Anna vermutete, dass sie auch gefeuert war.

»Ich habe es ihm nicht leicht gemacht«, räumte sie ein. Sie stand auf und ging zur Bootseite. Sie lehnte sich weit über die Reling. »Ich bin früher viel mit falschen Männern zusammen gewesen.«

»Früher?«, fragte Derek.

Anna lächelte. »Ich hatte keine Gelegenheit mehr, mit falschen Männern zusammen zu sein. Einige Male bin ich im Knast gelandet. Unordentliches Verhalten, Diebstahl. Als ich siebzehn war, saß ich eine Weile im Jugendknast, weil ich mit den Kreditkarten meines Vaters gezahlt hatte. Ich glaube, ich war schwer erziehbar, deshalb sollte es mich auch nicht überraschen, dass mein Vater glaubt, ich wäre durchaus fähig, so eine hohe Summe von ihm zu stehlen.«

»Warum warst du so schwer erziehbar?«

Die Frage überraschte Anna. Niemand hatte sie je danach gefragt. »Ich weiß es nicht. Vielleicht war es meine Rache, weil er Cassandra geheiratet hat. Oder vielleicht wusste ich auch nichts mit mir anzustellen.«

»Aber zuletzt hattest du bei Jump Start doch eine gute Position.«

»Aber nur, weil mein Vater sie mir gegeben hat, sonst hätte ich diese Position nie erreicht. Ich hätte wahrscheinlich sonst überhaupt keinen Job gefunden.«

»Warum nicht?«

Anna hob die Schultern. »Es gibt kaum etwas, was ich gut kann.«

»Das kann ich nicht glauben. Jeder hat irgendeine Stärke. Man muss sie nur finden.«

»Ich wünschte, ich wüsste, wie ich sie finden kann«, sagte Anna. »Wie hast du herausgefunden, dass du ein guter Kopfgeldjäger sein würdest?«

»Ich bin mit einem Burschen zusammen zur Uni gegangen, dessen Bruder Kopfgeldjäger war«, sagte Derek. »Als ich das hörte, dachte ich, das müsste der geilste Job überhaupt sein. Ich habe bei ihm zur Aushilfe gearbeitet, bis ich mein Diplom in der Tasche hatte. Dann habe ich meine eigene Firma aufgemacht. Meine Arbeit ist interessanter als alles, was ich im College gelernt habe.«

»Ich bin nie aufs College gegangen«, gestand Anna. »Doch, ein Semester lang war ich im San Francisco State, aber dann habe ich das aufgegeben.« Sie sah ihn eine Weile an, bevor sie fragte: »Was ist mit deinen Eltern?«

Derek schaute hinaus auf den Hafen, die Ellenbogen auf den Knien, die Hände locker zusammen. »Mein Vater hat die Stadt verlassen, als ich fünf war. Seitdem habe ich ihn nicht mehr gesehen.«

»Und deine Mutter?«

»Sie ist vor etwa zehn Jahren gestorben.«

»Was hat sie zu deinem Job gesagt?«

»Sie hat alles gebilligt, was mich glücklich machte«, antwortete Derek. »Sie war eine großartige Frau.«

»Das muss sie gewesen sein, wenn sie einen Sohn wie dich großgezogen hat.« Anna schüttelte den Kopf, sobald die Worte heraus waren. »Ich wollte dir keinen Honig um den Bart schmieren.«

»Ich habe nichts gegen Honig«, sagte er. »Besonders nicht, wenn er von dir kommt.«

Sie lächelten beide und spürten, dass die Funken zwischen ihnen sprühten. Annas Hände verkrampften sich an der Reling. Ihr Pulsschlag erhöhte sich, als sie hinüber zu Derek schaute, auf die gebräunten behaarten Beine, die kräftigen Hände, die Breite seiner Schultern. Sie erinnerte sich, wie diese Hände ihren Körper erforscht und ihre Schenkel gespreizt hatten.

»Komm her«, sagte Derek.

Die Aufforderung löste einen Kick in Anna aus. Sie ging langsam zu ihm und blieb vor ihm stehen. Er rührte sich nicht. Anna legte eine Hand in seinen Nacken. Seine Haut fühlte sich warm an, sogar heiß, und seine vollen Haare legten sich auf ihre Hand.

Anna drückte ihren Mund auf seinen, und ihre Zunge spielte mit seiner Unterlippe. Sie fühlte den Schauer, der durch ihn ging. Ermutigt spreizte sie die Beine über seine, sodass sie über ihn grätschte. Seine Lippen öffneten sich, und ihre Hand griff in seinen Schritt. Ah, ja. Seine Reaktion auf ihren Kuss war hart und fordernd.

Annas Hüften bewegten sich langsam vor und zurück. Sie rieb sich an seinem Bein. Er atmete schneller und legte seine Hände um ihre Taille. Anna wollte sich gern ganz ausziehen und die kühle Abendbrise auf ihrer nackten Haut fühlen, aber da sie auf Deck waren, konnten sie beobachtet werden. Obwohl Diskretion nie ihr Ding gewesen war, wusste sie, dass dies nicht die Zeit war, unnötige Aufmerksamkeit auf sie zu ziehen.

Sie schob ihre Hände in Dereks Haare und genoss das Gefühl der rauen Strähnen an ihren Handflächen. Ihre Pussy zuckte, und das Blut ließ ihre empfindliche Klitoris pulsieren. Sie griff mit beiden Händen an Dereks Schoß und machte sich an seinen Shorts zu schaffen. Innerhalb von Sekunden hielt sie ihn in der Hand, und ihr stockte der Atem.

Er hatte wirklich einen schönen Penis, lang und dick und

mit prallen Adern versehen. Anna spürte den Adern mit einer Fingerkuppe nach, dann packte sie die Wurzel und begann ihn geschickt zu reiben.

Derek rutschte herum und stöhnte. Seine Lider fielen fast zu, als Anna ihn weiter stimulierte. Ihre eigene Erregung schwoll noch an wie unter einem Dampfkochtopf.

»Als du mir zugesehen hast«, hauchte sie, »hast du dich da selbst gerieben?«

Derek schüttelte den Kopf. Seine Hüften ruckten hoch und trieben seinen Schaft in die Umklammerung ihrer Finger.

»Hättest du es denn gern getan?«

»Himmel, ja.« Seine Hände spannten sich fester um ihre Taille, und er führte ihren Schoß, damit sie ihn gegen seinen Schenkel reiben konnte.

Anna nahm das Angebot sofort wahr und rieb ihre Pussy. Sein Schenkel war steinhart unter ihr. Anna rieb seinen Schaft schneller. Mit der anderen Hand strich sie seine Hoden und drückte sie leicht.

»Das nächste Mal wünsche ich, dass du dich selbst streichelst, wenn du mir zusiehst«, sagte sie, die Stimme heiser vor Erregung. »Ich will dir nämlich auch zusehen.«

»Oh, ja, das kannst du«, grunzte Derek und stieß seinen Unterleib wieder auf sie zu.

Anna fühlte, wie sich sein Körper spannte. Sie setzte ihr Reiben fort, begann an der Wurzel und zog es bis zur Spitze durch. Seine wachsende Erregung feuerte ihre eigene an. Sie rieb sich an ihm, und ihr Höschen und die Jeans massierten sie an genau den richtigen Stellen.

Feuer brannte in ihrem Schoß, obwohl ihre Pussy sich schmerzhaft leer fühlte. Sie erinnerte sich, wie Dereks Schwanz sich in ihr angefühlt hatte, wie er sie gedehnt und gefüllt hatte. Die Erinnerung ließ die Erregung in ihr platzen, sie stieß einen hellen Schrei aus, sie warf den Kopf in den Nacken und hörte nicht auf, Derek zu masturbieren.

Seine Lust explodierte, bevor ihre endete. Mit einem Stöhnen stieß er in ihre Faust, und dann sprühte der Samen über ihre Hand. Sein Körper zuckte, und seine Muskeln spannten sich an. Anna rieb ihn langsam weiter, bis seine Zuckungen abebbten.

»Das war wunderbar«, murmelte sie und drückte ihre Lippen auf seine. Es wurde ein langer, zärtlicher Kuss.

Anna löste sich von ihm, und er richtete seine Kleider. Sie presste ihre Schenkel zusammen und fiel zurück in ihren Stuhl. Ihre Atemgeräusche füllten die Luft.

»Hast du gewusst, dass zwischen uns was laufen wird?«, fragte Anna.

»Nein. Aber ich bedaure nicht, dass es so passiert ist.«

»Ich auch nicht.« Nach einem Moment fragte sie: »Weiß Freddie von mir?«

Derek öffnete die Augen. »Warum fragst du mich immer nach Freddie?«

»Neugier.«

»Ja, sie weiß von dir. Sie hält mich für einen Idioten.«

»Wie ist sie?«

»Sie ist hart und süß. Ein gutes Mädchen mit einem schwarzen Gürtel, die einen Mann aufs Kreuz legen kann, der doppelt so schwer ist wie sie.«

»Wow! Das hört sich beeindruckend an.«

»Ja, ist sie auch.«

Anna wunderte sich über den Unterton in seiner Stimme, stolz und fast sehnsüchtig. Sie glaubte nicht, dass Derek Rowland sich nach irgendetwas sehnte. Diese Freddie musste eine ganz besondere Frau sein.

»Glaubst du, ich werde sie eines Tages kennen lernen?«

»Vielleicht.«

Er hörte sich eher zögerlich an, als wollte er Freddie mit niemandem teilen.

Anna sah hinaus aufs Wasser. Jenseits der Boote, die den

Hafen säumten, und der hohen Maste, die in den Himmel ragten, erstreckte sich der Ozean wie ein gewaltiger blaugrauer Teppich. Anna dachte, sie sollte ein wenig eifersüchtig auf Freddie sein, aber sie war es nicht. Sie hegte keine Besitzansprüche, was Derek betraf, vielleicht auch deshalb, weil sie wusste, dass er auch keine an sie stellte.

Sie wandte den Kopf und schaute ihn an. Er lag entspannt und faul auf dem Liegestuhl.

»Wann geht es los?«, fragte Anna.

»Wohin?«

»Auf deinen Segeltörn.«

»Eines Tages.«

»Du allein?«

»Ich allein.«

»Hört sich gut an. Einsam, aber gut. Manchmal kann es einem auf die Nerven gehen, wenn man mit anderen Leuten zu tun hat.«

»Wem sagst du das?«

»Ich werde bald meinen Platz bei dir räumen«, sagte Anna.

»Ich habe dich nicht gemeint.«

»Wen hast du denn gemeint?«

»Keinen im Besonderen.«

»Mich auch nicht, hoffe ich«, sagte eine weibliche Stimme.

Derek und Anna drehten sich um und sahen, wie Maggie an Deck kam. Anna fragte sich, ob Maggie das kleine Spektakel zwischen ihr und Derek aus der Ferne miterlebt hatte. Aber sie ließ sich nichts anmerken. Sie ließ sich in einen Liegestuhl fallen und bedachte sie beide mit einem provozierenden Lächeln.

»Hat du Derek von meiner Bitte erzählt?«, fragte sie Anna.

»Noch nicht.«

»Welche Bitte?«

»Ich habe Anna gefragt, ob ich sie zeichnen darf«, sagte Maggie. »Nur ein paar Skizzen. Aber wir wussten nicht, ob du es zulässt, dass sie auf mein Boot kommt.«

Derek hob die Schultern. »Das kann Anna entscheiden.«

»Gut. Ich bin am Freitagmorgen da. Stehst du zur Verfügung, Anna?«

Anna musste lächeln. »Mehr denn je.«

Die Sonne brannte am Horizont und färbte die Spitzen der Berge von Santa Monica golden. Die Strandpromenade von Venice belebte sich langsam mit den Touristen, Bikern, Skatern und Straßenkünstlern. Artisten bauten ihre Stände und Buden auf. Die auslaufenden Wellen des Pazifiks klatschten an den Strand, wo die ersten Frühaufsteher unter den Badefreunden ihren Platz abgesteckt hatten. Hohe Palmen trennten die Promenade vom Strand.

Derek schaute zu Freddie, die gegen eine Bank lehnte und ihren Körper streckte, bevor sie ihre Route abliefen.

»Ein Surfbrett.« Er war nicht überzeugt.

»Ja.« Freddie mied seinen forschenden Blick und schaute hinaus aufs Meer. Sie streckte ihre Wadenmuskeln. »Keine Sorge, mir geht es gut.«

»Lüge mich nicht an, Freddie.«

»Ich lüg nicht. Es geht mir gut.« Freddie schaute auf ihre Uhr und begann auf der Stelle zu treten. »Komm jetzt. Drei Meilen, und danach will ich deine Granate sehen, deine ausgebüchste Gefangene.«

»Wer hat dich geschlagen?« Derek stand vor ihr, die Arme vor der Brust verschränkt, die Stirn in Falten. Er ließ nie die Gefahr außer Acht, in der Freddie sich befand, wenn sie sich einem Flüchtigen näherte, aber er hatte noch nie gesehen, dass sie einen dicken blauen Fleck im Gesicht hatte, wie er von einer Faust verursacht wurde.

Ärger blitzte in Freddies Augen auf. »Ich sagte, dass alles in Ordnung ist.«

»Es war dieser Bastard Gavin, nicht wahr?«, fragte Derek, und er spürte, wie sich alles in ihm zusammenzog.

»Nein!« Freddie blieb stehen und schüttelte heftig den Kopf. »Himmel, nein!«

Sie seufzte und griff mit beiden Händen an den Pferdeschwanz, um ihn zu lösen. »Ich hatte eine kleine Meinungsverschiedenheit mit einem Kautionspreller, den ich für David zurückgebracht habe. Der Kerl sollte wegen versuchten Mordes in Untersuchungshaft sitzen.«

»Oh, verdammt, Freddie! Ich habe dir doch gesagt, dass ich mitkommen will.«

»Und ich habe dir gesagt, dass ich allein mit ihm fertig werde«, hielt sie dagegen.

»Was ist passiert?«

Freddie reagierte nicht. Eine obdachlose Frau in einem verdreckten Mantel mit einem mit lauter Plunder gefüllten Einkaufswagen blieb neben ihr stehen.

»Hast du mal was Kleingeld?«, fragte die Frau in einer Stimme, die heiser nach zu vielen Zigaretten klang.

Freddie grub in ihrer Tasche und fand ein paar Dollarscheine. Sie reichte sie der Frau, die sich bedankte und weiterzog.

»Was ist passiert?«, wiederholte Derek.

»Er hat mir die Faust ans Kinn gesetzt, bevor ich ihm Handschellen anlegen konnte«, antwortete Freddie. »Aber danach war es schnell vorbei, und ich habe ihn ohne weiteren Zwischenfall abgeliefert, okay?«

Dereks Stirnfalten blieben. »Wieso hat er dich schlagen können?«

»Er griff nach seinen Kleidern und ...«

»Er tat was?«

»Er griff nach seinen Kleidern«, wiederholte Freddie geduldig. »Er war unter der Dusche und ...«

»Du hast dich einem Mann, der wegen versuchten Mordes sitzen soll, in der Dusche genähert?«

»Ja, und hör auf, mich anzustarren, als wäre ich die größte Närrin auf der Erde. Ich wusste ganz genau, was ich tat. Ich habe ihn in einem Moment erwischt, in dem er verletzlicher nicht hätte sein können.«

»Du aber auch«, fauchte Derek sie an. »Was ist, wenn er dich überwältigt hätte? Was ist, wenn er dir Schlimmeres angetan hätte als diesen Schlag ins Gesicht?«

»Hat er aber nicht getan.«

»Aber es hätte so sein können. Was hattest du bei dir?«

»Eine Glock und eine chemische Keule.«

»Das ist alles?«

»Das ist alles, was ich brauchte«, erwiderte sie kühl.

»Was ist mit Schlagstock oder Elektroschock?«

»So was besitze ich nicht.«

»Du hättest dir die Sachen von mir ausleihen können.«

»Ich brauchte sie nicht.« Ihre Stimme klang gepresst.

»Du hättest sie trotzdem bei dir haben müssen. Besser zu viele Waffen als zu wenige. Du hättest nicht allein gehen sollen. Was, wenn er dich niedergeschlagen hätte? Glaubst du, dann hättest du ihn auch noch festnehmen können?«

»Genug!« Freddie hielt die Hand hoch, um seine Tirade zu stoppen. Ihre braunen Augen starrten ihn voller Ärger und Abneigung an. »Himmel, Derek! Du weißt besser als jeder andere, was ich kann. Vergisst du, dass ich mal einen Zweihundertkilomann von dir runtergeholt habe? Ich glaube, er war gerade dabei, mit deinem Kopf auf den Boden zu trommeln.«

Sie schaute weg. Zu Dereks Entsetzen hätte er schwören können, Tränen in ihren Augen gesehen zu haben.

»He, Freddie ...«

»Hör zu, ich habe mir genug Scheiße von anderen Männern in unserem Gewerbe anhören müssen«, schimpfte Freddie. »Deshalb brauche ich es nicht auch noch von dir. Ich dachte, du würdest mich besser kennen.« Nach einer kurzen Pause: »Ich dachte, du kennst mich besser als irgendjemand sonst.«

Schweigen breitete sich zwischen ihnen aus. Derek ging ein paar Schritte weg, um seinen Ärger unter Kontrolle zu halten. Er wusste, dass sie Recht hatte. Er wusste, dass sie sich besser helfen konnte als die meisten männlichen Kollegen. Er wusste aber auch, dass er es nicht ertragen würde, wenn Freddie etwas Schlimmes zustieß.

Er atmete tief durch und ging zu ihr zurück. »Okay, du hast Recht. Entschuldige.«

Er erwartete, dass sie seine Entschuldigung akzeptierte und sie mit dem Morgenlauf beginnen könnten.

Aber Freddie schüttelte den Kopf. Sie starrte auf den Strand, das Kinn fest und kantig.

»Was ist?«, fragte Derek.

»Ich habe genug davon, Derek. Ich habe es satt, dass du meinem eigenen Urteilsvermögen nicht traust.«

»Wovon redest du? Natürlich traue ich deinem Urteilsvermögen.«

»Nein, tust du nicht.« Sie sah ihn abweisend an. »Jedes Mal, wenn ich einen Job übernehme oder eine Entscheidung fälle, hältst du es für nötig, mir zu sagen, dass ich vorsichtig sein soll. Als wäre ich sonst tollkühn. Ich will mit Gavin ausgehen, und du behandelst mich, als wäre ich eine Verrückte. Ich bringe einen geflohenen Mann zurück, und du kritisierst meine Methode. Du hältst jede Entscheidung, die ich treffe, für falsch.«

Derek hob kapitulierend die Hände. »Das stimmt nicht, und du weißt das.«

»Nein, Derek, ich weiß nicht, was du denkst.«

»Ich sagte, dass ich mich entschuldige.«

»Ja, bis du wieder mit deinem Scheiß anfängst.« Freddie bückte sich, um ihre Tennisschuhe zuzubinden, obwohl sie schon zugebunden waren.

Derek ärgerte sich, dass sie seinem Blick auswich. »Was soll ich also tun?«

»Vielleicht sollten wir uns eine Zeitlang nicht sehen.«

»Was soll das denn heißen?«

Freddie richtete sich auf und legte die Hände auf die Hüften. »Wir verbringen viel Zeit zusammen. Vielleicht sollten wir uns für eine Weile auf unser eigenes Leben konzentrieren. Du bist mit deiner Anna beschäftigt, ich treffe mich mit Gavin, und wir beide haben genug Arbeit. Ich glaube, wir sollten uns darauf beschränken.«

Derek runzelte die Stirn. »Das ist dir ernst.«

»Ja.«

»Du willst mich nicht mehr sehen.« Er konnte nicht glauben, was er da hörte, und er konnte sich auch nicht vorstellen, Freddie nicht wenigstens einmal am Tag zu sehen.

»Für eine Weile«, sagte sie.

»Wie lange ist eine Weile?«

Sie hob die Schultern. »Sagen wir einen Monat oder so.«

»Einen Monat?«

»Ich weiß es nicht, Derek«, sagte Freddie irritiert. »Ich brauche Zeit für mich allein.«

»Für dich allein, oder damit du mehr Zeit für dich und deinen Surfknaben hast?«

»Siehst du?«, fauchte Freddie ihn an. »Genau das meine ich. Ich muss endlich Abstand von dir haben, Derek. Du machst mich verrückt.«

»Fein.« Er hielt wieder die Hände hoch und wich ein paar Schritte zurück. »Vergiss es. Dann bist du eben allein oder auch nicht.«

»Begreifst du es nicht?«, fragte Freddie. »Begreifst du nicht, warum ich auf mich allein gestellt sein will?«

»Ja, ich habe begriffen. Du hast was laufen mit deinem wieheißt-er-auch-noch und ...«

»Er heißt Gavin Vincent«, sagte Freddie kalt. »Und dies hat

nichts mit ihm zu tun. Du hast nichts begriffen von dem, was ich gesagt habe. Dass wir uns eine Weile nicht sehen, gibt dir vielleicht die Zeit, mal darüber nachzudenken.«

»Ich brauche über nichts nachzudenken.«

»Das glaubst auch nur du«, sagte Freddie. »Und noch was. Du hast kein Recht, mich wegen Gavin anzugreifen, solange du eine gesuchte Gefangene auf deinem Boot versteckst. Wenn das nicht anstößig ist, dann weiß ich nicht, was anstößig sein soll. Wenn du mich schon angehst, dann verhalte dich wenigstens nicht wie ein Heuchler.«

Damit drehte sie sich auf dem Absatz um und rannte die Promenade entlang. Derek unterdrückte das ihn beherrschende Gefühl, ihr zu folgen. Er sah ihr nach, dann wandte er sich auch ab und ging zum Parkplatz.

»Verdammt.« Er stakste zu seinem Mustang. Sein Blut kochte vor Wut in seinen Adern. Er konnte Freddie aus seinem Leben schneiden. Wenn sie das so haben wollte, würde sie es so bekommen.

Elftes Kapitel

Es klopfte an die Kabinentür, und gleichzeitig wurde ein Schlüssel im Schloss gedreht. Anna blickte beunruhigt auf. Derek klopfte nie, bevor er hereinkam. Die Tür öffnete sich, und eine Frau trat ein. Groß und schlank, Jeans und ein blaues T-Shirt mit tiefem ovalem Ausschnitt. Ihre Haare waren in einem Knoten zusammengefasst, die Augen hinter einen Sonnenbrille verborgen. Am Kinn prangte ein blauer Fleck.

»Wer bist du?«, fragte Anna.

Die Frau schob die Sonnenbrille in ihre Haare. »Ich bin Freddie. Freddie James. Und du musst Anna sein.«

»Ja.« Anna musterte die Frau von oben bis unten mit großem Interesse. »Du bist eine von Dereks Freunden.«

Freddie sah einen Moment unbehaglich drein, bevor sie nickte. »Ja, ich habe nur ... Er ist nicht hier, nicht wahr?«

»Nein.« Annas Augen verengten sich zu Schlitzen. »Ich glaube, das hast du schon vorher gewusst.«

»Um diese Zeit geht er meistens joggen«, sagte Freddie. »Ich wollte mir was leihen von ihm.«

»Dann musst du warten, bis er zurück ist.«

»Ich lasse ihm einen Zettel da.« Freddie ging zu den Spinden, die eine Seite der Kabine säumten. Sie holte einen Metallkasten heraus und öffnete ihn.

Anna wusste nicht, ob sie die andere Frau zurückhalten sollte oder nicht. Offenbar besaß sie einen Schlüssel zur Kabine und kannte sich auch aus. Anna fand, dass es Freddies Problem war, wenn sie etwas mitnahm, womit Derek nicht einverstanden sein würde.

»Was borgst du dir?«, fragte sie.

Freddie hielt einen kleinen rechtwinkligen Gegenstand mit einem Knopf an der Spitze hoch. »Das ist ein Dazer. Ein Ultraschallgerät, das einen Hund ausschaltet, ohne ihn zu verletzen.«

»Wozu brauchst du das Gerät?«

»Ein Bursche, den ich festnehmen will, hält sich in einem Wohnwagen auf, der von zwei deutschen Schäferhunden bewacht wird«, erklärte Freddie. »Ich will die Hunde nicht verletzen, aber ich will ihnen auch nicht zu nahe kommen. Dieses Ding hält sie mir vom Leib.«

Anna sah sie neugierig an. Freddie war eine attraktive Frau mit glatter gebräunter Haut und dichten braunen Wimpern. Anna fragte sich, ob Derek ihr die Wahrheit gesagt hatte, was die körperliche Seite seiner Beziehung mit Freddie anging.

»Derek wird bedauern, dass er dich verpasst hat«, sagte sie.

Freddie lächelte schwach. »Nein, ich glaube eher nicht.«

»Wieso?«

Freddie ging die anderen Sachen in der Metallkiste durch. »Wir ... nun, wir reden nicht mehr miteinander.«

»Hattet ihr Streit?«

»Ja, so ungefähr. Aber nicht wirklich.« Sie schüttelte den Kopf. »Ist auch nicht so wichtig.«

»Habt ihr zwei ... eh, ich meine, seid ihr so richtig zusammen?«, fragte Anna.

Freddie hob eine Augenbraue. »Du gehst aber ran.«

»Ich mag gern Antworten.«

»Nein«, sagte Freddie. »Wir waren nie richtig zusammen. Wir waren nur gute Freunde.«

»Waren?«

Freddie hob die Schultern. »Ja, gut. Wir sind gute Freunde. Aber so genau weiß ich das nicht. Hör zu, wenn er das Ding vor nächster Woche zurückhaben will, soll er mir eine Nachricht hinterlassen.«

»Ja, sage ich ihm.« Anna sah zu, wie Freddie den Dazer in ihren Rucksack verstaute. »Weißt du über mich Bescheid?«

»Ja, aber keine Sorge, ich sage nichts ...«

Freddies Worte starben auf ihren Lippen, als Derek eintrat, bekleidet mit Jeans und verschwitztem T-Shirt, eine Flasche Wasser in der Hand und eine Akte unter dem Arm.

Er sah Freddie und verharrte mitten im Schritt. Sein Ausdruck verhärtete sich.

»Was willst du denn hier?«

Es klang fast wie ein Schnarren. Anna war fasziniert.

»Ich muss mir deinen Dazer ausleihen«, erklärte Freddie. »Ich hoffe, das ist okay.«

»Ja, klar, was immer du brauchst.« Er warf die Akte auf den Tisch.

Es entstand eine unbehagliche Stille zwischen ihnen.

»Möchte jemand eine Tasse Kaffee haben?«, fragte Anna fröhlich.

»Nein, danke.« Freddie zog den Reißverschluss des Rucksacks zu. »Ich muss gehen.«

»Es war schön, dich endlich kennen zu lernen«, sagte Anna. »Derek hat mir viel von dir erzählt.«

»Habe ich nicht«, widersprach Derek.

Freddie bedachte ihn mit einem verärgerten Blick. »Danke für den Dazer. Ich bringe ihn nächste Woche zurück.«

»Wozu brauchst du ihn?«, fragte Derek.

»Für einen Job.«

»Wer ist der Flüchtige?«

»Nur irgendein Kautionspreller.«

»Was hat er getan?«

»Drogen verkauft.«

»He, Freddie!«, erklang die Stimme eines Mannes vom Deck. »Bist du da unten? Ich habe Hunger.«

»Ich komme gleich«, rief Freddie. Sie mied Dereks Blick, während sie den Rucksack über die Schulter schwang. »Danke. Wir sehen uns später.«

Sie ging zur Tür. Derek verstellte ihr den Weg. Freddie

blieb stehen. Sie war groß, aber sie musste aufsehen, um seinem Blick zu begegnen. Einen Moment lang starrten sie sich in die Augen, dann trat Derek beiseite. Freddie stapfte die Treppe hoch.

»Nun, sie ist sehr …«, begann Anna.

Derek schien sie nicht zu hören. Er drehte sich um und folgte Freddie. Aus schierer Neugier ging Anna ihm nach.

Ein junger Muskelprotz stand an Deck und starrte aufs Cockpit. T-Shirt und Shorts enthüllten beeindruckende Bizepse und Beine. Mit den blonden Haaren und der gebräunten Haut sah er so aus, als gehörte er in einen Kalender kalifornischer Surfer. Anna war fasziniert.

»Gehen wir.« Freddie fasste den Arm des jungen Mannes und wollte seine Aufmerksamkeit vom Cockpit weglenken.

»Cool«, sagte er. »Was ist das für ein Boot?«

»Ein Segelboot«, antwortete Derek trocken.

»Oh, hallo.« Der junge Mann streckte seine Hand aus. »Ich bin Gavin. Du musst Derek sein.«

»Richtig.«

Derek bot seine Hand nicht an. Für Sekunden entwickelte sich eine gespannte Atmosphäre. Gavins Lächeln geriet ins Wanken.

»Ich bin Anna.« Sie trat vor und schüttelte Gavins ausgestreckte Hand. »Ich bin eine Freundin von Derek. Schön, dich kennen zu lernen.«

»Ja, auch so.« Gavin wies mit dem Kopf auf Freddie. »Freddie und ich wollen frühstücken. Du kannst gern mitkommen.«

»Ich dachte, du hättest einen Fall«, sagte Derek zu Freddie.

Stirnrunzelnd sagte sie: »Ja, habe ich. Heißt das, ich kann deshalb nichts essen?«

»Und du nimmst ihn mit?«

»Ja, zum Frühstück, nicht zum Fall.« Freddie zupfte an Gavins Arm. »Gehen wir.«

»Kann ich mir nicht die Kabine ansehen?«, fragte Gavin, offenbar ungerührt von Dereks schlechter Laune. »Ich finde so ein Boot richtig cool.«

»Hast du auch einen Beruf?«, fragte Derek den jungen Mann.

»Derek!«, rief Freddie entsetzt.

»Es ist fast neun Uhr«, sagte Derek zu Gavin. »Solltest du nicht längst auf deiner Arbeit sein?«

»Ich arbeite nachts in einem Hamburgerlokal in Westwood«, erklärte Gavin.

»Gut für dich.«

Gavins Ausdruck veränderte sich, er blickte Derek düster an. »He, Mann, was ist dein Problem?«

»Vergiss es«, sagte Freddie rasch und trat zwischen die beiden Männer. »Komm, Gavin, ignoriere ihn einfach.«

»Nein, warte.« Er legte eine Hand auf Freddies Arm. »Ich will wissen, was sein Problem ist.«

»Er hat kein Problem«, sagte Freddie. »Er ist nur sauer auf mich.«

»Wieso?«

»Hat sie dir gesagt, wer sie geschlagen hat?«, fragte Derek unvermittelt.

Gavin sah Freddie an. »Wer hat ...« Dann brach er ab und sagte: »Ach, dieser Fleck. Sie wurde von ihrem eigenen Surfbrett erwischt.«

»Nein«, sagte Derek. »Es war ein Mann, der wegen versuchten Mordes gesucht wird. Hat sie mir jedenfalls erzählt.«

»Derek, hör auf!«, befahl Freddie.

Annas Begeisterung hörte gar nicht mehr auf. Sie sah von Derek zu Freddie, als schaute sie einem Tennismatch zu.

»Du weißt also nichts davon?«, fragte Derek den jungen Mann.

»Was soll der Scheiß?« Gavins Augen sprühten vor Wut. »Willst du andeuten, ich hätte was damit zu tun? Kannst du mir mal sagen, wie du auf so eine Idee kommst?«

»Hört auf!« Freddie stieß mit beiden Armen gegen Dereks Brust. Er wich nur ein paar Zentimeter zurück, aber er war für einen Moment abgelenkt.

»Oh, Mann, Derek, du kannst so ein elender Bastard sein«, fauchte Freddie. »Ich habe dir die Wahrheit erzählt, wie es passiert ist.«

»Ja, aber zuerst hast du mich belogen.«

»Ich habe nicht gelogen.«

»Die Surfbrettgeschichte war keine Lüge?«

»Was ist denn nun wirklich passiert, zum Teufel?«, wollte Gavin wissen.

»Ich erkläre dir das später«, sagte Freddie schnell. »Wir gehen jetzt. Und Derek, glaube nur nicht, dass ich dir das je vergessen werde.«

Sie zog Gavin aufs Dock, aber da blieb sie noch einmal stehen und starrte Derek an.

»Die ganze Zeit«, sagte sie mit leiser Stimme, weil die Worte wohl nur für ihn bestimmt waren, »habe ich geglaubt, dass wir Freunde sind. Ich dachte, du wärst anders. Aber jetzt stellt sich heraus, du bist genau wie der ganze Rest von ihnen.«

Sie drehte sich um, und Gavin folgte ihr. Anna sah verunsichert zu Derek. Seine Gesichtszüge waren wie in Stein gemeißelt, seine Augen kalt wie die gefrorene Tundra.

Er stakste über Deck und ging hinunter. Anna zögerte noch ein paar Sekunden, dann folgte sie ihm. Derek setzte sich aufs Bett und zog seine Schuhe aus.

»Alles in Ordnung?«, fragte Anna vorsichtig.

»Gibt's einen Grund, warum nicht alles in Ordnung sein sollte?«

»Ich weiß nicht …«

Derek starrte sie an und zog das T-Shirt über den Kopf. Brustkorb und Bauch waren von harten Muskeln durchzogen und mit einer dichten schwarzen Haarschicht bedeckt.

»Danke für deine Sorge, aber das alles geht dich nichts an«, knurrte er kalt.

»Es sieht so aus, dass Freddies Beziehung dich auch nichts angeht«, gab sie zurück.

Dereks Mund war nur eine dünne Linie. »Davon verstehst du nichts.«

»Ich weiß, dass du eifersüchtig bist, weil sie mit einem anderen Mann ausgeht.«

»Warum, verdammt, sollte ich eifersüchtig sein?«

»Vielleicht weil du sie für dich haben willst.«

»Ja, will ich?« Er ging auf sie zu. Zorn strömte von ihm in kleinen Wellen aus. »Warum brauche ich sie, wo ich doch dich habe?«

Annas Herz setzte für ein paar Schläge aus. Sie versuchte, nicht vor ihm zurückzuweichen. Er war der einzige Mann – von ihrem Vater abgesehen –, der sie einschüchtern konnte.

»Nun?«, fragte Derek. »Warum sollte ich auf sie angewiesen sein?«

»Vielleicht bist du es nicht«, räumte Anna ein, und jetzt schlug ihr Herz wieder schneller, als sie daran dachte, seinen Ärger für sich nutzen zu können.

»So ist es. Zieh dich aus.«

Ein kleiner Teil von ihr wollte sich gegen den harschen Befehl auflehnen, aber dieser Teil wurde von einer dunklen Lust überlagert. Sie hatte immer kräftige Männer bevorzugt, weil sie wusste, dass sie ihr überlegen waren und die Kontrolle übernahmen. Das Problem war, dass sie es nur selten taten. Aber für Derek galt das nicht.

Ihre Hände zitterten, als sie anfing, ihr Hemd aufzuknöpfen. Ihr Atem wurde flach. Sie konnte Dereks Ärger spüren, als schmeckte sie ihn auf der Zunge. Angst machte sich in ihr breit. Sie bereute ihre Forschheit.

»Alles«, befahl Derek.

Anna ließ das Hemd auf den Boden fallen. Sie öffnete den

Reißverschluss der Jeans und zog sie die Beine entlang. Ihr Puls beschleunigte sich. Dereks Blicke sogen sich an ihrem Körper fest. Anna hakte den BH auf und ließ ihn auch fallen, ein wenig verlegen, weil ihre Warzen steil hervorstanden. Als sie aus dem Höschen trat, mied sie seinen Blick. Dann stand sie nackt vor ihm, und sie konnte sich nirgendwo verstecken.

»Du vögelst gern, nicht wahr?«, fragte er mit tiefer, heiserer Stimme.

Anna zitterte. Sie bedeckte ihre Brüste mit den Armen und war erstaunt, wie nervös er sie machen konnte. Sie fühlte sich entsetzlich entblößt.

»Und?«, fragte Derek. »Antworte mir.«

Anna wusste nicht, was sie sagen sollte. »Was?«

»Sag mir, dass du gern vögelst.«

»Ich vögle gern.« Die Worte lösten einen Schwall von Erregung in ihr aus. Sie atmete tief ein.

»Ich weiß von deinen Männern«, sagte Derek. »Was machst du am liebsten mit ihnen?«

»Alles.«

»Erzähl's mir.« Seine Stimme klang so scharf wie eine Messerschneide. »Wie findest du sie?«

»Gewöhnlich in Bars oder Nachtclubs.«

»Nicht wo, sondern wie?«

»Eh ... manchmal geben sie mir einen Drink aus, und so kommen wir ins Gespräch.«

»Nimmst du sie mit nach Hause?«

»Manchmal.«

»Was machen sie mit dir?« Geilheit ließ seine Augen dunkler werden.

Annas Zunge leckte über ihre Lippen. Sie schlang die Arme um ihren Leib. »Ich mag es, wenn sie mich ausziehen.«

»Warum?«

»Sie ... sie sind so groß. Ich mag starke Männer, ich fühle

mich dann so ... ach, ich weiß nicht. Beschützt. Aber da ist auch die Gefahr, denn sie könnten mich jeden Moment überwältigen.«

»Und das gefällt dir?«

Anna nickte. Sie wich zurück, als er näher kam. Seine Erektion beulte seine Shorts aus. Er atmete schneller, aber seine Augen blickten immer noch kalt.

»Aufs Bett«, befahl er.

Anna ging aufs Bett und streckte sich auf dem Rücken aus. Sie konnte sich nicht erinnern, sich jemals so verletzlich gefühlt zu haben. Sie wünschte, er käme zu ihr, aber er blieb am Fußende des Bettes stehen.

»Was willst du?«, fragte Derek.

»Ich will dich«, flüsterte Anna.

»Was soll ich für dich tun?«

»Fick mich.« Die Worte waren kaum zu hören. Sie schloss die Augen, gebannt von der Mischung aus Scham und Verlangen, das in ihr wuchs. »Bitte.«

Derek zog seine Shorts aus. Anna starrte ihn hungrig an. Einladend spreizte sie ihre Beine. Derek kniete sich dazwischen, und die Eichel drückte sich köstlich gegen ihr Delta. Anna murmelte irgendwas, um ihren Frust zu äußern, als er nicht sofort in sie hineinstieß. Sie rutschte ihm ungeduldig mit dem Becken entgegen.

»Tu es endlich«, flüsterte sie.

Sie erwartete einen kräftigen Stoß, aber Derek zwängte sich fast behutsam in sie hinein. Sie spürte seinen Schaft, den sie nur deshalb problemlos aufnehmen konnte, weil es von ihren inneren Wänden troff. Anna hob die Beine an und schlang sie um seine Hüften. Sie stieß einen ersten Lustschrei aus, als er seinen Körper auf ihren senkte. Seine Brusthaare kitzelten ihre Nippel, und sein harter Bauch drückte sie tiefer aufs Bett. Sein Mund presste sich auf ihren.

Anna öffnete die Lippen und stieß die Zunge voller Wucht

in seinen Mund, rein und raus, als wäre sie ein kleiner Penis, der ihn penetrierte, und gleichzeitig begann er mit langen, tiefen Stößen. Annas Körper hob sich leicht an, wenn er in sie hineinfuhr. Sie verstärkte den Druck ihrer Beine um seine Hüften und liebte das Gefühl, von ihm so großartig ausgefüllt zu werden. Der Schaft seines Penis stimulierte ihre Nervenenden und erreichte reibend und stoßend alle Stellen, die ihr gut taten.

Sie ließ sich von ihm reiten, die Hände über dem Kopf, der Körper in völliger Hingabe. Noch nie hatte sie sich so gefühlt, noch nie hatte sie sich einem Mann derart ausgeliefert. Derek positionierte seine Hände zu beiden Seiten ihres Gesichts. Seine Augen glühten, während er in sie hineinpumpte. Dann verlangsamten sich seine Stöße. Er schloss die Augen, fuhr tief in sie hinein, und ein dunkles Stöhnen drang aus seiner Kehle, als er sich in Anna ergoss.

»Bitte«, keuchte Anna und bäumte ihren Körper auf. »Bitte, Derek.«

Er schob eine Hand zwischen ihre Körper und fing an, ihre Klitoris zu massieren. Er senkte den Kopf auf ihre Schulter. Annas Körper zuckte unter den Sensationen, die seine Finger in ihr auslösten, und sein abschließender Stoß brachte ihr die Ekstase. Sie schrie auf und presste den Mund gegen seinen Hals. Sie presste die Beine zusammen, als wollte sie seine Hand nicht mehr freigeben.

»Oh, ja«, ächzte sie, schloss die Augen und labte sich an dem Gefühl, ihn auf sich zu spüren. »Oh, ja, danke.«

Derek hob den Kopf. Seine Mund strich über ihre warme Schläfe, bevor er von ihr rutschte. Anna sah ihm zu, als er sich die Shorts anzog. Ihre Brüste hoben und senkten sich, während sie nach Luft rang.

»Derek?«

Er warf die Akte aufs Bett, die er mit aufs Boot gebracht hatte. »Die kannst du dir mal ansehen.«

Anna fasste in einen Umschlag und zog einige körnige Fotos heraus. Entsetzt starrte sie auf die Bilder, dann sah sie Derek fragend an.

»Ich war in San Francisco und habe eine Kamera in ihrem Zimmer versteckt. Dazu gibt es auch noch einen kurzen Videofilm von Cassandra und Victor.«

Anna wurde ganz aufgeregt. »Jetzt haben wir sie endgültig, nicht wahr?«

»Cassandra kommt nächste Woche geschäftlich nach LA«, sagte Derek. »Sie hat mich vor ein paar Tagen angerufen und will mich treffen. Ich schätze, dass sie über dich reden will.«

»Ich will mit dir gehen.«

Derek schüttelte den Kopf. »Nein. Du bist immer noch auf der Flucht. Und ich will nicht, dass Cassandra von deinem Aufenthalt bei mir erfährt.«

»Und was passiert jetzt?«

»Wir warten ab, was deine Stiefmutter zu sagen hat.«

Anna schaute wieder auf die Fotos. So glückselig wie Cassandra auf den Fotos musste sie auch ausgesehen haben, als Derek es ihr besorgte. Vielleicht hatte sie doch mehr Gemeinsamkeiten mit Cassandra, als sie bisher geglaubt hatte.

Zwölftes Kapitel

Derek bog auf den Feldweg ab und parkte. Freddies Geländewagen stand vor einem klapprigen Trailer, der von einem kettenähnlichen Zaun umgeben war. Auf dem Hof davor wucherte das Unkraut, während das Gras braun geworden war. Mehrere Rostlauben standen neben dem Wohnwagen. Direkt hinter dem Zaun befand sich eine Hundehütte, aber von den Hunden war nichts zu sehen. Bierflaschen, alte Reifen, Öldosen und Kartons lagen auf dem Hof herum. Es sah nicht so aus, als wäre jemand zu Hause.

Freddie stieg aus ihrem Auto. Sie trug Jeans und ein schwarzes T-Shirt. Die Handschellen steckten unter dem Gurt.

Ein Schwall heißer Wüstenluft drang durch das offene Fenster des Mustangs. Derek hatte noch eine Hand auf dem Schlüssel; die Zündung war eingeschaltet. Er sagte sich, er sollte zurückfahren. Freddie wurde mit der Situation fertig. In zwei Jahren hatte sie genug Erfahrung gesammelt. Sein Problem war, dass er bisher immer gewusst hatte, wo sie war. Wenn er nicht bei ihr war, dann wusste er wenigstens, auf wen sie es abgesehen hatte und wann sie den Geflohenen festnehmen wollte.

Aber in den vergangenen zwei Wochen hatte er nichts mehr gewusst, außer, dass sie wieder mit diesem Gavin abhing. Seine Hand verkrampfte sich um das Lenkrad. Das hieß jedoch nicht, dass er das Recht hatte, Freddie zu folgen.

Sie langte hinter sich, um die Spange fester zu ziehen, die ihre Haare in einem langen Pferdeschwanz zusammenhielt. Nach einem letzten Blick auf ihre Ausrüstung ging sie auf den Wohnwagen zu. Sie sah sich nach den Hunden um, dann öffnete sie das Metalltor. Sie ging zur Tür und klopfte dagegen.

»Rick, sind Sie da? Rick Peters?«

Keine Antwort. Derek konnte beinahe fühlen, wie Freddie leise vor sich hinfluchte. Sie ging einmal um den Wohnwagen herum, dann klopfte sie noch einmal. Nichts. Sie blinzelte durch die Fenster, dann trat sie frustriert gegen die Seite des Trailers, ehe sie zu ihrem Auto zurückging.

Sie blieb dicht vor ihrem Auto stehen und starrte auf den Mustang. Derek war wütend auf sich, dass er nicht an einer weniger einsehbaren Stelle geparkt hatte. Freddie schritt auf ihn zu, und er stieg aus.

»Freddie ...«

»Was soll das? Warum bist du hier?«

»Du hast gesagt, dein Flüchtling wäre ein Drogendealer.«

Freddie starrte ihn an. »Du Bastard. Du verdammter Bastard. Was nimmst du dir heraus, mir zu folgen? Glaubst du, ich kann allein niemanden festnehmen?«

»Nicht so einen Knaben«, sagte Derek. »Du brauchst einen Partner. Vergiss nicht, was bei Raymond Thompson geschehen ist.«

»Hör auf zu glauben, dass du mich beschützen musst!« Freddie ging noch ein paar Schritte weiter auf ihn zu, ihr Gesicht todernst. »Was muss ich tun, um dir zu beweisen, dass ich allein in meinem Beruf zurechtkomme?«

»Freddie, du bist immer noch eine Anfängerin.«

»Aber das heißt nicht, dass ich unfähig bin, du Arsch!«

Bevor er reagieren konnte, warf sich Freddie gegen ihn. Ihr Körper krachte gegen seinen, und sie gingen beide zu Boden. Im Gegensatz zu Anna verstand Freddie was vom Kämpfen. Sie drückte seine Arme über seinen Kopf und versuchte, ihn auf den Boden zu pressen. Derek erholte sich rasch und wälzte sich herum, wobei er Freddie mitnahm.

Freddie zog ihr Knie an und wollte es in seine Weichteile

rammen, aber in letzter Sekunde konnte er ausweichen. Er kämpfte darum, ihr die Arme auf den Rücken zu biegen.

»Freddie, hör auf!«

»Du Arsch! Lass mich in Ruhe!« Sie befreite einen Arm und trieb die Faust in seinen Bauch.

Für einen Augenblick raubte ihm der Schlag den Atem, und Freddie war wieder obenauf. Derek packte sie an der Taille und warf Freddie von sich, als sie es gerade wieder auf seinen Schritt abgesehen hatte. Sie wälzten sich über den unbefestigten Weg und landeten auf der anderen Seite im trockenen Gras. Freddie versuchte, seinen Hals zu packen. Staub stieg auf und drang in ihre Kehlen. Freddie begann zu husten. Derek nutzte die Gelegenheit, sie auf den Boden zu pinnen, und bedeckte ihren Körper mit seinem. Seine Hände umklammerten ihre Gelenke.

»Freddie ...«

»Ich hasse dich, Derek«, fauchte Freddie. Ihre Augen waren heiß vor Rage, und ihr Gesicht zeigte einen rebellischen Ausdruck. »Ich hasse dich wirklich.«

»Das begreife ich allmählich.«

Er atmete schwer. Er bemerkte auch, dass er auf den attraktiven Körper reagierte, auf dem er lag. Sie waren sich noch nie so nahe gekommen wie in diesem Augenblick. Bei jedem Atemzug drückten ihre Brüste gegen seinen Brustkorb. Freddie grunzte frustriert und unternahm einen letzten Versuch, sich von ihm zu befreien. Derek verstärkte den Griff um ihre Handgelenke und presste seinen Unterleib gegen ihren. Freddies Körper wurde schlaff.

Sie starrte ihn an. Ihr Gesicht war schmutzig, und ein langer Kratzer färbte sich rot auf ihrer Stirn. Ihr Atem normalisierte sich langsam, aber sie war immer noch wütend.

»Bist du jetzt zufrieden?«, fauchte sie. »Hast du bewiesen, dass du stärker bist als ich?«

»Ich wollte gar nichts beweisen.«

»Ja, richtig. Seit wir uns kennen lernten, hast du versucht, irgendwas zu beweisen.«

»Und was sollte das sein?«

»Dass ich ohne dich nichts ausrichten kann.« Sie strampelte wieder unter ihm, aber er merkte, dass ihr Kampfeswille sie verließ. »Du glaubst, weil du mir viel beigebracht hast, bist du verantwortlich für alles, was ich tue. Ich werde dir was sagen. In den letzten beiden Jahren habe ich mir eine Position in unserem Job verdient. Ich habe ein Dutzend Festnahmen ohne dich geschafft. Ich brauche dich nicht mehr.«

Derek war erstaunt, wie sehr ihn ihre Worte trafen. Es war ihm nicht bewusst gewesen, wie sehr er auf Freddie zählte. Himmel, sie war der einzige Mensch, den er in den letzten fünfzehn Jahren an sich herangelassen hatte. Sie war der einzige Mensch, dem er vertraute, der einzige Mensch, mit dem er über alles reden konnte. Wenn sie ihn nicht mehr brauchte, was wurde dann aus ihm?

Er schaute auf sie hinab. Ihre Gesichter waren nur Zentimeter voneinander getrennt. Ihre Augen hatten die Farbe von Schokolade, die Iris war von einem goldenen Ring umfasst. Ihr Atem blies gegen seine Wange. Ohne nachzudenken, presste Derek seinen Mund auf ihren.

Ein Entsetzensschrei stockte in Freddies Kehle. Ihr Körper versteifte sich unter ihm. Derek verstärkte den Kuss noch. Er zwang ihre Lippen auseinander und drang mit der Zunge in ihre warme, nasse Mundhöhle ein. Sein Penis wurde steif und hart. Derek zwängte ein Knie zwischen ihre Beine. Er gab eines ihrer Handgelenke frei, damit er mit einer Hand an ihre volle Brust greifen konnte.

Freddie gab ein protestierendes Keuchen von sich. Derek legte eine Hand auf ihren Hinterkopf und zog sie fester an sich. Ihr würziger Duft füllte seine Nasenflügel. Ihr Körper war weich und biegsam unter seinem. Die Hand griff fester um ihre Brust. Der Nippel drückte sich gegen seine Handfläche. Ihre Schenkel öffneten sich. Dereks Blut rauschte heiß durch seine Adern. Er wollte sie nackt ausziehen und ihr hier zwischen Dreck und Gras die Seele aus dem Leib vögeln.

»Stopp!«

Der laute Ruf brach durch den Nebel seiner Gier. Er hob den Kopf und starrte hinunter auf Freddie. Sie sah ihn voller Entsetzen und Furcht an. Dieser Ausdruck wirkte wie ein Eimer kaltes Wasser. Derek ließ sie los, setzte sich neben sie und fluchte still vor sich hin.

Sie erhoben sich beide. Freddie sah blass aus. Sie klopfte den Staub von ihrer Jeans. Ihre Hände zitterten.

»Freddie.« Derek wusste nicht, was er sagen sollte.

Sie schüttelte den Kopf und lief hastig zu ihrem Auto, ohne noch einmal zurückzusehen. Derek schaute ihr zu, als sie einstieg und sofort startete, als könnte sie nicht schnell genug von diesem Ort verschwinden.

Freddie raste davon und hinterließ eine dicke Staubwolke. Derek fluchte wieder und wusste, dass er gerade die letzten Fäden ihrer Freundschaft zerschnitten hatte.

»Hübsch ist es hier.«

Anna sah sich bewundernd um. Die Kabine von Maggies Boot war kleiner als Dereks, aber freundlicher eingerichtet. Wohin Anna auch schaute, überall sah sie Zeichen von Maggies freizügiger Natur. Bücherregale mit erotischer Literatur, kleine Skulpturen von verschlungenen Paaren, seidene Laken und Kissen. Die Kabine war eine Hommage an die Sinnlichkeit.

»Setz dich am besten dahin«, sagte sie zu Anna und wies auf das Sofa. »Ich möchte gern einen ganz neutralen Hintergrund für dich haben.«

Anna setzte sich und fühlte sich unsicher. Noch nie hatte

jemand sie zeichnen wollen. Maggie hatte ihr gesagt, sie sollte ihre üblichen Sachen tragen; Jeans und schwarzes T-Shirt.

»Entspanne dich«, sagte Maggie. »Ich fange mit ein paar schnellen Skizzen an.«

Sie schlug einen großen Skizzenblock auf und begann zu zeichnen. Anna steckte ihre Haare hinter die Ohren und versuchte, nicht zu nervös zu sein.

»Gut. Perfekt. Schau mich an. Nein, nicht lächeln. Du hast so ein großartiges Gesicht, Anna. Das gehört auf ein Filmplakat. Deine Augen allein könnten tausend Geschichten erzählen.«

Der Klang ihrer Worte nahm Anna einen Teil ihrer Nervosität. Sie begann zu entspannen. Maggies Bleistift huschte über das Papier. Auf das Geheiß der Frau stand Anna auf, sie kniete sich hin, lehnte sich an den Tisch oder saß mit überkreuzten Beinen auf dem Sofa. Sie lächelte, legte die Stirn in Falten, hielt das Gesicht neutral und versuchte, eine geheimnisvolle Aura zu projizieren. Nach einer Weile begann sie die Erfahrung zu genießen. Es war fast so, als wäre sie jemand anders.

Maggie schaute hoch. »Anna, würdest du deine Kleider ausziehen?«

Die Bitte überraschte Anna nicht. Da sie Maggies sinnliche Natur kannte, hatte sie damit gerechnet, dass Nacktheit irgendwie zu einer Zeichensitzung dazu gehörte. Trotzdem zögerte sie einen Moment.

»Du weißt schon«, sagte Maggie mit einem Grinsen. »Alles für die Kunst.«

Annas Befürchtungen schwanden. Sie hatte sich in ihrer Nacktheit nie wohl gefühlt. Jetzt stand sie auf und legte ihre Kleider ab, dabei war sie sich Maggies Blicke bewusst. Die Hitze der nahen Lampe wärmte ihre Haut. Ihre Finger zögerten auf dem Weg zum BH-Verschluss.

»Alles?«, fragte sie.

»Wenn es geht.«

Anna zog den BH aus und streifte das Höschen über die Beine. Wieder spürte sie eine neue Art von Nervosität, aber dann sah sie auf und bemerkte, dass Maggie sie mit Bewunderung im Blick anschaute.

»Was für eine perfekte kleine Figur du hast«, sagte Maggie. »Was hat dein Tattoo zu bedeuten?«

Anna rieb ihre Hand über die beiden japanischen Schriftzeichen auf ihrem Arm. »*Meiyo.* Das heißt Ehre.«

»Reizend. Dreh dich zur Seite. Verschränke die Arme über deinen Brüsten. Ich möchte das Tattoo sehen. Schau mich nicht an. Ja, perfekt.«

Maggie zeichnete unentwegt, während sie Annas Posen dirigierte. Die meisten waren durchaus sittsam. Sie unterbrach die Arbeit nur, um das Licht neu einzurichten. Nach einer Stunde hob Maggie den Kopf von ihrem Skizzenblock. »Gut, Anna. Ich glaube, wir sind fertig. Das war ganz ausgezeichnet. Willst du sehen, was ich gezeichnet habe?«

»Ja, sicher.«

Anna zog T-Shirt und Jeans wieder an, dann stellte sie sich hinter Maggie. Die Künstlerin blätterte den Block zurück und hielt Anna das erste Blatt hin.

»Phantastisch!«, entfuhr es Anna.

Sie erkannte sich kaum. Die Schwarz-Weiß-Zeichnungen bestanden aus feinen Strichen, und Maggie spielte mit Licht und Schatten. Statt klein und zierlich, wie sie sich immer gesehen hatte, war ihr Körper schlank und gut proportioniert. Maggie hatte die delikate Knochenstruktur des Gesichts herausgearbeitet sowie die schlanke Taille und den Schwung ihrer Hüften betont.

»Gefällt es dir?« Maggie sah sie warm lächelnd an. »Du hast nicht gewusst, dass du so aussiehst, nicht wahr?«

Anna schüttelte den Kopf. Sie fühlte Maggies Blicke so sanft und warm wie die Berührung mit Samt. Ihre Haut heizte sich auf. Sie stand hinter Maggie, ein wenig gebeugt, um die Zeichnungen besser betrachten zu können. Der Duft der anderen Frau stieg hoch, ein Geruch nach Sand und frischer Luft. Maggie hatte nichts Künstliches an sich, kein Aroma parfümierter Seife. Sie duftete wie der Wind, die Sonne und die Wolken.

Und Hitze strahlte Maggie aus. Anna wandte den Kopf und begegnete Maggies Blick. Sie wusste, was geschehen würde. Sie hatte es gewusst, seit Maggie gefragt hatte, ob sie sie zeichnen dürfte, und doch wurde sie von nervöser Spannung ergriffen, als sie die steigende Lust in Maggies Augen sah.

Annas Lippen teilten sich. »Ich ... ich bin nicht ...«

»Willst du nicht?«, fragte Maggie geradeheraus.

»Nein, ich ... ich meine ja, aber ...« Anna brach ab. Sie war ihrer immer sehr sicher gewesen, selbstbewusst bei ihren sexuellen Begegnungen. Aber in letzter Zeit, bei Derek und bei Maggie, fühlte sie sich wie eine Novizin.

»Ich bin lange nicht mehr mit einer Frau zusammen gewesen«, sagte sie schließlich.

Maggie lachte; es war ein kehliges Geräusch. »Ich versichere dir, meine Liebe, es hat sich nichts geändert.«

Sie langte mit beiden Händen hoch, umfing Annas Kopf und brachte ihren Mund heran. Ihre Lippen berührten sich mit sanftem Druck. Wärme flutete durch Annas Blut. Sie hatte vergessen, wie lieblich es sich anfühlte, eine andere Frau zu küssen, ihren Mund gegen volle weiche Lippen zu drücken, die wie Beeren schmeckten.

Sie legte eine Hand auf Maggies Schulter. Ihre Haut war so heiß, als hätte sie in der Sonne gebraten. Maggies Lippen teilten sich, und die Zunge schnellte vor und erforschte und koste Annas Mundhöhle.

Anna ließ sich von Maggie ausziehen, und wieder stand sie ohne T-Shirt und Jeans da, aber diesmal ohne Angst. Sie erfreute sich an den Berührungen der Frau, wie sie sich vorher an ihren Blicken gelabt hatte. Maggie war eine Frau, die alles von sich gab. Ihre Hände glitten über Annas Arme, streichelten über die Hüften und den Po. Die Berührungen waren federleicht und riefen kleine wohlige Schauer bei Anna hervor.

Maggie tunkte ihre Finger in die schattige Kerbe von Annas Pobacken. Anna schüttelte sich. Sie wollte die andere Frau nackt sehen.

Sie zog sich leicht zurück. Maggies Stirn legte sich in tiefe Falten.

»Was ist los?«

»Nichts. Ich will nur ... kannst du dich für mich ausziehen? Da drüben?« Anna zeigte zum anderen Ende der Kabine.

Maggie lächelte. Mit langsamen, sinnlichen Bewegungen stand sie auf und ging die wenigen Schritte. Die Lampe brannte noch heiß. Ohne den Blick von Anna zu nehmen, zog Maggie ihre Shorts und das Oberteil des Bikinis aus. Ihre Brüste waren voll und schwer, gekrönt von zimtfarbenen Nippeln; die Hüften angenehm breit und die Beine lang und muskulös – eine Frau in der Blüte ihres Lebens.

Mit ihren grazilen Bewegungen, ihrer Kraft und den fein ziselierten Muskeln erinnerte sie Anna an ein exotisches Tier, Panther oder Wildpferd.

Maggie stand ohne einen Hauch von Verlegenheit da, die Hände auf den Hüften, und ließ sich von Anna ausgiebig betrachten.

»Wie bist du so geworden?«, fragte Anna. Sie hatte sich immer für selbstsicher gehalten, aber jetzt erkannte sie, dass ihre Selbstsicherheit nichts als falsches Draufgängertum war. Sie hatte nichts von Maggies Selbstbewusstsein.

»Wie bin ich wie geworden?«, fragte Maggie.

»Ich weiß nicht. So selbstsicher.«

Maggie hob die Schultern. »Als ich John verlassen hatte, begriff ich, dass ich alles tun konnte. Was auch immer dich zurückhält, Anna, das ist es, was du loswerden musst.«

Anna dachte, dass sie das mit Cassandra schon seit Jahren versuchte. »Manche Dinge kann man schneller loswerden als andere.«

»Was ist mit deinen Hemmungen?«

Anna lächelte. Vorsichtig trat sie auf Maggie zu. Maggie rührte sich nicht von der Stelle. Anna wusste, dass sie darauf wartete, dass sie die Initiative übernahm. Sie hob die Hände und legte sie um Maggies Brüste.

Die Nippel drückten sich in ihre Handflächen. Langsam begann sie die andere Frau zu streicheln, fuhr mit den Fingern durch das herrliche Tal zwischen den Brüsten, strich über die breiten Hüften und das Delta zwischen Maggies Beinen. Maggies Venusberg war wunderbar kurz geschoren, und die Innenseiten der Schenkel strahlten Wärme aus.

Ihre Münder trafen sich wieder. Annas Kopf füllte sich mit Maggies Duft. Sie presste ihren Körper gegen Maggies, und dann legten sie sich behutsam auf den Boden. Maggies Körper umschlang ihren. Anna spreizte die Beine, um sich gegen Maggie zu reiben, dann öffnete sie den Mund unter dem Druck der Lippen der anderen Frau.

Alles an Maggie ließ ihr Blut stocken und fachte eine Dimension der Erregung an, die kein Mann je bei ihr geschafft hatte. Selbst Derek nicht.

Anna fuhr mit den Händen durch Maggies kurze Haare, während ihre Zungen tanzten. Ihre Brüste pressten gegeneinander, und die Nippel schabten sich köstlich. Maggie küsste Annas Unterlippe und glitt dann mit dem Mund über das Kinn und den Hals. Sie rutschte tiefer an Annas Körper entlang und bedeckte ihn mit leichten Küssen, sie leckte über die Haut und nagte an einigen Stellen mit den Zähnen.

Dann tauchte die Zunge in Annas Nabel, spielte dort eine Weile, bevor Maggie mit den Händen nach unten glitt und Annas Schenkel sanft auseinanderdrückte.

Anna ließ den Kopf auf dem Boden ruhen. Sie schloss die Augen und gab sich der erotischen Kunst der erfahrenen Frau hin. Sie war immer schon von der Vorstellung begeistert, dass ein Mann die Kontrolle übernahm, aber von einer Frau hatte sie das noch nicht erlebt. Sie vermutete, wenn sie Maggie darum bat, würde die ältere Frau sie völlig dominieren.

Wie eine Spirale schraubte sich die Erregung in ihren Körper hinein. Sie fühlte, wie Maggie den Kopf senkte. Anna zuckte und zitterte, als sie Maggies Zunge auf ihren Labien spürte. Sie wusste, dass sie nass war, und als Maggie bewundernde Laute ausstieß, löste sich in ihrer Höhle ein weiterer Schwall der glitschigen Feuchtigkeit.

Annas Körper spannte sich an, als Maggie ihre Pussy zu erforschen begann. Die Zunge glitt in all die kleinen Falten und Winkel, dann schmiegten sich die Lippen um die Klitoris. Maggies Hände strichen über Annas Bauch und griffen höher an ihre Brüste. Sie hielt die Brüste umfangen, und die Finger zwirbelten die kleinen Warzen.

Anna schloss die Augen und atmete tief ein. Sie fühlte sich völlig bedeckt von der anderen Frau, bedeckt und beschützt auf eine Art und Weise, die sie so noch nie erlebt hatte. Sie stöhnte überrascht auf, als Maggies Zunge tief in sie hineinstieß. Maggies murmelnde Geräusche vibrierten in sie hinein und stimulierten ihr Blut.

Annas Stöhnen wurde lauter, als ihre Lust auf eine neue Ebene geführt wurde. Was Maggie mit ihr anstellte, war nichts anderes als ein Ficken mit der Zunge. Die erfahrene Frau trieb sie mit Wucht auf eine explosive Erfüllung zu. Anna hob die Beine an, als wollte sie Maggie noch tiefer in sich hineinziehen.

»Ja, ja«, ächzte sie und grub die Finger in Maggies Haare. »Stoß deine Zunge in mich hinein.«

Maggies Zunge stieß weiter zu, während sie Annas Klitoris mit den Fingern bearbeitete. Die Kombination der beiden Stimulierungen schuf eine weitere Dimension von Annas Lust, und dann setzte auch schon ihr Orgasmus ein.

Unter Maggies klugen Berührungen kam Anna mit einem lauten Schrei, der immer länger anhielt, während ihr Körper geschüttelt wurde. Maggie zog sich hoch und küsste Anna hart und heiß auf den Mund.

»Bewege dich nicht«, raunte sie Anna zu.

Ihre muskulösen Beine grätschten über Annas Oberschenkel. Maggies Pussy spreizte sich und rieb sich an Anna. Sie fühlte sich warm und glitschig an. Maggie stützte sich mit den Händen zu beiden Seiten von Annas Kopf ab und begann auf Annas Schenkel zu reiten.

Anna schaute fasziniert zu, wie Maggie sich selbst zum Orgasmus brachte. Maggies Gesicht verzog sich vor ungehemmter Lust, sie konnte die Augen kaum noch offen halten, und der Mund öffnete sich immer mehr. Ihre Haut färbte sich rot, je höher ihre Erregung stieg. Die Schenkel spannten sich auf Annas Beinen, und Anna fühlte, wie ihr Oberschenkel von Maggies Säften feucht und glitschig wurde.

Maggie lehnte sich über Anna, während die Hüften auf und ab schwangen. Ihre Brüste pendelten wie exotische Früchte. Anna griff nach den vollen Halbkugeln und massierte sie, hob den Kopf an und nahm sie zwischen die Zähne. Maggie stöhnte begeistert. Sie rieb sich weiter auf Annas Schenkel, und Anna konnte sich nicht erinnern, schon einmal derart konzentriert an ihrem Orgasmus gearbeitet zu haben. Maggies Ausdruck verspannte sich weiter, die Augen waren jetzt fest verschlossen, und dann wirbelten die Zuckungen des Orgasmus durch den Körper, die Anna alle spürte, als wären es ihre eigenen.

»Ah, so gut.« Sie beugte den Kopf und küsste Anna wieder, stieß die Zunge in den Mund. »Himmel, Anna, du bist wirklich ein Schatz.«

Anna legte die Hände um Maggies Nacken. »Ich könnte schon wieder kommen«, murmelte sie.

Maggie lächelte. »Oh, das wirst du auch, mein schönes Kind. Das wirst du auch.«

Dreizehntes Kapitel

Die Welle wogte unter ihr. Freddie wurde hochgehoben und stand fest auf ihrem Brett. Die Welle brach, teilte sich und spritzte Schaum. Es war eine gute Welle, sauber und glatt. Sie ging in Position und ritt weiter, schwang nach rechts und links, bis sich das Wasser verlaufen hatte. Freddie schnappte sich ihr Brett und wollte zurück zu den Brechern.

Als sie sich gerade umdrehen wollte, sah sie Gavin vom Strand aus winken. Einen kurzen Moment lang war sie versucht, so zu tun, als hätte sie ihn nicht gesehen, um wenigstens noch auf einer Welle zu reiten, hoch oben auf einem Brecher, weil sie hoffte, dass die hohen Wellen halfen, dass sie endlich mit ihren inneren Tumulten fertig wurde.

Stattdessen ging sie zum Ufer. Gavin hatte nichts mit Dereks idiotischem Verhalten zu tun. Vielleicht konnte er ihr helfen, es zu vergessen.

»Hi!« Gavin grinste ihr breit zu. »Die Wellen sehen gut aus heute Morgen.«

»Ja, sie sind auch gut.« Freddie wischte sich Wassertropfen von der Stirn. Gavin trug Shorts und ein T-Shirt, was darauf schließen ließ, dass er nicht plante, mit ihr zu surfen. »Hast du mich gesucht?«

»Ich bin in deinem Apartment vorbeigegangen, aber du warst nicht da. Ich habe gedacht, dass ich dich hier finden würde. Wie lange surfst du schon?«

»Ein paar Stunden.« Freddie schaute auf ihre Uhr. »Willst du schwimmen?«

»Ich habe den Anzug nicht dabei.«

»Nicht surfen, sondern schwimmen. Warte hier. Ich bringe mein Brett zum Auto, dann gehen wir zum Pier.«

Ein paar Minuten später kam sie zurück und sagte zu Gavin: »Komm, mal sehen, wer zuerst am Pier ist.«

»Wie ist das Wasser?«, fragte Gavin.

»Kalt. Wie immer.« Freddie grinste ihn an und begann in Richtung Pier zu joggen. »Vielleicht kannst du mich ja vorher wärmen.«

»Mit Vergnügen.« Gavin lief neben ihr. »Aber ich wollte zu dir, weil ich von Barbara gehört habe. Sie ist nicht nach Las Vegas gegangen. Sie hält sich im Encino Valley auf.«

Freddie reagierte nicht. Der nasse Sand matschte zwischen ihren Zehen, und Wasser umspülte die Knöchel.

»He, hast du mich gehört?«, fragte Gavin. »Ich sagte, ich weiß, wo Barbara ist.«

»Ja, ich habe es gehört.«

»Soll ich mit dir gehen, wenn du sie festnimmst?«

»Nein.« Freddie verlangsamte ihre Schritte. »Ich denke darüber nach, ob ich aufhören soll.«

»Aufhören?«

»Meinen Job«, sagte Freddie. Sie lief nicht mehr weiter. »Die Kopfgeldjagd.«

»Kautionsvollzugsagent«, korrigierte Gavin.

Freddie lächelte dünn.

»Ist das dein Ernst?« Er sah sie besorgt an. »Was bringt dich auf diese Idee?«

Freddie hob die Schultern. »Ich bin nicht dafür geschaffen.«

»Aber du bist gut in deinem Job, das weiß sogar ich. Ich dachte, du liebst deine Arbeit.«

»Ja, das war auch mal so.«

»Und wieso jetzt nicht mehr?«

»Das ist kompliziert«, sagte Freddie. »Ich bin nicht mehr heiß auf das Gewerbe. Ich muss noch einen Fall zu Ende bringen, dann habe ich es hinter mir, glaube ich.«

»Und was wirst du stattdessen tun?«, fragte Gavin.

»Ich weiß es nicht. Ich kann bestimmt wieder als Sicherheitsfachkraft arbeiten. Oder ich mache mich als Surflehrerin selbständig. Ich habe gehört, dass sie den Lifeguards gutes Geld zahlen, und hier jeden Tag den Bademeister spielen, das muss doch fast wie im Paradies sein.«

»Sicherheitsfachkraft und Bademeister – das hört sich nicht nach einem aufregenden Leben an«, meinte Gavin.

»Ja, kann sein.« Freddie warf eine Muschel ins Meer. »Ich glaube, ich brauche eine neue Aufgabe. Komm.«

Sie lief ins Wasser. Der Schock der Kälte ließ sie nach Luft schnappen. Sie watete ins Tiefe und tauchte unter. Salzwasser brannte in ihren Augen und lullte ihre Gedanken ein. Sie hielt solange es ging den Atem an, und erst im allerletzten Moment tauchte sie auf. Gavin traute sich nur schrittweise vor.

»Und hier draußen soll ich dich wärmen?«, fragte er. »Selbst ein Wassermann würde in dieser Kälte keinen Ständer kriegen.«

Freddie lachte. Sie ging auf ihn zu, schlang die Hände um seinen Nacken und presste den Mund auf seinen. Es wurde ein salziger Kuss. Ihre Körper zitterten, auch wenn Freddie ihre Brüste gegen Gavins glatten Brustkorb rieb. Sie griff in seine Haare und stieß die Zunge in seinen Mund.

»Oh, Mann«, ächzte Gavin. »Vielleicht klappt das mit dem Wärmen ja doch.«

»Das hoffe ich.« Freddie glitt mit einer Hand nach unten und strich an der Beule des Penis entlang.

Sie waren schon weit genug weg vom Strand, um vor Blicken geschützt zu sein, aber diesmal war es Freddie egal, wer sie sah. Von nun an würde sie alles tun, was sie wollte – ohne Rücksicht auf die Folgen.

Gavins Hände griffen unter ihre Schenkel, dann hob er sie an, und Freddie schlang die Beine um seine Taille. Sie streichelte seinen Rücken, und die Zunge setzte die Erforschung seines Mundes fort. Er schmeckte kalt und süß. Er hielt die Hände auf ihren Po gedrückt, quetschte die Backen und drang mit den Fingern in die Beinöffnungen des Badeanzugs ein.

Freddie stockte der Atem, als Gavin sie zu reiben begann. Er hatte gelernt, ihre empfindlichsten Stellen zu finden. Sie mahlte mit den Hüften gegen seine Hand, als bettelte sie nach mehr. Der Zeigefinger kreiste um die Klitoris. Freddie zog ihre Muskeln zusammen und wollte unbedingt die Erregung spüren und die ihr vertraute Hitze in den Adern.

Nichts. Ihr Blut war kalt. Sie presste den Mund wieder gegen Gavins, trieb die Zunge in ihn hinein und hielt sich mit einem Arm um seinen Nacken fest. Mit der anderen Hand massierte sie seinen Penis. Sie wollte spüren, wie er wuchs.

»Ah, Gavin«, flüsterte sie, »mach, dass ich komme.«

»Das versuche ich ja.« Er stieß einen Finger in sie hinein, aber das war eher schmerzhaft.

»Autsch!« Freddie verdrehte die Hüften, um seinen Finger loszuwerden.

»Entschuldige.« Gavin wollte es noch einmal versuchen. »Hier, lass mich . . .«

»Nein.« Freddie schob ihn von sich.

Gavin runzelte die Stirn. »He, das war deine Idee, nicht meine. Es im eiskalten Ozean zu treiben wird nie zu meinem Hobby werden.«

Freddie presste ihre Finger gegen die Schläfen und seufzte. »Ich weiß. Aber so geht es nicht.«

»Warum gehen wir nicht zu dir? Wir können heiß duschen und schäumen uns ein. Ich wette, dass es dann geht.«

»Nein.«

»Was ist los mit dir, Freddie? Du benimmst dich heute wirklich eigenartig.«

»Es tut mir leid.« Freddie streichelte mit dem Handrücken

über seine Wange. »Ich habe einen schlechten Tag. Weißt du, ich glaube, ich muss eine Weile allein sein, okay?«

»Ja, klar. Ich rufe dich heute Abend erst an.«

»Nein, ich meine eine Weile«, sagte Freddie.

Verwirrung zog Gavins Gesicht in die Länge. »Gibst du mir den Laufpass?«

»Nein, ich brauche nur eine Zeit für mich allein.« Freddie konnte nicht verstehen, warum es für Männer so schwer war, dieses Konzept zu begreifen. Sie ging in Richtung Ufer zurück. »Ich rufe dich am Wochenende an, okay?«

»Was ist los? Habe ich was falsch gemacht?«

Freddie fluchte still, dass sie ihn so gefühlskalt behandelte. »Du hast nichts falsch gemacht, Gavin. Ich muss nur ein paar Dinge in meinem Leben ordnen.«

»Nun, ich werde nicht trauernd herumsitzen und auf deinen Anruf warten«, sagte er knurrend.

»Nein, das erwarte ich auch nicht.« Freddie drehte sich nach ihm um. Sie küsste ihn auf den Mund und lehnte ihre Stirn gegen seine. »Gavin, du bist wunderbar. Du bist lieb und großartig.«

»Das hört sich nach einer Abschiedsrede an.«

Das glaubte Freddie auch, aber das sagte sie ihm nicht. Sie löste sich von ihm und lächelte ihm traurig zu.

»Ich rufe dich an«, sagte sie. »Versprochen.«

»Ja, sicher.«

Freddie fühlte seine Blicke auf sich, als sie an den Strand zurückschwamm.

»Hast du Freddie in den letzten Tagen gesehen?«, fragte Gus Walker.

»Nein.« In Dereks Magen bildete sich ein harter Klumpen. »Warum?«

»Sie hat sich bei mir noch nicht gemeldet, nachdem sie

einen Job für mich übernommen hat«, antwortete der Kautionszahler. »Ich hatte auch ein paar neue Fälle für sie, aber sie hat sie abgelehnt, ohne mir zu sagen warum.«

»Ich weiß auch nicht warum«, sagte Derek und schämte sich ein wenig für sie. »Wann hast du das letzte Mal mit ihr gesprochen?«

»Vor einer Woche. Da sagte sie mir, dass sie wieder hinaus in die Wüste fährt, um den Drogendealer hereinzubringen, dem sie auf der Spur war. Aber jetzt antwortet sie auf keine E-Mail, und ihr Handy scheint abgestellt zu sein.«

Derek runzelte die Stirn. Das war unprofessionelles Verhalten und passte nicht zu Freddie.

»Ich werde mich drum kümmern.«

»Wie? Hast du sie auch nicht gesehen?«, fragte Gus. »Ich dachte, ihr wärt an den Hüften zusammengewachsen.«

»Da hast du dich geirrt.« Er zog eine Grimasse. »Ich melde mich bei dir, Gus.«

»Und wenn ich dich schon am Ohr habe – was, zum Teufel, ist eigentlich mit Anna Maxwell?«, fragte Gus.

Ohne ein Wort zu sagen, klappte Derek sein Handy zu und griff nach seinem Drink.

»Mr. Rowland?«

Derek schaute auf. Cassandra Maxwell stand vor ihm und sah in ihrem blassrosa Kostüm und der makellosen Frisur wie die erfolgreiche Firmenchefin aus. Derek kam der Gedanke, dass sie das krasse Gegenteil von Freddie war. Ein irrationaler Gedanke, denn nahe liegender wäre gewesen, wenn er Anna für das Gegenteil von Cassandra gehalten hätte, aber er ahnte, dass die beiden Frauen mehr Gemeinsamkeiten hatten, als sie sich träumen ließen.

»Derek.« Er stand auf und streckte seine Hand aus. »Nett, Sie wiederzusehen, Cassandra.«

»Danke.« Sie setzte sich ihm gegenüber und stellte die Handtasche auf den Tisch.

»Was möchten Sie trinken?«

»Scotch und Soda, bitte.«

Während sie auf die Bestellung warteten, studierte Derek Cassandras Gesicht. Sie hatte feine Züge, lebhafte blaue Augen und eine porenlose Haut.

»Ich nehme an, dass Sie immer noch nicht den Aufenthaltsort Ihrer Stieftochter kennen«, sagte Derek.

Cassandra nippte an ihrem Drink und schüttelte den Kopf. »Nein. Ich glaube, sie ist mit ihrer Schwester in Kontakt getreten, aber Erin behauptet, nicht zu wissen, wo Anna sich aufhält. Ich wüsste nicht, warum sie lügen sollte.«

»Warum wollten Sie mit mir sprechen?«, fragte Derek.

»Ich möchte auf den neuesten Stand Ihrer Suche nach Anna gebracht werden«, antwortete Cassandra.

»Ich dachte, es wäre Ihnen egal, wo sie ist.«

»Also, das stimmt nicht, Mr. Rowland.«

»Derek, bitte.«

»Also gut, Derek.« Es hörte sich so an, als wollte sie seinen Namen schmecken. »Wir haben zwar Anna enterben müssen, damit wir sie vor sich selbst schützen, aber das heißt doch nicht, dass wir nicht mehr an dem interessiert sind, was mit ihr geschieht.«

»Solange es geschieht, dass sie ins Gefängnis wandert.«

Cassandra hielt seinem Blick stand. »Es stimmt, dass Anna eine Gefängnisstrafe verdient hat, daran habe ich nie gezweifelt, und mein Mann sagt das auch.«

»Dann ist es doch seltsam, dass Sie beide mir bei der Suche nicht geholfen haben.«

»Nun, wir finden, dass wir genug Zeit und Geld in Anna investiert haben«, meinte Cassandra. »Einmal kommt der Tag, an dem jeder für seine Taten selbst verantwortlich ist. Finden Sie nicht auch?«

»Natürlich.« Derek lehnte sich vor. »Sind Sie das denn auch?«

»Was?«

»Für Ihre Taten verantwortlich.«

Cassandra starrte ihn einen Moment an. Irgendwas flackerte in ihren Augen, aber ihre Gesichtszüge blieben gefasst. »Natürlich. Warum sollte ich es nicht sein?«

»Ich weiß es nicht. Aber vielleicht kann Ihr Liebhaber die Antwort darauf geben.«

Cassandra blinzelte. Ihr Ausdruck veränderte sich nicht, aber ihre Hand zitterte leicht, als sie das Glas an die Lippen hob. »Ich weiß nicht, wovon Sie reden, Mr. Rowland.«

»Derek.«

»Ich habe keine Ahnung, wovon Sie reden, Derek.«

»Aber natürlich wissen Sie es. Wie heißt er doch noch? Victor?« Dereks Stimme senkte sich um eine Oktave. »Was stellt er nur für Sachen mit Ihnen an, Cassandra?«

Die vollen Lippen pressten sich zusammen. »Wie können Sie es wagen?«

»Oh, ja, ich wage es. Ich weiß, wie sehr Sie sich bemühen, Ihre Affäre geheim zu halten.«

»Sie Bastard! Was haben Sie davon, dass Sie mir das antun?«

Derek langte in seine Innentasche und zog einen länglichen Umschlag heraus. Er schob ihn über den Tisch auf Cassandra zu. Cassandra schaute von Derek auf den Umschlag und wieder zu ihm.

»Was ist das?«

»Öffnen Sie den Umschlag, dann werden Sie es sehen.«

Das Zittern ihrer Hände verstärkte sich noch, als sie nach dem Umschlag griff. Sie nahm ein paar kopierte Seiten und die Fotos heraus. Alle Farbe wich ihr aus dem Gesicht. Sie legte alles wieder auf den Tisch und langte nach ihrem Glas.

»Woher haben Sie die Bilder?«

»Ich habe sie von einem Video aufgenommen, das ich von euch beiden gefilmt habe. Und was die Kontoauszüge angeht – also, Cassandra, es war wirklich kein Geniestreich, die gestohlene halbe Million auf das Konto Ihres Liebhabers umzuleiten, nicht wahr?«

Cassandra legte die Fotos mit dem Gesicht nach unten auf den Tisch. Auf ihren Wangen bildeten sich zwei rote Flecken, die sich noch ausbreiteten. Sie griff wieder nach ihrem Scotch und nahm einen langen Schluck, als bräuchte sie irgendwas, um die Nerven zu beruhigen.

»Oder haben Sie unterstellt, dass niemand es herausfinden würde?«, hakte Derek nach. »Waren Sie so arrogant, Cassandra? Haben Sie geglaubt, Anna würde Ihnen niemals auf die Schliche kommen?«

Ihre Haut war weiß wie Papier, und der Mund war zu einem schmalen Strich geworden. »Wovon reden Sie überhaupt? Haben Sie mit Anna gesprochen?«

»Ja, kann schon sein.«

»Wenn Sie wissen, wo sie ist, sollten Sie sie bald an die Polizei ausliefern. Sonst könnte man Sie sogar noch festnehmen, weil Sie einer Kriminellen auf der Flucht geholfen haben.«

»Ich glaube, Anna ist im Moment Ihr kleinstes Problem«, gab Derek zurück. »Was, glauben Sie, wird Ihr Mann dazu sagen, dass Sie ihm oder seiner Firma eine halbe Million gestohlen haben, die Sie dann Ihrem Geliebten geschenkt haben?«

Cassandras voller Mund wurde dünner. »Was wollen Sie?«

»Wie meinen Sie das?«

»Ich meine ...« Cassandra senkte die Stimme. Ihre blauen Augen schossen kleine Dolche auf ihn ab. »Ich meine, was wollen Sie haben?«

»Hören Sie, mich interessiert nicht, mit wem Sie vögeln und warum«, sagte Derek. »Wenn Sie Ihren Spaß daran haben, sich den Arsch versohlen zu lassen – bitte sehr. Was mich aber auf die Palme bringt, ist Ihre raffinierte Art, das Geld zu stehlen und den Diebstahl Ihrer Stieftochter Anna in die Schuhe zu schieben. Und Sie versuchen, Anna von ihrem Vater fernzuhalten.«

»Das hat Anna doch selbst verschuldet«, sagte Cassandra eiskalt. »Richard hat immer zu helfen versucht. Wenn sie nicht kriminell geworden wäre, hätte er ihr bestimmt noch eine Chance gegeben.«

»Und wegen Ihnen hat er das nicht getan.«

»Sie haben meine Frage noch nicht beantwortet«, erinnerte Cassandra ihn. »Was wollen Sie haben?«

Derek setzte sich auf seinem Stuhl zurück. Natürlich hatte er die Oberhand. Es war nur noch die Frage, wie heftig er das ausnutzen wollte.

»Ich will, dass Sie Ihrem Mann beweisen, dass Anna das Geld nicht gestohlen hat«, sagte er. »Wenn das bedeutet, dass Sie sich selbst schuldig bekennen müssen, dann müssen Sie das tun. Ich will jedenfalls, dass Anna nicht mehr gesucht wird.«

Stirnrunzelnd fragte Cassandra: »Wieso kümmert es Sie eigentlich, was aus ihr wird?«

»Weil ich keine Menschen festnehme, die unschuldig sind.«

Cassandra sammelte die Fotos und die Kopien der Kontoauszüge ein und steckte sie in die Seite ihrer Handtasche.

»Ich werde nicht zulassen, dass dieses kleine Flittchen meine Karriere und mein Privatleben zerstört«, sagte sie. Die Kälte in der Stimme konnte das Zittern nicht ganz überdecken.

»Das ist nicht auf Anna zurückzuführen«, sagte Derek, »sondern nur auf Sie selbst.«

»Wir werden ja sehen.« Cassandra stand auf, das Kinn hoch. »Einen guten Tag, Mr. Rowland.«

Derek sah ihr nach, bewunderte die Kurven ihrer Hüften und leerte sein Glas. Beinahe bereute er, was er jetzt als Nächstes tun musste.

Vierzehntes Kapitel

Richard Maxwell starrte auf die Fotos. Sie lagen wie eine Landkarte der Untreue seiner Frau auf dem Schreibtisch ausgebreitet. Und was für Akte der Untreue es waren! Wenn sie etwas tat, dann aber hundertprozentig, selbst wenn sie betrog. Er griff nach einem Foto, auf dem sie sich übers Bett beugte, während ihr Liebhaber ihr den Arsch verhaute.

Richards Penis zuckte. Sie sah auch in dieser Szene erstaunlich aus, da gab es gar keine Frage. Pendelnde Brüste, weit herausgestreckter Arsch, der leuchtete wie ein weißer Mond. Auf anderen Fotos war sie gefesselt, Hände und Füße zusammengebunden und Stricke um ihre Brüste gewunden.

Richard ließ die Fotos zurück auf den Tisch fallen und rieb sich die Augen. Im Laufe der Jahre hatte er es schon für möglich gehalten, dass Cassandra eine Affäre haben könnte, aber er hatte nie gedacht, dass sie es so extrem angehen wollte.

Er stand auf und steckte die Fotos in eine Ablage. Er konnte noch nicht verstehen warum, aber er war über die Affäre weniger entsetzt als über das gestohlene Geld. Vielleicht lag es daran, dass eine Affäre in seinen Augen eine ganz andere Art von Verbrechen war.

Er verließ das Arbeitszimmer und ging hinauf zum Schlafzimmer. Er öffnete die Tür mit einer Vorahnung dessen, was er vorfinden würde.

Einige von Cassandras Sachen standen nicht mehr auf dem Frisiertisch. Er ging zum Schrank. Drei ihrer Koffer waren nicht mehr da, zusammen mit den meisten ihrer Kleider.

Richard sank aufs Bett. Innerlich fühlte er sich wie gelähmt.

Er liebte Cassandra, aber sie war auch der Grund gewesen, dass seine Töchter sich von ihm distanziert hatten, besonders Anna.

Nachdem er die Tatsache verdaut hatte, dass Cassandra gegangen war, griff Richard zum Telefon und wählte Derek Rowlands Nummer.

Fünfzehntes Kapitel

Freddie trat mit einer Papptasse aus dem Coffee Shop. Ihre Augen verengten sich, als sie den blauen Mustang sah, der neben ihrem Auto parkte. Ärger quoll in ihr hoch. Derek stieg aus dem Auto und hielt die Hände in einer Geste des Waffenstillstands in die Höhe.

»Warte«, sagte er. »Ich bin hier, weil ich Gus versprochen habe, dich anzusprechen. Er hat mich angerufen, weil er dich nirgendwo erreichen kann.«

Freddie reagierte nicht. Sie schloss die Tür, duckte sich und nahm Platz. Derek trat um ihr Auto herum und stellte sich neben sie. Sie spürte Wellen der Wut, die er ausströmte.

»Hör zu«, sagte er gepresst, »ich habe schon gesagt, dass es mir leid tut. Es war ein Fehler, aber verdammt, es war nur ein Kuss, Freddie!«

Seine Worte drangen durch ihr Herz und ließen ihre Brust schmerzen. Sie konnte ihn nicht ansehen. Sie wünschte, sie hätte die Haare nicht zusammengebunden, damit sie ihr Gesicht vor seinen irritierten Blicken verstecken könnte.

»Ja«, sagte sie, »dann vergiss es einfach.«

»Ich habe es schon vergessen.«

Freddie dachte, dass es nicht viele Worte gab, die sie so verletzen konnten wie diese, die Derek ihr gerade gesagt hatte. Sie wandte den Kopf, um in seine Augen zu sehen. Sein Gesicht sah wie in Stein gemeißelt aus, seine Augen blickten kalt wie ein Feuerstein. Ohne es zu wollen, sah sie auf seinen Mund, und sie erinnerte sich daran, wie seine Lippen sich auf ihren angefühlt hatten, wie ein Teil ihres innersten Verlangens durch ihre Rage hatte brechen wollen, bevor sie diesen Teil erfolgreich unterdrückt hatte.

»Ist Anna noch bei dir?«, fragte sie.

»Was?«

»Anna«, wiederholte Freddie, »ist sie noch bei dir auf dem Boot?«

»Ja, warum?«

Freddie hob die Schultern und versuchte, einen ganzen Sack voller Eifersucht zu verbergen. »Ich habe nur gefragt. Sie scheint dich davon überzeugt zu haben, dass sie unschuldig ist?«

»Ja, hat sie. Ihre Stiefmutter ist nämlich jetzt auf der Flucht.«

»Und was wird mit Anna geschehen?«, fragte Freddie.

»Sie muss versuchen, mit ihrem Vater zu reden. Bisher hat er sich stets geweigert, sie zu sehen.«

»Nun, ich wünsche ihr viel Glück. Und dir auch.«

Derek seufzte. »Freddie, was soll ich tun? Ich kann mich entschuldigen, aber ich kann es nicht ungeschehen machen. Ich habe gesagt, dass es ein Fehler war. Es tut mir leid.«

»Ja, mir auch.« Freddie wurde davon abgelenkt, einen Halter für Tassen und Becher zu justieren. Sie hatte gedacht, wenn sie ihn eine Weile nicht sah, würde sich ihr Verlangen abschwächen, aber es war nur noch stärker geworden. »Ich will nicht, dass du überhaupt was sagst, Derek.«

»Und warum führst du dich so auf, als hätte ich ein Verbrechen verübt?«, fragte Derek frustriert. »Sind wir jetzt fertig miteinander, Freddie?«

Freddie starrte durch die Windschutzscheibe in den Coffee Shop. Sie kannte Derek. Wenn sie jetzt ja sagte, war ihre Freundschaft vorbei; er würde zu seinem Mustang gehen und nie wieder Kontakt mit ihr aufnehmen. Und sie konnte sich nicht vorstellen, wie ihr Leben ohne Derek ablaufen sollte. In den letzten beiden Jahren waren sie fast unzertrennlich gewesen, und sie hatte das Gefühl, ihn ihr ganzes Leben schon zu kennen. Sie hatte nie einen Freund wie ihn gehabt.

Sie wies mit dem Kopf auf den Beifahrersitz. »Steig ein.«

»Was?«

»Steig ein«, wiederholte Freddie. »Ich fahre noch einmal zu Rick Peters' Trailer.«

Derek ging um den Wagen herum und setzte sich auf den Beifahrersitz.

Freddie bog auf den Santa Monica Boulevard ein. Während sie sich der 405 näherte, dachte sie über Derek nach. Ja, sie wollte ihn lieber als Freund in ihrem Leben haben als gar nicht. Vielleicht würde sich ihr wildes Sehnen nach ihm abschwächen. Vielleicht würden sich ihre Gefühle normalisieren, dann konnte sich ihre Freundschaft ganz normal entwickeln.

Ja, und dann würden ihr Flügel wachsen, und sie konnte um den Erdball fliegen. Freddie stieß einen langen Seufzer aus. Sie war immer noch völlig verdutzt von der Tatsache, wie intensiv und nachhaltig ein einziger Kuss gewirkt hatte. Als ob etwas in ihr geschlummert hätte, was nun lebendig geworden war und was sie schleunigst wieder begraben musste.

Sie sah Derek an. Er schaute aus dem Seitenfenster, die Gesichtszüge hart. Sie wusste, dass ihn dieser Kuss nicht auf ähnliche Weise beeindruckt hatte. Wahrscheinlich war er überhaupt nicht beeindruckt gewesen, denn schließlich hatte er sich nach dem Kuss auch noch entschuldigen müssen.

Sie hätte nicht überrascht sein sollen. Sie wusste, dass Derek sexuell erfahren war. Ein Kuss von einer Dauer von etwa zehn Sekunden konnte keinen großen Eindruck bei ihm hinterlassen, wenn er das mit seinen anderen Eroberungen verglich. Zum Beispiel mit Anna.

Freddie unterdrückte einen neuen Anflug von Eifersucht. Bisher hatte sie sich nie für Dereks Frauen interessiert. Sie wusste, dass sie sich in einem anderen Teil seines Lebens abspielten als sie selbst. Aber nun hatte sie eine Erfahrung aus erster Hand, was Derek an sich hatte, was diese Frauen anzog.

Die Gedanken verursachten ihr Lust, und unwillkürlich erschauerte sie. Sie musste lernen, solche Lust zu ignorieren, nahm sie sich vor.

»Triffst du dich noch mit Gavin?«, fragte Derek.

»Nein«, sagte Freddie, aber dann fügte sie gleich hinzu: »Also, nicht wirklich.«

»Was für eine Antwort ist das denn?«

»Nun ja, wir reden noch miteinander«, sagte Freddie und fand, dass dies keine Lüge war, denn sie hatte ja versprochen, Gavin am Wochenende anzurufen. »Er ist ein lieber Junge«, fügte sie noch hinzu.

»Er ist ein ...« Derek brach ab und schüttelte den Kopf. »Schon gut«, murmelte er.

Kluge Entscheidung, dachte Freddie.

Sie bog auf die Zehn, das war die Wüstenstraße, die sie in die Richtung von Rick Peters Wohnwagen brachte. Sie und Derek blieben schweigsam auf der Fahrt. Nachdem sie die östlichen Städte der Riverside County passiert hatten, näherten sie sich der Wüste, und plötzlich sah die Gegend völlig unbewohnt aus. Dafür gab es Sanddünen mit Kakteen, Wildblumen und Yucca.

Freddie bog bei Coachella vom Freeway ab und befuhr eine Straße, die direkt zu Peters' Wohnwagen und ein paar baufälligen Hütten führte.

Freddie und Derek stiegen aus. Zwei große räudige Hunde waren an einer Laufkette angeschlossen und fletschten die Zähne. Freddie griff nach dem Dazer.

»Wer, zum Teufel, seid ihr denn?« Eine knurrende Männerstimme drang aus dem Wohnwagen zu ihnen.

Derek und Freddie sahen sich an. Sie wussten, dass sie nicht darauf vorbereitet waren, als Partner zusammenzuarbeiten, sie hatten nichts abgesprochen, und Freddie fiel ein, dass Derek wahrscheinlich nicht mal eine Waffe bei sich hatte.

»Du hast deinen Gerichtstermin verpasst, Rick«, rief Derek. »Nun holen wir dich.«

»Verpiss dich.« Rick Peters ließ sich in einem von Motten zerfressenen Bademantel in der Tür des Wohnwagens sehen, das Gesicht hinter einem zotteligen Bart verborgen, eine Pistole in der rechten Hand, die an der Seite hinabhing.

Derek streckte eine Hand zu Freddie aus, als wollte er sie beschützen. Das Bellen der Hunde wurde lauter.

»Rick, ruf die Hunde zurück!«, rief Freddie und griff nach ihrer Waffe.

»Wer hat euch geschickt?«

»Dein *bondsman*«, rief Freddie. »Er hat für dich die Kaution hinterlegt, und weil du vergangene Woche nicht vor Gericht erschienen bist, hat er das Geld verloren. Er kriegt es erst wieder, wenn wir dich im Knast abgegeben haben.«

Sie hörte, dass Derek irgendwas sagte, aber durch das Bellen der Hunde konnte sie nichts verstehen. Sie sah gerade noch, dass Rick die Hand mit der Pistole hob. Bevor sie ihre eigene Waffe auf ihn richten konnte, krachte eine Kugel durch die Luft.

»Runter!«

Derek warf sich gegen Freddie, und sie landeten beide auf dem harten Boden. Staub stieg in Freddies Nase und Kehle. Derek bedeckte ihren Körper mit seinem und schlang die Arme um ihren Kopf. Wieder heulte eine Kugel über sie hinweg.

»Verschwindet von meinem Grundstück!«, rief Rick.

»Hinters Auto«, raunte Derek in Freddies Ohr.

Er schlang einen Arm um Freddies Taille, dann rannten sie geduckt hinter den Geländewagen zurück. Eine dritte Kugel schlug in den Kotflügel, und das wütende Bellen der Hunde zerriss die sonst so stille Wüstenluft.

»Wir können zurückkommen«, sagte Derek, der Atem heiß an ihrem Ohr.

»Nein, dann rennt er wieder weg.«

»Oder auch nicht.«

»Doch, wird er«, insistierte Freddie. »Das ist schon seine dritte Station. Nein, ich muss jetzt zuschlagen.«

Sie warteten noch ein paar Minuten. Derek gab Freddie zu verstehen, dass sie sich nicht von der Stelle rühren sollte, während er den Kopf hob, um zum Wohnwagen schauen zu können.

»Er ist hineingegangen.« Derek streckte seine Hand aus. »Gib mir deine Waffe.«

Freddie schüttelte den Kopf. Derek starrte sie an. »Gib mir die Waffe!«

»Nein«, sagte Freddie entschieden. »Dies ist mein Fall, Derek. Der Junge gehört mir.«

Frustration füllte Dereks Augen. Sie sah seinen inneren Kampf, bevor er die Hand sinken ließ.

Freddie empfand ein kleines Triumphgefühl und richtete sich langsam auf.

»Freddie.« Dereks Stimme klang voller Sorge.

Freddie sah ihn lange an. Seine Augen waren dunkel wie Kohle, die Lippen nur ein dünner Strich. Schmutz von der Bauchlandung eben klebte an seinem Kinn.

Ohne nachzudenken, strich Freddie mit einer Hand über seinen Nacken. Sie drückte die Stirn gegen seine, ihre Lippen waren nur Zentimeter von seinem Mund weg, und ihre Blicke begegneten sich.

»Mach dir keine Sorgen«, flüsterte sie. »Ich schaffe das schon.«

»Ich will aber nicht, dass du es machst.« Seine Hand schloss sich um ihr Gelenk.

Freddie zog sich leicht von ihm zurück, aber sie sahen sich immer noch an. »Du musst mich gehen lassen.«

Eine Minute verrann zwischen den beiden, eine Spanne, die ihnen wie eine Ewigkeit vorkam. Ihnen war bewusst, dass sich ihre Beziehung unumkehrbar verändern könnte.

Derek gab ihr Handgelenk frei. Erleichterung und Dankbarkeit machten sich in Freddie breit, und am liebsten hätte sie ihn geküsst. Stattdessen packte sie ihre Waffe und duckte sich, als sie auf die Seite ihres Autos trat. Derek war dicht hinter ihr.

»Er wird versuchen, durch die Hintertür zu verschwinden«, raunte er.

Freddie blieb geduckt und rannte auf den Zaun zu. Derek hielt den Hunden den Dazer entgegen, und tatsächlich blieben sie stehen. Sie fingen an zu heulen, gruben die Vorderpfoten in den Dreck und fielen um.

»Drüben!«, rief Derek. »Er verdrückt sich!«

Adrenalin schoss durch Freddies Adern. Rick kletterte aus der Hintertür des Wohnwagens und begann zu rennen. Sie wusste, dass sie ihn einholen würde, aber sie wusste nicht, welche andere Waffe er bei sich hatte.

Sie setzte ihm nach, als er hinter dem Wohnwagen in ein Feld lief, in dem das Gras und das Unkraut höher gewachsen waren als sonst wo. Für einen Mann seines Alters bewegte er sich recht schnell. Sie hörte, dass auch Derek das Feld durchpflügte, aber sie wusste, dass er nur im Notfall eingreifen würde.

Nach ein paar Minuten hatte Freddie die Lücke zwischen ihnen geschlossen. Rick hielt immer noch die Knarre in der Hand. Er drehte sich um und versuchte, im Laufen zu feuern, aber die Kugel verfehlte das Ziel. Derek fluchte laut.

Bevor Rick eine Chance hatte, die Waffe zu heben und einen gezielten Schuss abzugeben, warf sich Freddie gegen ihn. Sie fielen beide auf den Boden.

»Rick, du stehst unter Arrest«, schrie sie ihn an. »Hör auf, Widerstand zu leisten.«

»Du Schlampe, runter von mir.« Er versuchte, sich von ihr zu befreien.

Freddie hatte Mühe mit den Handschellen. Sie zog sie unter dem Gürtel heraus, während sie versuchte, ihn mit den Beinen auf dem Boden zu halten. Die Handschellen fielen ihr aus der Hand. Ein paar Haarsträhnen fielen ihr ins Gesicht, und im nächsten Moment spürte sie Ricks Ellenbogen in ihrem Magen. Sie rang einen Moment nach Luft, dann hielt sie ihm ihre Waffe an den Hals.

»Keinen Mucks mehr«, befahl sie.

Das kalte Metall an der Halsschlagader schien ihn zur Besinnung zu bringen, und Freddie spürte, wie er sich entspannte. Derek tauchte bei ihnen auf und nahm Ricks Revolver an sich. Freddie hob die Handschellen auf, ließ sie um die Gelenke schnappen und atmete tief durch.

»Aufstehen!« Sie richtete sich auf, packte seinen Arm und zog ihn auf die Füße.

»Alles in Ordnung?«, fragte Derek.

Freddie nickte und wischte die Haare aus ihrem Gesicht. Sie atmeten alle schwer. Freddie schob Rick auf den Wohnwagen zu. In der Ferne war schwach die Sirene eines Streifenwagens zu hören.

»Ich bringe dich ins Gefängnis, Rick«, sagte Freddie.

Sie erreichten gerade den Wohnwagen, als zwei Streifenwagen aus Coachella mit quietschenden Reifen anhielten. Die Polizisten näherten sich der kleinen Prozession mit gezogenen Waffen.

»Es ist alles okay«, rief Derek ihnen zu, hob aber die Hände. »Wir sind Kautionsvollzugsagenten. Dieser Mann ist ein gesuchter Häftling.«

Die Cops ließen ihre Revolver erst sinken, als Derek den gesuchten Häftling zusätzlich zu den Handschellen noch mit Fußeisen ausschaltete. Er und Freddie hielten die Hände oben, während sie die Situation erklärten. Sie zeigten ihre

Ausweise, bevor sie Rick an sie aushändigten. Einer der Cops rief sein Revier an und ließ sich von dort die Details bestätigen.

»Wir folgen euch aufs Revier«, sagte Freddie, »denn ich brauche den Übergabebericht für meinen *bondsman.*«

Nachdem sie alles geklärt hatten, gingen Freddie und Derek zu ihrem Auto zurück.

»Soll ich fahren?«, fragte er.

»Wenn du willst.«

Sie reichte ihm die Schlüssel, und er hielt die Beifahrertür für sie auf. Bevor sie sich setzte, blieb sie vor ihm stehen.

»Danke«, sagte sie, »weil du mir vertraut hast.«

Dereks Miene blieb ernst. »Ich habe dir immer vertraut, Freddie. Du bist der einzige Mensch, dem ich vertraue. Ich will nur nicht, dass dir etwas Schlimmes widerfährt. Wenn ich deshalb ein Arsch bin, dann bin ich eben ein Arsch.«

Freddie lächelte leise. Obwohl er es verstand, sie bis aufs Blut zu reizen, glaubte sie, dass es keinen wie ihn auf der ganzen Welt gab.

Sie streckte eine Hand aus und rieb den Schmutzfleck von seinem Kinn. Ihre Fingerkuppen rieben sich an den harten Bartstoppeln. Die Atmosphäre im Auto veränderte sich. Derek rührte sich nicht. Freddie sagte sich, sie sollte aufhören, ihn zu berühren. Sie glitt mit den Fingern über seinen Wangenknochen, dann die Schläfe hoch. Sie zog den buschigen Bogen der Braue nach, und mit dem Zeigefinger strich sie über den Nasenrücken und über die Oberlippe.

Sie wollte ihn küssen. Jetzt sofort. Mit dem Daumenballen strich sie über die Unterlippe. Sie spürte seinen warmen Atem. Ein leichtes Zittern ließ Freddie vibrieren und ihr Blut schneller fließen. Sie wollte seinen Mund wieder auf ihrem spüren. Mehr als das, sie wollte seinen Körper auf ihrem spüren, sie wollte ihn in sich spüren.

Ihre Finger tanzten unruhig über seinen Hals. Sie konnte

seinem Blick nicht begegnen, denn in ihrem Bauch lagen alle Nervenenden blank. Einige wenig willkommene Gedanken schossen ihr durch den Kopf – dass viele Frauen ihn wahrscheinlich schon so betastet und berührt hatten, deshalb war es für ihn nichts Neues.

Aber für sie war es neu. Sie wünschte, sie könnte sein Hemd ausziehen und mit den Händen seine nackte Haut streicheln; jeden Quadratzentimeter würde sie erforschen. Sie hatte ihn oft genug ohne Hemd gesehen, wenn sie beim Schwimmen und Joggen gewesen waren, aber sie hatte ihn nie berührt. Nicht mit diesem Gefühl.

Es war Freddie, als hätte sich Dereks Atem beschleunigt, aber er kam immer noch nicht näher. Sie ließ eine Hand auf seine Brust fallen, während sie den Blick auf den Puls seiner Halsschlagader gerichtet hatte. Sein Herz schlug gegen ihre Handfläche und schickte zittrige Impulse durch den ganzen Arm.

Sie kam ihm noch näher. Alarmsirenen heulten in ihrem Hinterkopf, aber sie ignorierte sie. Sie wollte es wissen. Sie musste wissen, ob ihr plötzliches, intensives Verlangen nach ihm ein Ausdruck geistiger Umnachtung war. Oder vielleicht war es nur etwas, was sie aus ihrem System verdrängen musste. Vielleicht traf das ja auf sie beide zu. Das Risiko, dass sie ihre Freundschaft aufs Spiel setzte, musste sie eingehen.

Immer noch mied sie es, ihn anzuschauen, als sie ihren Mund auf seinen drückte. Er kam ihr mit dem Kopf nicht entgegen. Ihre Unruhe verstärkte sich, aber sie wusste, dass sie diesen Versuch durchziehen musste. Sie legte eine Hand in seinen Nacken und brachte sein Gesicht herunter zu ihrem. Ihre Lippen berührten seine. Heiße Schauer durchliefen sie. Seine Schlüssel fielen klirrend auf den Boden.

»Himmel, Freddie.« Dereks Stimme klang tief und heiser.

Freddie schloss die Augen und versuchte zu atmen. Sie schmiegte sich an ihn. Ihre Brüste rieben sich an seinem Brustkorb. Ihre Nippel richteten sich sofort auf, und aus Dereks Kehle vibrierte ein tiefes Stöhnen.

Seine Hände packten ihre Hüften und zogen Freddie fester an sich heran. Sein Körper war hart und warm, und wenn sie sich traute, das zu registrieren, dann fühlte Freddie die expandierende Beule seiner Erektion.

Derek ruckte gegen sie, und sein Mund saugte an ihren Lippen. Diese Mischung aus Triumph und Erleichterung machte sich in ihr wieder breit, denn jetzt erkannte sie, dass er sich ihr auslieferte. Ihre Lippen öffneten sich, und seine Zunge drang in ihre Höhle ein, streichelte ihre Mundwinkel und glitt über ihre glatten Zähne. Wärme schien von ihm auf sie überzugehen. Seine kräftigen Hände hielten immer noch ihre Hüften gepackt, während Freddie eine Hand um seinen Nacken legte und die andere über seinen Brustkorb streichelte.

Ja, sie konnte seinen Herzschlag spüren, deutlich schneller als vorher. Seine Hände schlüpften von den Hüften zu ihren Pobacken, während sein Mund weiterhin ihre Höhle plünderte. Derek drückte sie gegen die Autotür. Ein Keuchen brach irgendwo in der Mitte von Freddies Brust ab. Das Rauschen ihres Blutes dröhnte in ihren Ohren.

»Warte.« Das Wort sprach er heiß gegen ihre Lippen.

Freddie öffnete die Augen, und zum ersten Mal sah sie Derek an, seit sie diese Begegnung initiiert hatte. Seine grauen Augen drohten ihre zu versengen. Eine Sekunde lang glaubte sie, das Wort geträumt zu haben, aber dann wiederholte er es.

»Warte.«

»Was?« Freddie war wie benommen von der Tiefe ihres Verlangens.

Er legte seine Stirn gegen ihre und hatte die Augen geschlossen, als wollte er um Kontrolle ringen. Seine Hände hielten Freddies Taille umschlungen.

»Nicht hier«, sagte er.

»Was?« Freddie dachte unsicher, dass ihr Wortschatz im Moment nur aus diesem einen Wort bestand.

»Nicht hier«, wiederholte Derek. »Nicht hier und nicht so.«

Seine Worte penetrierten ihren benebelten Verstand. Ärger stieg in ihr hoch, als sie langsam die Bedeutung seiner Worte begriff. ›Nicht hier‹ hieß, dass er einen anderen Ort vorzog, und ›nicht so‹ konnte nur ein anderes Umfeld bedeuten.

Freddie sog geräuschvoll den Atem ein und versuchte, ihren rasenden Puls zu besänftigen. Sie wandte ihren Blick von Derek ab, plötzlich verlegen ob ihrer hemmungslos gezeigten Lust.

»Du hast Recht«, murmelte sie. »Du bist ein Arsch.«

Er löste sich langsam von ihr und drückte den Mund auf die empfindliche Haut ihrer Schläfe.

»Schuldig.«

Freddie wandte sich ab, das Gesicht mit roter Farbe übergossen, eine Kombination aus Geilheit und Peinlichkeit. Derek bückte sich nach den Schlüsseln, die ihm aus der Hand gefallen waren, und ging hinüber zur Fahrerseite. Freddie stieg ein, auch wütend darüber, dass er innerhalb von Minuten seine Kontrolle wiedergewonnen hatte, während sie immer noch um ihre kämpfte.

Ihr war bewusst, dass Derek sie anschaute, als er die Zündung einschaltete. Sie stellte die Klimaanlage auf die höchste Stufe und war froh über die kühle Luft auf ihrem Gesicht.

»Freddie.«

»Ich schätze mal, dass du dich nicht vielen Frauen verweigerst«, sagte sie und bemühte sich, ganz gelassen zu klingen.

»Und nun willst du wissen, warum ich mich dir verweigert habe?«, fragte Derek.

Freddie hob die Schultern. Sie hoffte, dass es ihr gelang, lässig auszusehen.

»Ich würde mich dir nie verweigern«, sagte er.

»Oh, ich will keine bevorzugte Behandlung«, gab Freddie zurück. »Und glaube bloß nicht, dass ich herumsitze und auf dich warte.«

»Natürlich würdest du für nichts und niemanden herumsitzen und warten«, sagte Derek. Er steuerte den Wagen zurück auf die Hauptstraße.

Freddie redete sich ein, dass es so am besten war. Sie wollte nicht wegen einer schnellen Nummer ihre Freundschaft gefährden, vor allem, wenn sich mehr zwischen ihnen nicht ergab.

Sie hatte es versucht und war gescheitert. Sie hatte es versucht, weil sie ihn haben wollte. Mindestens körperlich, aber vielleicht harmonierten sie auch auf einer Ebene zusammen, an die sie noch gar nicht denken wollte.

»Gehst du an diesem Wochenende joggen?«, fragte Derek.

Freddie verwünschte ihn im Stillen, dass er so abgeklärt klang. »Geht nicht«, log sie. »Ich habe mich mit Gavin verabredet.«

Seine Hände verkrampften sich um das Lenkrad. »Das ganze Wochenende?«

»Vielleicht.« Freddie warf ihm einen leicht herablassenden Blick zu. »Ist das ein Problem?«

»Ich dachte, du würdest ihn nicht mehr sehen.«

»Da hast du falsch gedacht. Außerdem – hast du nicht alle Hände voll zu tun mit Anna?«

»Sie geht ein paar Tage lang in ihr Apartment in Hollywood. Und am Freitag fährt sie nach San Jose.«

Freddie war überrascht. »Für immer?«

»Das weiß ich nicht. Sie will mit ihrem Vater reden.«

»Gehst du nicht mit ihr?«

»Das hatte ich nicht vor.«

Freddie bedrängte ihn nicht wegen weiterer Informationen, aber tief in ihrem Herzen glomm ein kleines Licht der Erleichterung.

Derek hielt vor einer roten Ampel an. Er schaute wieder zu Freddie, und als sie nicht in seine Richtung sah, legte er eine Hand in ihren Nacken und öffnete die Spange, die ihre Haare zusammenhielt.

Sofort ergossen sich Freddies dichte Haare in rotbraunen Kaskaden über ihre Schultern. Derek zog die Hand zurück und starrte sie an.

Freddie fühlte sich nicht wohl unter seinen forschenden Blicken. »Was ist denn?«, murmelte sie.

»Ich glaube ...« Derek musste sich erst räuspern, ehe er weitersprechen konnte. »Ich glaube, ich habe dich noch nie mit heruntergelassenen Haaren gesehen.«

»Ach, du bist verrückt. Natürlich hast du das.«

»Nein.« Er schüttelte den Kopf. »Daran könnte ich mich erinnern.«

Er sah sie an, als hätte er sie noch nie gesehen. Er nahm ein paar Strähnen ihrer Haare zwischen seine Finger und betrachtete sie im Sonnenlicht, als handelte es sich um irgendwas Kostbares und Seltenes.

Freddie schnappte die Spange aus seinen Fingern und griff in den Nacken, um ihre Haare wieder zu bändigen. Sie wies mit dem Kopf zur Ampel.

»Du kannst fahren.«

»Was?«

»Grüner wird's nicht«, sagte Freddie.

Sechzehntes Kapitel

Anna schlang die Arme um Maggies Nacken. Ihre Münder begegneten sich voller Sinnlichkeit. Maggies Zunge war warm und stieß von innen gegen Annas Lippe. Anna erschauerte.

»Ich werde dich vermissen«, flüsterte Maggie. Ihre Hände streichelten über Annas nackten Körper. »Wirst du noch mal wiederkommen?«

»Ich weiß es nicht. Ich bleibe ein paar Tage in meinem alten Apartment, bevor ich in den Norden fahre. Mein Vater ist zwar bereit, mich zu sehen, aber das heißt noch nicht, dass er mir auch verziehen hat.«

»Du hast ihn nicht bestohlen«, sagte Maggie. »Das war Cassandra.«

»Nun, ich bin auch nicht gerade ein Engel gewesen«, gab Anna zu. »Ich habe ihm viel Kummer bereitet.«

»Nun, das kann ein neuer Start in ein anderes Leben sein.«

»Vielleicht.«

Vielleicht würde es sogar zu der Art Frieden und Selbstbewusstsein führen, die Maggie für sich gefunden hatte. Bei diesem Gedanken wurde Anna von einer tiefen Zufriedenheit erfasst. In den letzten Wochen hatte sie mehr über sich erfahren als in all den Jahren zuvor. Sie schaute zu Maggie und streichelte mit einem Finger über ihre Wange. Die ältere Frau hatte sich nicht nur als gute Freundin erwiesen, sondern auch als Modell für den Typ Frau, der Anna einmal werden wollte.

Sie hob den Kopf, um den Mund wieder auf Maggies zu drücken. Sie legte die Hände unter Maggies große Brüste und rieb mit den Daumen über die dicken Nippel. Die Erregung jagte durch sie hindurch und konzentrierte sich auf den heißen Puls zwischen ihren Schenkeln. Maggies Haut war immer so schön warm. Sie fuhr mit den Handflächen über Maggies Bauch, tauchte hinunter in das Nest aus Locken und nahm wahr, dass Maggies Körper sich ebenfalls vor Erregung spannte.

Anna wusste nicht, wann und ob überhaupt sie die andere Frau wiedersehen könnte, und irgendwie spielte das keine Rolle. Genau wie Derek eine großzügige aber eben nur eine temporäre Rolle in ihrem Leben gespielt hatte, würde es auch mit Maggie sein.

Anna ging davon aus, dass ihr Leben in zwei Teile zerfiel – in die frühen rebellischen Jahre und jetzt in die Jahre der Versöhnung und Wiedergutmachung. Maggie und Derek würden eine überlappende Klammer in diesen beiden Teilen sein, und ihre Boote ein Ort der Wärme und des Heilens.

Sie schlüpfte mit beiden Händen zwischen Maggies Oberschenkel und drückte sie auseinander. Anna strich über die glitschigen Falten der anderen Frau, bevor sie den Kopf senkte und den Mund auf die Pussy presste. Maggie bäumte die Hüften auf. Anna legte die Hände auf Maggies Becken, um sie stillzuhalten, wenn sie die sinnlichen Bewegungen noch vertiefte. Sie strich mit der Zunge über die rot glühende Klitoris, dann tauchte die Zunge hinunter in die saftige Höhle und fing den Sirup auf. Sie drückte die Hände stärker auf Maggies Hüften, als Maggie das Becken hin und her kreisen ließ – sichtbares Zeichen ihres Lechzens nach Erleichterung.

Anna mahlte ihre eigenen Hüften gegen das Bettlaken, als sie das Anschwellen der Erregung gewahrte. Sie liebte alles an Maggies Körper, von den kräftigen Gliedmaßen bis zu den sanften Rundungen ihrer Brüste und Backen.

Sie ahnte jetzt, wie sich Maggies Muskeln zusammenzogen, und wusste, dass sie jeden Moment den Gipfel des sexuellen Aufstiegs erreichte. Anna presste die Zunge in Maggies Vulva und trank ihren süß-salzigen Nektar. Sie setzte Lippen und Zunge noch fester ein, und Maggie stöhnte und stieß mit ihren Hüften zu, als wollte sie sich auf Annas Zunge pfählen.

Es kam Maggie mit einem hellen Schrei, und Anna fing die großzügig fließenden Säfte mit den Lippen auf. Erst als Maggies Atem sich normalisiert hatte, rutschte Anna hoch und küsste Maggie auf den Mund. Maggies Lippen öffneten sich und saugten den Geschmack des eigenen Körpers ein.

Maggie strich mit ihren zarten Händen über Annas Körper, über die kleinen festen Brüste und die Kurven ihrer Hüften. Ihre Finger glitten zwischen Annas Schenkel und drückten ihre Beine auseinander.

»Sag mal, hat Derek es dir immer hart besorgt?«, flüsterte Maggie, während ihre Finger zustießen.

»Ja, ja.« Anna stieß mit den Hüften zu, als wollte sie Maggie ermuntern, nicht weniger hart zuzustoßen als Derek. Sie schloss die Augen, während sie sich an Derek erinnerte und während Maggie sie penetrierte. Es dauerte nicht lange, bis sie vom Orgasmus gepackt wurde. Sie wurde geschüttelt und schrie auf und hielt sich an Maggie fest, die sie immer noch sanft streichelte.

»Ich werde dich vermissen«, gestand Anna und schlang ihre Arme wieder um Maggies Schultern. Ihre Münder berührten sich erneut.

»Du weißt, wo du mich findest, falls du mich brauchst«, sagte Maggie. »Ich geh hier nicht weg.«

Anna dachte, dass es schon lange her sein musste, seit sie sich auf jemanden oder etwas so fest verlassen konnte. Auch wenn sie Maggie nie wieder sehen würde, war es beruhigend zu wissen, dass sie immer da sein würde.

Sie erhob sich vom Bett und begann sich anzuziehen. Während sie mit den Füßen in ihre Sandalen schlüpfte, sah sie den Skizzenblock auf dem Tisch.

»Hast du was dagegen, wenn ich eine der Zeichnungen mitnehme?«

»Such dir was aus.« Maggie schlüpfte in einen leichten Mantel und stellte sich neben Anna. »Ich fühle mich sehr geehrt, wenn du eine Zeichnung an dich nimmst. Nimm zwei, wenn du dich nicht entscheiden kannst.«

»Nein, nur eine.« Anna blätterte, bis sie ihre liebste Zeichnung gefunden hatte; eine Darstellung ihres Gesichts. Maggie war es gelungen, sie stark und zugleich verletzlich aussehen zu lassen, und dazu hatte sie einen Hauch von Entschlossenheit in ihren Blick gelegt.

»Ich weiß nicht, wie du so etwas schaffst«, murmelte Anna.

»Ich habe nur gezeichnet, was ich gesehen habe.« Maggie lächelte sie an und küsste sie wieder. »Pass gut auf dich auf, Anna. Und verändere dich nicht, nur Teile deines Lebens, nicht Teile von dir.«

Anna dachte, sie würde versuchen, diesen Rat zu beherzigen.

Sie verließ Maggies Boot und sprang hinüber auf die *Jezebel*. Derek arbeitete draußen in der heißen Sonne; er sandstrahlte das Deck. Anna blieb einen Moment stehen, um seinen muskulösen Brustkorb zu bewundern, dann trat sie näher.

»Und anschließend streichst du sie?«, fragte sie.

Er wischte sich mit dem Unterarm durchs Gesicht. »Ja, aber vorher bringe ich noch einen rutschfesten Anstrich auf.«

»Ich will nachher weg«, sagte Anna. »Ich muss noch ein paar Sachen in meinem Apartment zu Ende bringen, bevor ich nach San Jose fahre.«

Derek nickte. »Wie es dir am besten passt.«

»Und du willst wirklich nicht mit mir fahren?« Anna dachte, sie könnte die Kraft seiner Präsenz gut gebrauchen.

»Also, wenn du unbedingt möchtest, kann ich dich am Freitag hinfahren.«

Obwohl er wirklich nur widerwillig zusagte, lächelte Anna erleichtert. »Das wäre mir wirklich lieb. Hast du noch etwas von Cassandra gehört?«

»Dein Vater sagt, dass sie keine Spur hinterlassen hat. Er kann auch Victor Thane nicht finden, deshalb ist es schwer zu sagen, wo sie sich aufhalten. Wahrscheinlich im Ausland. Hast du schon mit deinem Vater geredet?«

»Nur kurz, um unser Treffen zu vereinbaren.«

»Nervös?«

»Ein bisschen. Aber mehr als alles andere bin ich erleichtert. Ich meine, an den Beweisen kommt er nicht vorbei.«

»Vielleicht ist er auch erleichtert«, meinte Derek. »Brauchst du sonst noch etwas?«

Anna lächelte schwach. »Du hast mehr als genug für mich getan, Derek. Mehr, als ich je erwartet oder erhofft habe. Ich glaube, ich werde dir das nie zurückzahlen können.«

»Ich habe es nicht wegen des Geldes getan«, sagte er.

»Warum denn?«

Er grinste. »Schwäche für Elfen.«

»Freddie hat nicht gerade die Figur einer Elfe«, bemerkte Anna.

Derek sah sie verwundert an. »Was soll das denn heißen?«

Anna freute sich darüber, dass ihre Vermutung sich als korrekt erwies. Seit dem ersten Tag hatte sie gewusst, dass ihre Beziehung mit Derek vorübergehend sein würde, aber sie hoffte für ihn, dass er endlich den Wert seiner Beziehung mit Freddie begriff. Er brauchte eine wie Freddie, eine starke Frau, die nicht nur seine Interessen teilte, sondern auch das Beste in ihm zum Vorschein brachte. Derek brauchte Freddie, um seine harten Kanten auszugleichen.

»Ich glaube nicht, dass du eine Schwäche für Elfen hast, Derek«, sagte Anna. »Ich glaube, du hast eine Schwäche für Freddie.«

»Mach dich nicht lächerlich.«

»Ich bin es nicht, die sich lächerlich macht.«

Derek stellte den Sandstrahler wieder an. »Sobald du gepackt hast, bringe ich dich zu deinem Apartment.«

Anna lächelte vor sich hin, als sie in die Kabine ging. Sie hoffte, dass es nicht mehr lange dauern würde, bis auch Derek und Freddie begriffen hatten, was sie schon die ganze Zeit gewusst hatte.

Derek stand am Strand, oder genauer, auf dem schmalen Streifen Gehweg, der den Sand von der Straße trennte. Palmen raschelten über ihm. Ein paar Sonnenanbeter lagen verstreut am Strand herum und ließen sich von der starken Mittagssonne braten.

Derek setzte die Sonnenbrille auf und ging durch den heißen Sand. Er erwartete nicht, Freddie hier zu finden, weil sie meistens früh am Morgen surfte, aber sie war nicht in der Wohnung und auch nicht in ihrem liebsten Coffee Shop, deshalb war der Strand die nächste logische Möglichkeit – wenn sie nicht einen Job übernommen hatte.

Er suchte das Wasser nach ihr ab, doch er fand sie nicht, obwohl es ein paar Surfer jenseits der Brecher gab. Derek bewegte sich in Richtung des Santa Monica Piers. Er hatte sich nicht die Mühe gemacht, Freddie eine Nachricht zu hinterlassen, denn er bezweifelte, ob sie zurückrufen würde. Er ging davon aus, dass sie immer noch wütend auf ihn war, weil er diesen unbeschreiblich heißen Kuss unterbrochen hatte.

Dabei war ihm durch den Nebel des immer stärkeren Verlangens nach ihr klar geworden: Wenn er den Kuss nicht unterbrach, würde er ihr die Kleider vom Leib reißen und sie draußen auf dem staubigen Weg nehmen. Genau wie beim ersten Mal. Und er wusste, dass er sich nie verzeihen würde, Freddie auf diese Weise zu nehmen, ganz egal, ob sie es so wollte oder nicht. Nein, sie hatte Besseres verdient. Viel Besseres.

Derek blieb stehen. Sein Blick konzentrierte sich auf das Paar, das am Wasser entlang ging. Freddie trug Shorts und T-Shirt; ihre Sandalen hielt sie in einer Hand fest, und die Ausläufer der Wellen umspielten ihre Knöchel. Ihre Haare waren in einem Knoten am Hinterkopf zusammengefasst. Neben ihr ging dieser Bastard Gavin, den Kopf leicht geneigt, weil er offenbar zuhörte, was sie erzählte.

Ärger verspannte sich in Dereks Bauch zu harten Knoten, als er Freddie mit dem anderen Mann sah. Die beiden blieben stehen. Freddie küsste Gavin, und er legte einen Arm um ihre Taille. Aus Dereks Ärger wurde Wut. Am liebsten wollte er zu ihnen rennen und sie auseinanderreißen.

Stattdessen atmete er tief durch und brachte seine Eifersucht unter Kontrolle. Er drehte sich um und schritt zur Straße zurück, damit er sie nicht weiter zusammen erleben musste. Nun, er hatte seine Chance gehabt. Frauen wie Freddie gab es nicht oft. Sie würde nicht dasitzen und auf ihn warten – das hatte sie ihm gesagt.

Er kehrte zur Redondo Beach zurück. Wenn er aus San Jose heimgekehrt war, würde er *Jezebel* ein paar Tage ins offene Meer fahren. Himmel, sie hatte es verdient – die einzige Frau in seinem Leben, auf die er sich verlassen konnte.

»Hallo, Derek!«

Er sah auf. Maggie schlenderte ihm auf dem Dock entgegen. Sie sah so sexy aus wie immer in ihrem vielfarbigen Bikini und einem Sarong, den sie locker um die Hüften geschlungen hatte.

»Hast du Zeit zum Abendessen?«, fragte Maggie. Sie blieb vor ihm stehen, die Hände auf den Hüften. »Vielleicht auch noch zu einem kleinen Nachtisch?«

Derek versuchte, jetzt eine bestimmte Lust auf sie zu erzwingen, aber er spürte nichts. Es war nicht so, dass Maggie auch nur eine Unze ihrer Attraktivität verloren hätte, aber es schien, dass er nur noch Interesse an einer einzigen Frau hatte – Freddie.

»Ich glaube nicht, Maggie. Aber danke für die Einladung.«

Sie hob die gebräunten Schultern. »Dein Verlust.« Dann fragte sie: »Ist Anna noch da?«

Derek schüttelte den Kopf. »Ich habe sie zu ihrem Apartment gebracht, und am Wochenende bringe ich sie nach San Jose, damit sie sich mit ihrem Vater aussprechen kann.«

»Gibt es was Neues von der Stiefmutter?«

»Ich glaube nicht.«

»Nun, richte Anna aus, dass sie mich anrufen soll, wann immer sie sich in LA aufhält«, sagte Maggie. »Ich habe sie als sehr angenehme junge Frau empfunden.«

»Ja, okay, ich richte es ihr aus.«

Derek ging an Bord und betrat die Kabine. Das ganze Boot schien ohne Anna seltsam leer zu sein, aber er war auch froh, seine Privatsphäre zurückzuhaben. Er plante, so viele Aufträge wie möglich zu übernehmen, damit er die restlichen Arbeiten auf dem Boot schnell erledigen konnte. Danach würde er mit *Jezebel* rund um die Welt schippern und den ganzen Scheiß hinter sich lassen.

Siebzehntes Kapitel

Freddie stieg aus ihrem Auto und ging die Mole entlang. Sie sah die Jezebel und kletterte entschlossen an Bord. Sie klopfte an die Kabinentür.

»Derek?«

Die Tür schwang auf. Er stand in Jeans und T-Shirt da, tiefe Falten auf der Stirn. Auch wenn seine Mimik nicht gerade auf stürmische Begrüßung schließen ließ, so ging Freddie bei seinem Anblick das Herz auf. Sie hielt den Dazer hoch.

»Du hast ihn bei mir im Auto gelassen«, sagte sie. »Kann ja sein, dass du ihn mal brauchst.«

»Danke.« Er nahm das Gerät an sich und trat zur Seite, auch die Falten auf der Stirn blieben. »Wenn du willst, kannst du gern hereinkommen.«

»Danke für die Freundlichkeit.« Freddie betrat die Kabine und sah sich um. Alle Anzeichen auf Anna waren verschwunden. »Wann fährst du nach San Jose?«

»Freitag. Ich glaube, dass Anna da bleibt.«

»In San Jose?«

»Ja.«

Freddie versuchte das alberne Gefühl der Erleichterung zu ignorieren. Sie hatte nichts gegen Anna persönlich, aber sie konnte die Vorstellung nicht ertragen, dass Derek mit einer anderen Frau zusammenlebte. Sie war krankhaft eifersüchtig.

»Ich verstehe.« Freddie setzte sich an den Kartentisch. »Planst du, sie danach noch mal zu treffen?«

»Das glaube ich nicht.« Er sah sie an. »Warum willst du das wissen?«

»Reine Neugier.« Freddie kopierte sein Stirnrunzeln. »Warum bist du sauer?«

»Gibt keinen Grund.« Derek lehnte sich gegen die geschlossene Tür und verschränkte die Arme. »Und wirst du deinen Surfboy wieder sehen?«

»Nenn ihn nicht so«, sagte Freddie irritiert. »Er war ein guter Junge.«

»War?«

»Ja, war«, gab Freddie zurück. »Ich habe heute mit ihm Schluss gemacht.«

Sie hätte schwören können, dass Dereks Gesichtsmuskeln entspannten. Die steile Falte zwischen den Brauen verschwand, und der ganze Körper schien lockerer zu werden.

»Heute«, sagte er.

»Ja, zuerst haben wir in der Third Avenue was gegessen, dann sind wir zu einem Spaziergang am Strand aufgebrochen.«

Freddie schüttelte leicht den Kopf, als sie daran dachte, wie zivilisiert Gavin die Nachricht weggesteckt hatte, dass sie Schluss machen wollte. Er war nicht sehr glücklich darüber gewesen und hatte versucht, sie zum Umdenken zu bewegen, aber schließlich hatten sie sich geküsst und waren dann getrennte Wege gegangen. Freddie war sicher, dass er nächste Woche eine neue Freundin haben würde, vielleicht noch eher.

»Er war ein guter Junge«, sagte er. »Es wird mir fehlen, dass ich ihm keinen Surfunterricht mehr geben kann.«

»Warum hast du Schluss gemacht?«

Freddie sah ihn an. Wegen dir, du Bastard, wollte sie ihn anfahren, aber sie war noch sauer, weil er ihre Initiative vergangene Woche so brutal unterbrochen hatte. Deshalb würde sie nie zugeben, dass sie immer noch siedende Gefühle für ihn hatte.

»Ach, wir passten irgendwie nicht zusammen«, murmelte

sie. Sie hob den Blick und sagte: »Jetzt komm mir bloß nicht damit, dass du mir das von Anfang an gesagt hast.«

»Wäre mir nie eingefallen.«

Freddie stieß ihren Stuhl zurück und stand auf. »Ich muss gehen. Es gibt ein paar Sachen zu tun.«

»Welche Sachen?« Er stand immer noch vor der Tür.

»Na ja, Sachen eben«, sagte sie lahm.

Sie blieb vor ihm stehen. Seine Augen fixierten sie, und in ihren grauen Tiefen schien ein besonderes Licht zu brennen. Himmel, dachte Freddie. Sie spürte, dass sie flacher atmete. Ein Blick von ihm, und sie schmolz zu einer Pfütze zusammen. Die Luft schien sich zu verdichten.

Nervosität durchzuckte Freddie, als sie erkannte, dass sich das Verlangen zwischen ihnen aufbaute, als ob ihre kürzlich erst unterdrückte Lust zu neuem Leben erwacht wäre und als wollten sie beide dort beginnen, wo sie aufgehört hatten.

Freddie trat einen Schritt zurück, Derek trat einen Schritt vor. Er legte die Kuppe seines Zeigefingers in die leichte Einbuchtung ihrer Oberlippe.

»Philtrum«, sagte er.

»Was?«

»Dies.« Sein Finger strich zart über ihre Haut. »Man nennt es Philtrum.«

Freddies Puls schlug jetzt schon schneller, obwohl er sie nur mit dem Finger auf der Lippe berührte. Alle ihre Sinne waren geschärft, und es hätte sie nicht gewundert, wenn sie seinen Fingerabdruck mit ihrer Haut hätte ertasten können.

»Das ist ein ziemlich seltsamer Name«, murmelte sie.

»Es ist das griechische Wort für Liebestrank.« Sein Finger berührte jetzt den Bogen der Oberlippe. »Die alten Griechen glaubten, das Philtrum sei die erotischste Stelle des ganzen Körpers.«

»Woher weißt du das alles?«

»Nun ja, ich kenne mich eben aus.«

Er ging näher auf sie zu und nahm ihr Gesicht in beide Hände. Er schob ein paar Haarsträhnen von den Schläfen zurück. Er schaute sie an, als wollte er sich ihre Gesichtszüge einprägen oder als hätte er sie jetzt das erste Mal gesehen.

Er war ihr so nahe, dass sie den dunklen Ring um seine Iris sehen konnte und die schwarzen Flecken in der Tiefe seiner Pupillen. Sie wich nicht vor ihm zurück. Er senkte den Kopf, und sein Mund berührte ihren zu einem einzigartigen erotischen Kuss, bei dem seine Oberlippe auf ihrem Philtrum lag und seine Unterlippe auf ihrem Mund.

Freddie atmete hastig ein und griff mit beiden Händen an sein T-Shirt, während er den Mund öffnete und ihre Oberlippe in eine intime Umklammerung nahm. Hitze breitete sich in Freddie aus. Sie hielt sich an seinem T-Shirt fest, als könnte sonst nichts sie aufrecht halten.

Dereks Hände glitten über ihre Taille und zu den Hüften. Seine Lippen pressten ihre auseinander, und seine Zunge erforschte die Tiefen ihres Mundes. Für einen kurzen Moment dachte Freddie, dass sich das jetzt auch als Fehler herausstellen könnte, aber unter der Wucht seines Kusses gerieten alle Zweifel ins absolute Vergessen.

Derek murmelte etwas tief in seiner Kehle. Freddie konnte das Wort nicht hören, aber der heisere Ton seiner Stimme ging ihr direkt ins Blut. Wie er schmeckte und wie er roch – nach Salz und Rasierschaum –, erfüllte ihren Kopf mit den aufregendsten Sensationen. Ihre Hände griffen an den Saum des T-Shirts, dann zögerten sie nur eine knappe Sekunde, ehe sie über den nackten Bauch streichelten. Flach und hart und muskulös. Und warm, so warm. Sein nackter Körper auf ihrem – unbeschreiblich. Sie erschauerte.

Dereks Hände griffen an ihren Hinterkopf. Er wollte wieder den Knoten ihrer Haare lösen, aber dann gab er einen frustrierten Laut von sich, weil er die Spange nicht fand. Freddie langte mit einer Hand zum Nacken, dann verteilten sich die Haare über Schultern und Rücken. Derek fuhr mit beiden Händen durch die dichte Masse.

»Besser«, murmelte er gegen ihren Mund. »Viel besser.«

Seine Hände glitten durch ihre Haare, dann massierten die Finger ihren Nacken und bereiteten die Haut auf seinen Mund vor. Kein Mann hatte sie je auf diese Weise geküsst. Als wollte er sie voller Gier verschlingen. Es war, als könnte er sich auch damit zufrieden geben, sie bis in alle Ewigkeit zu küssen. Freddie strich mit den Händen wieder über Dereks Bauch.

»Kannst du dein T-Shirt ausziehen, bitte?«

Derek zog es über den Kopf und ließ es auf den Boden fallen. Freddie sah ihn mit neuen Augen an, nicht nur als Freund, sondern auch als Geliebter.

Sie strich mit den Händen über seinen Brustkorb, über die Matte dunkler Haare, die sich bis in den Bund seiner Jeans erstreckte. Die rauen Haare kitzelten herrlich ihre Handflächen. Seine Hände ließen sich auf ihren Hüften nieder und zogen sie näher an sich.

Ein Zittern pulsierte durch sie, als Freddie seine Erektion spürte. Sie wollte seine Härte berühren, wollte die wachsende Schwellung in die Hand nehmen, aber ein Rest von Unsicherheit hielt sie zurück.

Dereks Mund bedeckte wieder ihre Lippen. Als ob er ihr Zögern gespürt hätte, nahm er ihre Hand und drückte sie gegen seinen Schoß. Freddie schnappte nach Luft, die Aufregung legte sich auf ihre Nervenstränge. Ganz vorsichtig strich sie über die Länge seiner Beule. Sie konnte das Blut fühlen, das durch den Schaft pulsierte.

Seine Hände glitten unter ihren Rock, hielten aber plötzlich inne. Sein Mund war ihrem sehr nahe.

»Was trägst du darunter?«, flüsterte er.

Freddie errötete. Am Morgen hatte sie nicht an sexy Wäsche gedacht, sie hatte sich eher auf Bequemlichkeit eingestellt und nicht auf Schau. Wenn sie eine solche Situation vorausgeahnt hätte, hätte sie sich in Seide und Spitze gehüllt.

»Nichts Aufregendes«, gab sie zu. »Tut mir leid.«

»Darf ich es sehen?«

Ihre Röte vertiefte sich noch, als sie zur Seite trat und ihr T-Shirt über den Kopf zog. Darunter trug sie einen grauen Sport-BH, der sehr bequem war, aber zum Anschauen konnte es kaum etwas Langweiligeres geben, fand Freddie.

»Siehst du, Edelwäsche sieht anders aus«, sagte sie.

Er schüttelte den Kopf. Er starrte sie an, als könnte nichts so sexy sein wie das, was sie gerade trug. »Du bist einfach unglaublich, Freddie.«

Freddie schaute an sich hinunter und fragte sich, ob sie irgendwas verpasst hatte. Die feste Baumwolle umhüllte ihre vollen Brüste und schuf ein stattliches Tal dazwischen. Ihre harten Nippel zeichneten sich unter dem Stoff ab.

»Ich hätte gern Seide für dich angezogen«, sagte sie leise.

»Du brauchst keine Seide.«

Freddies Lippen wölbten sich zu einem Lächeln. »Und warum habe ich dich oft dabei erwischt, wenn du mir in den Ausschnitt gestarrt hast?«, neckte sie ihn.

»Ich schaue dir nicht nur bei Seidenwäsche in den Ausschnitt«, gab er grinsend zurück.

Derek küsste sie wieder, und plötzlich sprühten Funken zwischen ihnen. Er zog sie näher an sich heran. Ihre Brüste rieben sich auf seinem Brustkorb. Die Hitze seines Körpers drang durch ihren.

Seine Finger glitten unter die breiten BH-Träger und zogen sie von den Schultern. Seine Augen wurden dunkler, als sie ihre Brüste entblößte. Er umfasste ihre Halbkugeln mit den Händen und strich mit den Daumen über die Warzen. Freddie atmete tief durch. Sie spürte, wie ihr Geschlecht anschwoll. Ihr Unterleib spannte sich.

Sie ließ sich von Derek zum Bett führen und bückte sich

tief, um die Schuhe auszuziehen. Sie sah auf sein Gesicht, als er den BH ganz abstreifte, einen Schritt zurücktrat und sie bewundernd ansah.

»Himmel, Freddie!« Seine Stimme klang rau und voller Begierde. »Du bist so verdammt schön.«

Lust wirbelte durch Freddie, als er ihre Brüste streichelte und drückte. Die Hände fuhren über den flachen Bauch. Seine Finger drangen unter ihr Höschen. Bevor er es abstreifte, sah er sie an.

»Okay?«, fragte er.

Freddie nickte. Ihr Puls raste. Derek streifte das Höschen über die Hüften. Mit hungriger Lust starrte er auf ihren nackten Körper. Freddie spürte eine Verlegenheit, die ihre Haut erröten ließ, aber dann legte sich Derek auf ihren Körper, und alle Verlegenheit schmolz dahin.

Dereks Atem war heiß, als sein Mund auf ihren Hals drückte und sich dann auf die Brüste senkte. Er nahm einen Nippel zwischen die Zähne. Ein Lustschrei brach aus Freddies Kehle, und ihr Körper wölbte sich ihm entgegen.

»Warte«, keuchte sie. »Ich will ... kann ich dich sehen?«

Er löste sich nur so lange von ihr, wie er brauchte, um sich des Rests seiner Bekleidung zu entledigen. Freddie starrte auf die dicke Länge seines Schafts, und unwillkürlich begann sie flacher zu atmen. Sie setzte sich im Bett auf, drückte die Hände auf seine Hüften und versuchte, ihn zu sich zu schieben. Aber er wehrte sich dagegen.

»Du brauchst das nicht zu tun«, sagte er.

»Ich weiß. Ich will es aber.«

Sie packte die Wurzel seines Penis, beugte sich nach unten und nahm ihn in den Mund. Seine Haut war heiß und pochte gegen ihre Zunge. Freddie schloss die Augen, während sie mit den Lippen am Schaft entlangglitt. Sie streichelte die Länge mit der Zunge, ehe sie sich auf die Eichel konzentrierte. Dereks Griff in ihre Haare wurde fester.

»Freddie.« Seine Stimme klang so, als wäre der Hals eingeschnürt.

Sie hob den Kopf, und Derek legte sie wieder aufs Bett und sich auf sie. Er küsste ihre Brüste, lutschte die saftigen Beeren in den Mund und zwirbelte sie zwischen seinen Fingern. Sie atmeten beide immer schneller. Dereks Hände schlüpften zwischen ihre Schenkel und schoben sie auseinander. Freddies Herz schlug viel zu schnell, und ihr Blut war schon von der Sensation erhitzt, dass sie überhaupt bei ihm war.

Seine Finger bewegten sich sanft forschend in ihren feuchten Furchen. Freddie stöhnte und spreizte die Beine noch weiter, um ihm einen leichten Zugang zu gewähren. Sie schlang die Arme um ihn und streichelte seinen Rücken. Sein Zeigefinger drang in sie ein, und sein Daumen kreiste um den gespannten Knopf ihrer Klitoris. Er berührte sie, als wüsste er längst, wie er sie zur höchsten Lust bringen konnte.

Rastlos wand sich Freddie unter ihm. Ihr Kopf und ihr Körper waren voller Erwartung, nachdem sie verdutzt begriffen hatte, dass es tatsächlich passierte: Sie war mit Derek zusammen, ihrem besten Freund, ihrem Vertrauten, dem Mann, der schon seit einigen Monaten ein Verlangen in ihr geweckt hatte, auch wenn sie sich nicht getraut hatte, sich das einzugestehen.

»Derek, komm jetzt«, wisperte sie. Sie wollte ihn verzweifelt in sich spüren. »Jetzt.«

Er brachte sich zwischen ihren Schenkeln in Position, stützte sich mit den Händen auf der Höhe ihres Kopfes auf, das Gesicht gespannt, und rang um Kontrolle. Er schlüpfte mit einem samtenen Stoß in sie hinein. Es war, als hätte ihr Blut Feuer gefangen. Er stöhnte auf, dann bissen die Zähne aufeinander.

Freddie stöhnte auch und schlang die Arme um seinen Nacken. Derek begann mit einem Rhythmus, der ihrem Herzschlag entsprach. Ihre Körper bewegten sich im Takt. Freddie gab sich ihm hin, drückte seine Hüften mit ihren Oberschenkeln und versenkte ihre Zähne in seine harte Schulter.

Obwohl sie es nicht mehr hatte aushalten können, baute sich Freddies Erregung mit köstlicher Langsamkeit auf. Derek erhöhte ihre Lust mit jedem Stoß. Ihr Körper zitterte. Sie klammerte sich an ihn.

Dereks Lippen berührten die wild zuckende Halsschlagader. Seine Hände packten ihre schweißnassen Hüften und hielten sie fest, als Freddie von starken Vibrationen erfasst wurde. Ein Schrei entrang sich ihrer Kehle. Ihr Becken rotierte gegen Dereks Schaft. Er stieß noch einmal mit einem tiefen Ächzen in sie hinein, überflutete ihren Körper mit seinem Samen und ihren Verstand mit seiner Präsenz.

Sie lagen keuchend da. Derek barg sein Gesicht in der Beuge zwischen Hals und Schulter. Freddie schloss die Augen und streichelte über seinen Rücken. Sein Gewicht lastete auf ihr, aber es war eine köstliche Last.

Freddie wusste nicht, ob sie geschlafen hatten. Sie wusste nur, dass es nicht lange dauerte, bis Derek ihren Körper wieder berührte und ihre Lust ein zweites Mal weckte. Sie wandte sich ihm zu und öffnete die Augen, drückte ihn auf den Rücken und kniete sich über ihn.

Sie streichelte ihn überall mit den Händen, berührte jeden Hügel und jede Ebene, als wäre sie eine Kartographin und er eine Landschaft, die sie katastrieren wollte.

Sie bewegte ihre Hände über seine Schenkel und hinunter zu den Waden, dann hinauf zu den scharfen Kanten des Brustkorbs und der sanften Ebene seines Bauchs. Sie streichelte Muskeln und Sehnen und zeichnete die Muschel seines Ohrs mit dem Zeigefinger nach.

Dann senkte sie den Kopf und folgte diesem Pfad mit ihrer Zunge. Wie aufregend zu sehen, wenn er zuckte und sein Körper von Schauer zu Schauer getrieben wurde.

Die Lust potenzierte sich, und sie grätschte über ihn und

ließ sich genüsslich auf ihn sinken. Sie ritt ihn, bis ein weiterer Orgasmus sie für ihre Arbeit belohnte, und im nächsten Moment, als sie sich kaum noch halten konnte, war er plötzlich hinter ihr, und als er sich in ihr verströmte, verlängerte das die Zeit ihrer Erlösung.

Bevor die Stunde vorbei war, hatte er seinen Mund gegen ihre Pussy gedrückt und sie mit seiner Zunge zu neuen sexuellen Höhen gebracht.

Freddie konnte nicht genug von Derek bekommen, und es schien, dass er nicht genug von ihr bekommen konnte. Sie lagen da, ineinander verschlungen, die Haut heiß und verschwitzt. Sie tranken sich gegenseitig trocken und labten sich an ihrer Lust. Freddie schien vergessen zu haben, wo sie endete und Derek begann.

Schließlich, als karmesinrote Strahlen der untergehenden Sonne in die Kabine fielen, ließen sie voneinander ab und sackten erschöpft auf dem Bett zusammen.

Derek löste sich von Freddie. Er rang immer noch nach Luft. Sie rollte sich auf die Seite und strich mit einem Finger über sein Kinn. Bestimmt eine Minute lang betrachtete sie sein völlig verschwitztes Gesicht.

Er öffnete die Augen, und sie sahen sich an. Seltsam, aber plötzlich empfand Freddie so etwas wie Unbehagen und verdrängte das intensive Gefühl der Befriedigung, das sie bisher beherrscht hatte.

»Und jetzt?«, flüsterte sie.

Zunächst antwortete er nicht. Er streckte die Beine aus dem Bett und setzte sich, ihr den Rücken zugewandt. Er zog seine Boxershorts an.

Freddie langte nach ihren Kleidern. Die Atmosphäre hatte sich verändert. Sie musste an Maggie und Anna denken und an die anderen Frauen, die sich so stark zu Derek hingezogen fühlten. Sie schlüpfte in ihr Höschen und legte den Sport-BH an.

»Ich sollte mich auf den Weg nach Hause machen«, murmelte sie.

Schweigen senkte sich wie eine Wand zwischen ihnen herab. Freddie schaute auf Dereks nackten Rücken. Sein Körper war steif vor Anspannung.

»Vielleicht können wir uns morgen auf einen Kaffee treffen oder so«, schlug Freddie vor, bemüht, die Stimme heiter zu halten. Sie zog T-Shirt und Shorts an, dann suchte sie nach dem Band für ihre Haare. »Oder auch im neuen mexikanischen Restaurant auf San Vicente.«

Er reagierte nicht. Freddie brachte die Haare zu einem Pferdeschwanz zusammen und trat jetzt vor Derek hin. Seine Ellbogen ruhten auf seinen Knien, die Hände dazwischen. Er sah sie nicht an.

»He, hörst du, mach keine große Affäre daraus, okay?« Jetzt lief doch ein leichtes Zittern durch ihre Stimme. »Ich meine, offenbar waren wir beide neugierig. So ist das eben. Schließlich ist der eine dem anderen nichts schuldig ...«

Ihr blieben die Worte im Munde stecken, als Derek den Kopf hob. Freddie wurde stumm, als sie den Blick in seinen Augen sah, eine dunkle Mischung aus Verlangen und etwas anderem, das sie nicht erkannte. Ihr stockte das Herz.

»Himmel, Freddie«, sagte Derek, die Stimme so leise, dass sie ihn fast nicht hören konnte. »Ich glaube, ich habe mich in dich verliebt.«

Freddie starrte ihn an. Er schien von seinen eigenen Worten nicht weniger verdutzt zu sein als sie.

»Du glaubst was?«

»Ich habe mich in dich verliebt«, sagte Derek.

Das Geständnis hätte Freude, Lust und Wärme in ihr auslösen müssen, aber stattdessen fühlte Freddie nur, dass irgendwas in ihr einen Sprung bekommen hatte. Sie schlang die Arme um sich. Sie konnte ihn nicht ansehen.

»Derek, ich glaube ...«

Er stellte sich vor sie, bevor sie die Worte hervorbringen konnte. Freddie wich einen Schritt zurück. Er hielt sie an den Schultern fest und zog sie an sich. Ihr Körper reagierte auf den Kontakt, aber sie versuchte, die neue Welle des Verlangens zu unterdrücken.

»Ich meine es ernst.« Seine Stimme klang tief und beschwörend. Seine Augen schienen bis in die Tiefe ihres Seins zu schauen. »Ich will mit keiner anderen Frau als mit dir zusammen sein.«

»Das heißt noch nicht, dass du in mich verliebt bist.« Ihre Kehle fühlte sich wie zugeschnürt an.

»Freddie, das war doch mehr als nur eine flotte Nummer, oder nicht?«

Freddie wandte sich stirnrunzelnd ab. »Und das kannst du allein entscheiden?«

Ein Schatten schien sich über Dereks Gesicht zu legen. »Was ist nun wieder los mit dir?«

»Nichts. Ich will nur sagen, dass sich niemand zu irgendwas verpflichtet fühlen soll, nur weil wir dieses eine Mal Sex gehabt haben.«

»Wir redet denn von Verpflichtungen?«

»Nun, du hast gesagt, dass du dich in mich verliebt hast«, erinnerte Freddie ihn. »Ich schätze diese Gefühlsregung, aber es ist nicht nötig ...«

»Das ist nicht nur eine Gefühlsregung«, unterbrach Derek sie. »Glaubst du, ich habe das nur gesagt, weil wir gevögelt haben?«

Freddie verzog das Gesicht, als er ihre Begegnung so krude beschrieb. »Nun, ich weiß, dass du all deine Erfahrungen mit anderen Frauen hast, aber du brauchst mir nichts zu sagen, von dem du annimmst, dass ich es gern hören würde.«

»Und du glaubst, so etwas würde ich tun?«, blaffte Derek sie an. »Wie kommst du nur auf so etwas? Habe ich das jemals mit dir gemacht?«

»Nein, aber …«

»Aber was? Sage mir bloß nicht, du hättest mich nur deshalb ficken wollen, weil du sehen wolltest, wie es ist.«

»Gibt es denn auch noch einen anderen Grund?«

Seine Züge verhärteten sich, dann griff er wieder nach ihr. Seine Finger gruben sich in ihre Schultern, und sein Mund senkte sich über ihren. Der Kuss war so grob wie erregend und heizte Freddie mit dem Versprechen zukünftiger Leidenschaften ein, wenn sie sich auf ihn einließ.

Sie keuchte und stieß mit beiden Händen gegen seine Brust, weil sie sich von ihm lösen wollte. Ihr Herz war voller gemischter Gefühle. Sie hatte ein tiefes Verlangen, bei ihm zu sein, aber sie wusste auch von ihrer großen Angst: Er hatte die Macht, sie zu verletzen.

Freddie riss sich von ihm los und brach seinen kräftigen Griff. Sie wischte sich mit dem Handrücken über den Mund und starrte ihn wütend an.

»Jetzt hast du wieder was bewiesen, was?«, fauchte sie. »Du weißt, dass ich dich attraktiv finde, aber das solltest du nicht so ausnutzen.«

»Was ich in den letzten Stunden von dir gesehen habe, hat nichts mit Ausnutzen zu tun«, sagte Derek verbittert.

»Was willst du von mir, Derek? Eine Affäre? Oder willst du die Lücke zwischen deiner letzten Frau und der nächsten schließen?«

Es schien Derek zu dämmern. Seine Gesichtszüge wurden noch härter.

»Das geht dir also durch den Kopf. Du glaubst, ich würde dich benutzen, bis eine Bessere um die Ecke kommt?«

»Ja, das scheint doch deine Erfolgsmasche zu sein.«

»Hör mir zu. Ich nutze niemanden aus, ich benutze auch niemanden«, sagte Derek kühl. »Ich zwinge niemanden zu irgendwas, und Frauen erst recht nicht. Wenn du mir das zutraust, dann sieh zu, dass du verschwindest.«

»Ich glaube nicht, dass du jemanden ausnutzt oder benutzt«, bestätigte Freddie, »aber ich weiß, dass du die Fähigkeit hast, von einer Frau zur nächsten zu hüpfen.«

»Und du glaubst, das würde ich auch mit dir so machen.«

»Ich habe keinen Grund, irgendwas anderes anzunehmen.«

»Freddie, ich habe dir gerade gesagt, dass ich mich in dich verliebt habe!«, rief Derek. »Glaubst du, ich sage dir das und reiße nächste Woche eine neue Frau auf?«

»Ich habe keine Ahnung, was du tust, Derek!«, rief Freddie zurück. »Ich weiß auch nicht, ob du das jeder Frau sagst, mit der du zusammen bist.«

»Oh, Mann, Freddie, wenn ich gewusst hätte, was für eine schlechte Meinung du von mir hast, hätte ich dich gar nicht erst gevögelt.«

»Hör auf, so derb zu reden!«

Er wandte sich von ihr ab, die Schultern angespannt. Sie schwiegen beide. Nach einer Weile stieß Derek einen Seufzer aus. »Also gut, ob du es glaubst oder nicht, aber ich sage das nicht zu jeder anderen Frau. Tatsache ist, dass ich das noch nie zu einer Frau gesagt habe.«

Freddie glaubte ihm. Sie hatte es ihm sofort geglaubt. Er hatte sie noch nie belogen.

»Ich will dir nichts nachsagen oder anhängen«, murmelte sie. Tränen füllten plötzlich ihre Augen. »Es tut mir leid, Derek. Ich kenne dich so gut, aber auf diesem Gebiet kenne ich dich überhaupt nicht. Ich weiß nicht, was ich tun soll.«

»Glaubst du, ich weiß das?«

»Dann war es vielleicht ein Fehler.«

»Aber es fühlte sich nicht wie ein Fehler an«, sagte Derek.

Freddie schaute auf seinen Rücken. Nein, ein Fehler war es nicht gewesen. Nichts, was sich so gut und so richtig anfühlte, konnte falsch sein.

»Ich sollte gehen«, murmelte sie wieder.

Sie ging zur Tür. Ihre Hand zitterte, als sie nach der Klinke griff.

»Freddie.«

Sie wandte sich zu ihm um. Er stand verzweifelt da, die Haare zerzaust, Bedauern und Irritation im Gesicht. Er hob die Schultern.

»Was?«, fragte er. Das eine Wort enthielt hundert Fragen.

Sie sahen sich mindestens eine Minute lang an. Freddie schluckte schwer.

»Ich weiß es nicht, Derek«, gestand sie schließlich. »Ich weiß es nicht.«

Sie sammelte ihre letzte Kraft, die sie noch hatte, zog die Tür auf und verließ die Kabine.

Achtzehntes Kapitel

Derek trat auf die Bremse und fluchte verärgert vor sich hin. Wegen eines Unfalls staute sich der Verkehr, deshalb kamen sie kaum vom Fleck. Flaches Farmland erstreckte sich zu beiden Seiten der Interstate, und die Berge sahen am Horizont wie graue Schmierereien aus. Rote Bremsleuchten glitzerten in der Sonne. Derek war nie ein geduldiger Teilnehmer am Straßenverkehr, aber heute trieb so ein Stau ihn in den Wahnsinn.

»Das tut mir leid«, sagte Anna, »aber ich bin dir wirklich dankbar, dass du mich begleitest.«

Derek seufzte und versuchte, seine Gedanken zu ordnen. »Ich weiß. Entschuldige.«

»Hat es was mit Freddie zu tun?«, fragte Anna, die ein gut entwickeltes Gespür hatte.

»Nein.« Derek starrte sie von der Seite an. »Nein, mit Freddie hat es nichts zu tun.«

Anna hob die Schultern und schwieg. Dereks Hände krampften sich um das Lenkrad. Natürlich war es Freddie. Es war immer Freddie.

Nie zuvor hatte eine Frau seine Gedanken so exklusiv beherrscht wie sie. Noch bevor er begriffen hatte, was er für sie empfand, hatte sie schon seine Gedanken beherrscht. Seit zwei Jahren hatte er alles darauf angelegt, so oft wie möglich mit ihr zusammen zu sein. Es war Freddie, die er anrief, wenn er ein Problem hatte, wenn er zum Strand oder in irgendein Restaurant gehen wollte. Sie war immer die Erste in seinen Gedanken. Er konnte nicht glauben, wie bescheuert er gewesen war, nicht zu erkennen, dass er diese Frau liebte. Obwohl er zugeben musste, dass Liebe noch nie sein Spezialgebiet gewesen war.

Freddie füllte auch noch seine Gedanken aus, als er sich auf der Überholspur zentimeterweise vorarbeitete. Er war immer noch sauer auf sie, dass sie unterstellte, sie wäre für ihn nur eine weitere Kerbe in seinem Bettpfosten. Und natürlich über ihre Anschuldigung, dass er jeder Frau sagte, dass er sie liebte. Er konnte zwar ein wenig nachvollziehen – zögernd und beschämt –, warum sie so dachte, aber er war trotzdem verärgert, weil sie ihn für fähig hielt, sie so zu behandeln. Wusste sie nicht, wie anders sie war?

Bei Bakersfield löste sich der Stau endlich auf, und von da an konnten sie ihre Fahrt im normalen Tempo fortsetzen. Derek hielt nur einmal an, weil er tanken und ein paar Sandwiches für sich und Anna kaufen musste. Er war froh, Anna diesen letzten Gefallen zu erweisen, aber danach wollte er so schnell wie möglich nach LA zurück. Er wusste nicht, wo er bei Freddie stand, und er hatte auch keine Ahnung, was er mit ihr anfangen sollte.

Die Dämmerung setzte gerade ein, als er den Mietwagen in die Einfahrt zum Haus der Maxwells lenkte. Er sah Anna an.

Sie trug ein maßgeschneidertes schwarzes Kleid, das sie in Santa Monica hatte anfertigen lassen, und sie hatte sich sogar die Zeit genommen, ihren Haaren wieder die normale braune Farbe zu geben. Derek war gerührt, wie sehr sie sich bemühte, ihrem Vater zu gefallen.

»Alles okay?«, fragte er.

»Ja.« Sie lächelte unsicher, die Finger ineinander verkeilt. »Nur ein bisschen nervös. Habe ich Falten im Gesicht?«

»Du siehst großartig aus.«

»Anna?« Die Haustür öffnete sich, und Erin hastete die Treppenstufen hinunter.

Erleichterung machte sich auf Annas Gesicht breit. Sie stieg aus, und im nächsten Moment lagen sich die Schwestern in den Armen, dann löste sich Erin und schwärmte davon, wie gut Anna aussah.

»Ich glaube, du kennst Derek Rowland«, sagte Anna.

»Ja, sicher.« Erin lächelte ihn freundlich an und streckte ihre Hand aus. »Nett, Sie wieder zu sehen, Mr. Rowland. Sie waren uns eine größere Hilfe, als Sie ahnen.«

»Ich war froh, helfen zu können.«

Anna legte den Kopf schief und schaute zur Tür. Zwischen den Brauen bildete sich eine steile Falte. »Ist er zu Hause?«

»In seinem Arbeitszimmer«, antwortete Erin. »Er wartet auf dich.«

»Hat er was gesagt?«

Erin schüttelte den Kopf. »Zu mir nicht. Ich hielt es schon für ein gutes Zeichen, dass er sich überhaupt bereiterklärt hat, dich zu sehen.«

Die beiden Schwestern gingen zum Haus. Anna drehte sich um, weil sie sicher sein wollte, dass Derek folgte. Er tat es zögernd. Er wollte bei dem Treffen von Vater und Tochter eigentlich nicht dabei sein, aber Anna hatte ihn darum gebeten, und so hatte er sich seufzend bereiterklärt.

Richard Maxwell stand am offenen Kamin in seinem Arbeitszimmer, eine imposante Erscheinung mit den stahlgrauen Haaren und im maßgeschneiderten Anzug. Ängstlich blickte Anna in seine Richtung.

»Anna.«

»Hallo, Vater.«

Richard sah hinüber zu Derek und runzelte die Stirn.

»Ich habe ihn gebeten, mich zu begleiten«, sagte Anna schnell.

Schweigen. Anna räusperte sich. Richard wies auf einen Stuhl.

»Setz dich.«

Anna setzte sich. Derek blieb an der Tür stehen.

»Ich bereue alles«, sagte Anna schließlich. »Ich bedauere alles, was geschehen ist. Alles, was ich getan habe.«

Richard schien erst nicht reagieren zu wollen, aber dann nickte er. »Ich bedauere auch viel, Anna. Es tut mir leid, was Cassandra mit dir angestellt hat.«

Derek bemerkte, dass Richard Maxwell sich nicht für seine eigenen Aktionen entschuldigte, aber er wusste inzwischen, dass jede Art von Entschuldigung von diesem Mann schon mehr war, als man erwarten konnte.

»Was geschieht jetzt?«, fragte Anna.

»Was willst du denn geschehen lassen?«

»Ich möchte, dass wir uns alle noch eine Chance geben«, sagte Anna.

»Ich habe dir mehrere Chancen gegeben.«

»Vater, du weißt, dass Cassandra uns oft im Weg stand«, warf Erin ein. »Sie ist auch die Ursache dafür, dass Anna überhaupt verhaftet wurde.«

Richards Gesicht verdüsterte sich. »Cassandra war meine Frau. Ich lasse mir nicht vorwerfen, dass sie ein Hindernis war.«

»Aber das war sie«, murmelte Erin.

»Sie *war* deine Frau?«, fragte Anna.

Richard verschränkte die Arme vor seiner Brust. Ein Anflug von etwas, das Verlegenheit sein mochte, blitzte in seinen grauen Augen auf.

»Ich habe die Scheidung wegen unüberbrückbarer Differenzen eingereicht«, teilte er mit. »Ich habe keine Ahnung, wo sich Cassandra aufhält, aber ich habe kaum Zweifel, dass sie bei ihrem Geliebten ist.« Er sah Derek an. »Sind Sie sicher, dass Sie mein Angebot nicht noch einmal überdenken wollen?«

»Welches Angebot?«, fragte Anna.

»Ich habe ihm den Auftrag angeboten, Cassandra aufzuspüren«, sagte Richard. »Er hat das abgelehnt.«

Anna sah Derek an. »Warum?«

Derek hob die Schultern. Der Betrag, den Maxwell geboten hatte, hätte ausgereicht, um die zusätzlichen Arbeiten an seinem Boot zu finanzieren, aber er wollte den Auftrag nicht annehmen. Cassandra Maxwell war eine Diebin und eine Lügnerin, aber er hatte eine Schwäche für Frauen, die knallhart ihren Weg gehen. »Im Augenblick kein Interesse.«

»Wer sucht sie denn?«, wollte Erin wissen.

»Ich muss noch jemanden finden«, antwortete Richard. »Aber ich möchte die Polizei nicht einschalten.«

»Das heißt, sie wird vielleicht nie gefasst«, schlussfolgerte Anna.

Richard hob die Schultern.

»Nun, ich will versuchen, mich zu ändern«, sagte Anna. »Ich weiß, dass ich nie die perfekte Tochter war, und ich weiß auch, dass nicht alles Cassandras Schuld war. Ich bin Teil des Problems gewesen. Ich will versuchen, das zu ändern.«

»Versuchen ist nicht gut genug, Anna«, erwiderte ihr Vater. »Du musst dich ändern. Du musst dein Leben in den Griff bekommen.«

»Was soll ich tun?«

»An einem Job festhalten. Nicht mit Männern herumlaufen, die es nicht wert sind. Trage Verantwortung für dein Leben.«

Derek glaubte zu sehen, wie sich die Rädchen in Annas Kopf bewegten. Er wusste so gut wie sie, dass sie schon einige Male versucht hatte, den Ratschlägen ihres Vaters zu folgen, aber sie war jedes Mal rückfällig geworden.

»Ich bin bereit, dir einen neuen Job anzubieten«, sagte Richard. »Hier in San Jose. Assistentin des Abteilungsleiters Marketing. Das ist eigentlich keine Position für Neueinsteiger, aber es ist auch keine vorgesetzte Stellung. Es gibt also die Möglichkeit aufzusteigen. Und abzusteigen.«

Anna war eine Weile still, dann schüttelte sie den Kopf. »Nein.«

»Was?«

»Nein«, wiederholte Anna. »Ich will nicht in die Firma eingebunden werden. Deshalb bin ich in der Vergangenheit immer wieder gescheitert. Mir gefällt es nicht, und deshalb tauge ich auch nicht für dieses Geschäft.«

»Und was hast du vor?«, fragte ihr Vater.

»Ich möchte zurück aufs College.«

»College?« Richard sprach das Wort so entgeistert aus, als hätte er noch nie etwas davon gehört.

»Ja, ich will es mit bestimmten Kursen probieren. Kunst, Fotografie, Film. Solche Dinge.«

»Was willst du mit solchen Fächern anfangen?«, fragte Richard.

»Ich weiß es nicht«, gab Anna zu. »Aber ich muss herausfinden, worin ich gut bin. Das ist mein Leben lang mein Problem gewesen. Ich weiß nicht, was ich alles kann, weil ich nie etwas versucht habe.«

»Aber wie kommst du auf die Idee, du könntest gut in Fotografie sein?«

»Ich weiß es nicht«, sagte Anna wieder. »Ich weiß nur, dass ich es versuchen muss. Ich arbeite gern in Teilzeit bei Jump Start, damit ich für mein Studium bezahlen kann. Du kannst mir ruhig das Anfängergehalt zahlen, solange ich nur einen flexiblen Dienst schieben kann.«

»Und was passiert, wenn du wieder abbrichst?«

»Ich kann mir nicht vorstellen, dass mir das noch einmal passiert«, sagte Anna. »Ich will herausfinden, ob es etwas gibt, worin ich gut bin. Und dafür werde ich mich mehr anstrengen als je zuvor. Und dafür brauche ich dich – gib mir noch eine weitere Chance.«

Richard sah aus dem Fenster. Ein paar Sekunden lang dachte Derek, der Mann würde Annas Bitte abschlagen, aber dann nickte der Vater.

»Also gut, Anna. Du erhältst eine weitere Chance. Und ich bitte dich, mir auch eine weitere Chance zu geben.«

Tränen glitzerten in Annas Augen. Sie stand abrupt auf und lief zu ihrem Vater. Sie umarmten sich nicht, Anna legte nur eine Hand auf Richards Arm, aber dann strich Richard mit einer Hand über Annas Haare. Es war eine Geste von überraschender Zärtlichkeit.

Erin drehte sich zu Derek um und lächelte ihn dankbar an. Derek nahm an, dass Anna ihr Ziel erreicht hatte, deshalb trat er durch die Tür und zog sie hinter sich zu. Er ging aus dem Haus und zum Auto.

»Derek!«

Er drehte sich um. Anna lief auf ihn zu.

»Ich möchte mich bei dir bedanken. Du hast viel für mich getan.«

Derek lächelte und zupfte an einer Haarsträhne von ihr. »Gern geschehen. Es sieht so aus, als könntest du noch einmal ganz von vorn anfangen.«

»Das hoffe ich.« Sie biss sich auf die Unterlippe, und ihre braunen Augen schauten traurig drein. »Wir werden uns wahrscheinlich nicht wieder sehen.«

Er drückte seinen Mund auf ihre Stirn, und ihm wurde bewusst, dass er es bedauerte, wenn sie sich nicht mehr sahen.

»Aber wir sind Freunde, nicht wahr?«, fragte Anna.

Er nickte. »Wir werden immer Freunde sein. Wenn du etwas brauchst, kommst du zu mir.«

»Ja, das werde ich. Danke.« Sie stellte sich auf die Zehenspitzen, um ihn zu küssen. »Für alles.«

Derek rieb seine Hand über ihre Schulter, dann wandte er sich zum Auto um. Wieder war es Annas Stimme, die ihn aufhielt.

»Weißt du, sie ist deiner würdig.«

Derek sah sie ratlos an. »Was?«

Sie lächelte. »Freddie. Sie ist deiner würdig. Sie mag vielleicht sogar die einzige Frau sein, die deiner würdig ist.«

Derek starrte sie eine volle Minute an, bevor Anna ihm zuwinkte und zurück ins Haus ging. Er konnte sich endlich hinters Lenkrad setzen.

Ein Bild von Freddie füllte seinen Kopf. Sie war wie Konfekt – Haut wie Honig, schokoladenbraune Augen und Haare in der Farbe von Zimt. Auch vor ihrer sexuellen Begegnung hatte er sie stets im Kopf gehabt, ihr Gesicht, ihre Stimme, ihren Körper.

Sie ist deiner würdig.

Derek sah das nicht so. Für ihn stellte sich die Frage anders: War er ihrer würdig?

Freddie bohrte ihre Zehen in den heißen Sand. Köstlich. Die Sonne brannte auf die nackten Beine und auch durch den Stoff ihres Einteilers. Sie hatte die Augen hinter der Sonnenbrille geschlossen. Sie versuchte, an nichts zu denken, nur an Sonne, Sand und an das leise Plätschern der auslaufenden Wellen.

Sie wollte nicht an Derek denken, aber das gelang ihr nicht. Er steckte immer irgendwo in ihrem Hinterkopf. Die Hitze seines Körpers war zwingender als die Hitze der Sonne.

Sie vermisste ihn. Seit dem Tag in seiner Kabine waren erst vier Tage vergangen, aber sie vermisste ihn schon.

Sie wusste, dass sie ihn unfair beschuldigt hatte, aber die Wahrheit war, dass sie zu Tode erschrocken war. Ihn auf so gemeine Weise anzugreifen war ihre einzige Möglichkeit gewesen, sich selbst zu beschützen.

»Entschuldige.«

Freddie hob die Sonnenbrille und schlug die Augen auf. Sie blinzelte in die Sonne und erkannte einen gut gebauten jungen Mann, dem sie eben noch beim Volleyballspiel kurz zugeschaut hatte.

»Entschuldige, dass ich dich belästige, aber einer unserer

Spieler musste plötzlich weg«, sagte er. »Wir brauchen wieder einen sechsten Mitspieler, damit die Mannschaften gleich stark sind. Du siehst« – er beäugte ihren kurvigen Körper – »athletisch aus. Lust auf ein Spiel?«

Freddie antwortete nicht sofort, denn nun nahm sie sich Zeit, ihn zu beäugen. Er sah gut aus, hatte einen trainierten Körper, und sein rasierter Schädel trug noch zu seiner Ausstrahlung bei. Sie würde ihn gern attraktiv finden, damit sie sich einreden konnte, dass es nicht nur an Derek lag und sie reif genug und bereit war, sich auf jeden geeigneten Kandidaten einzulassen. Aber dann war ihr Kopf wieder voll von Derek.

»Nein«, sagte sie schließlich, »tut mir leid, aber lieber nicht.«

»Schade.« Statt zu gehen, ließ er sich neben ihr im Sand nieder. Er streckte seine Hand aus. »Ich bin Jack.«

»Freddie.«

Sie tauschten einen Händedruck. Freddie wünschte, er würde gehen.

»Kommst du oft her?«, fragte Jack, dann verzog er das Gesicht. »Der klassische Baggerspruch, was?«

»Ja auf beide Fragen.«

Jack grinste. »Ich kann ein Brötchen spendieren. Willst du Kaffee oder Bier oder sonst was einbringen?«

»Nein, danke.« Freddie setzte die Sonnenbrille wieder auf. »Aber danke für das Angebot.«

»Keine Ursache. Vielleicht sehe ich dich später noch mal.« Er stand auf und rieb sich den Sand von den Beinen.

»Ja, vielleicht.«

Nun, wenigstens versteht er einen Wink mit dem Zaunpfahl, dachte Freddie. Sie schloss wieder die Augen und legte den Nacken auf das zusammengerollte Badetuch, das ihr als Kissen diente.

Sie musste zugeben, dass es angenehm war, an die eigene

Attraktivität erinnert zu werden oder sie bestätigt zu sehen. Derek war also nicht der einzige Mann, der sie begehrte. Sie hatte mehr als nur eine Möglichkeit.

Natürlich wollte sie andere Möglichkeiten nicht wahrnehmen. Sie wollte Derek. Sie wollte nicht nur seinen Körper, sie wollte sein Herz und seine Seele. Und im Gegenzug wollte sie sich ihm mit Haut und Haaren ausliefern.

»Oh, verdammt.«

Der Fluch entwich ihr, als sie daran dachte, dass Derek in diesem Moment mit Anna in nördliche Richtung fuhr. Sie wollte gern glauben, dass ihr Verhältnis inzwischen platonisch geworden war, aber sicher konnte sie sich nicht sein.

Sie ließ ein kurzes Bild von Derek auf dem Innern ihres Augenlids zu. Sie sah den breiten, kräftigen Brustkorb, die schmale Taille, die muskulösen Schenkel und natürlich den verlockenden Schwanz.

Freddie hob die Hüften leicht an. Hitze schien ihren Schoß zum Schmelzen zu bringen. Sie dachte daran, wie Derek auf ihr gelegen hatte und wie er in sie eingedrungen war. Erregung durchflutete sie. Ihre Haut war heiß. Sie spreizte die Beine ein wenig, damit die Sonne auf ihre Pussy brennen konnte. Ihre Lippen teilten sich, als sie die köstlichen Sensationen in sich aufsog.

Sie hob eine Hand und legte sie auf ihre volle Brust. Ihr Nippel blühte unter der Handfläche auf. Mit einer verdeckten Bewegung zwickte sie den Nippel rasch zwischen den Fingern. Kleine Stromstöße fuhren sofort in ihre Pussy. Sie spürte ein Toben in ihrem Körper, als wäre sie die Krone einer Woge, auf der sie surfte.

Ja, sie wollte Derek haben. Sie wollte auf Derek reiten, wie sie auf einer Welle ritt, sie wollte über ihn grätschen und ihn beherrschen, und danach wollte sie sich unterwerfen und von ihm beherrscht werden.

Ein leises Stöhnen kam über ihre Lippen. Ihre Klitoris

zuckte als Reaktion auf die zunehmende Hitze der Sonne. Ihre Zehen bohrten sich tiefer in den Sand. Goldene Sandkörner bedeckten die Füße mit sinnlicher Wärme.

Freddie strich mit einer Hand über ihren Bauch und ließ die Finger auf der Schwellung ihres Venusbergs liegen.

Sie wollte die Finger in die Spalte drücken, aber sie traute sich nicht, und die selbst auferlegte Zurückhaltung erhöhte nur noch ihre Geilheit. Verstohlen quetschte sie die Schenkel zusammen. Ihr Geschlecht pochte wie wild.

Sie wusste, dass sie kräftige Schenkel hatte. Joggen, Surfen, Skating – das alles hatte ihre Muskeln aufgebaut. Aber sie wusste nicht, ob ihre Muskeln stark genug waren, um ihre körperlichen Bedürfnisse zu stillen. Sie presste die Beine noch fester zusammen. Ihre Klitoris pulsierte und schickte Vibrationen zu allen Nervenenden. Freddie atmete tief durch und strich mit einer Hand über ihren zitternden Bauch.

Sie legte sich auf die Seite. Die Sonne glitt jetzt über ihre Pobacken und wärmte ihren Rücken. Freddie seufzte vor Lust. Sie fühlte, wie sich die Hitze zwischen ihren Beinen noch intensivierte, als ob die Sonne selbst sie penetrieren wollte. Sie erschauerte bei diesem Gedanken und stellte sich einen langen glatten Lichtstrahl vor, der in ihren Körper pumpte. Ihre Brüste waren heiß und schwer.

Freddie verschränkte die Schenkel und presste sie wieder fest zusammen. Ihr Herz begann schneller zu schlagen. Sie hielt den Druck aus, bis ihre Bauchmuskeln zu zittern anfingen. Jetzt entspannte sie die Muskulatur.

Die Klitoris pochte und klopfte. Die Lippen ihres Geschlechts rieben gegeneinander. Sie biss sich auf die Unterlippe und spürte, dass die Erregung ihres Körpers auf verschiedenen Ebenen funktionierte. Ihr Atem wurde schwerer. Sie spannte und entspannte ihre Muskeln und wusste, dass sie sich dem Gipfel ihrer Lust näherte.

Sie stieß ein leises Stöhnen aus und grub ihre Zähne in das

Fleisch ihres Unterarms. Die Sonne brannte unerbittlich. Sie hörte das ferne Grummeln des Meeres und klemmte die Beine wieder zusammen. Ihre Gier wurde größer, die Muskeln spannten sich wieder an, und ihr Blut zitterte. Sie schloss die Augen und drückte ein letztes Mal ihre Klitoris und spürte, wie die Welle ihren Körper überschwemmte.

Ein kleiner Schrei löste sich aus Freddies Kehle, während sie die Schenkel weiter quetschte, um die letzten Vibrationen einzufangen. Die pulsierenden Sensationen wurden schwächer, die Anspannung ließ nach, und sie schlaffte befriedigt ab.

He, sie brachte es allein fertig! Sie konnte sich mit der Hitze der Sonne begnügen oder andere Tricks aus der alten Kiste der Selbstbefriedigung herausholen. Ja, sie schaffte es. Auch wenn das gar nicht ihr Ziel gewesen war.

Freddie legte sich wieder auf den Rücken. Die Sonne setzte die Massage ihrer feuchten Haut fort. Sie spreizte die Beine, damit die Strahlen auf die Innenseiten treffen konnten. Aber dann spürte sie einen plötzlichen Anflug von Ärger.

Sie war in ihrem ganzen Leben nie feige gewesen. In nur wenigen Jahren hatte sie bewiesen, dass sie sich in einer Männerdomäne durchsetzen konnte. Sie hatte Kerle zurückgebracht, die dreimal so schwer waren wie sie. Sie surfte auf zehn Meter hohen Brechern. Sie war von Revolvern, Messern und Kampfhunden bedroht worden – und nichts hatte sie so sehr geängstigt wie ihr Eingeständnis, dass sie eine tiefe Zuneigung für Derek empfand.

Freddie setzte sich auf. Sie würde sich auch in dieser Frage nicht verbiegen. Sie hatte keine Ahnung, wie die Dinge endeten, aber bei welchen Dingen wusste man das schon? Sie würde volles Risiko gehen und ihren Instinkten vertrauen.

Neunzehntes Kapitel

Derek legte eine Hand auf die Stirn, um die Augen gegen die Sonne abzuschirmen, und schaute hinauf zum Mast. Er hatte das neue Segel schon einige Male gesetzt – es funktionierte großartig. Er hatte alles gestrichen, was sich streichen ließ, und die neue Dieselmaschine war vor ein paar Tagen eingebaut worden. Jetzt brauchte er nur noch ein Grundsortiment an Vorräten und Erster Hilfe, dann war er bereit.

Er hatte sogar einen Termin festgelegt, einen Tag in der kommenden Woche. Er wollte allein sein, wenn es aufs offene Meer hinausging. Doch wünschte er sich das wirklich?

Er stellte die leeren Farbdosen aufs Dock. Er sollte zufrieden sein, glücklich sogar. Seit Jahren hatte er auf diesen Moment hingearbeitet. Es sollte die Erfüllung eines lang gehegten Traums sein – einfach lossegeln und sich die Welt anschauen. Keinem Rechenschaft geben müssen. Nur schade, dass er sich innerlich so hohl fühlte.

Er streckte sich und sah hinüber zu Maggies Boot. Seit ein paar Tagen hatte er Maggie nicht mehr gesehen. Vielleicht sollte er sie mal besuchen. Wieder versuchte er, Verlangen nach ihr zu empfinden, aber da war nichts. Er dachte an Maggie und sah doch nur Freddie vor sich. Er dachte an Anna und sah Freddie. Er sah Frauen auf der Straße an und verglich sie mit Freddie.

»Sie sieht gut aus.«

Das war Freddies Stimme. Derek schaute hoch und sah sie auf dem Dock. Sie trug Shorts und ein T-Shirt, hatte die Haare nach hinten gekämmt und sah aus wie immer. Und trotzdem sah sie völlig anders aus.

»Ja.« Derek wischte sich die Hände an seiner Jeans ab. In seinem Bauch verkrampften sich die Nerven. »Sie hat ein neues Segel.«

»Gratuliere.« Sie stand immer noch unentschlossen da. Derek trat zur Seite, die unausgesprochene Einladung für sie, an Bord zu kommen. Sie zögerte noch einen Moment, dann betrat sie das Deck.

»Hast du alle Reparaturen erledigt?«, fragte sie.

»Ja. Richard Maxwell hat mir einen dicken Scheck geschickt. Er schrieb, ich hätte mir das Geld verdient, weil ich mich um seine Tochter gekümmert hätte.«

»Wie lieb von ihm.«

»Ja. Der Scheck war hoch genug, dass ich mir den Rest der Ausrüstung kaufen konnte.«

»Du meinst für deine Reise?«

»Ja. Ich will nächsten Mittwoch weg.«

»Oh.«

Zufrieden sah Derek, dass Freddie offenbar überrascht war. Wenn sie geglaubt hatte, er würde dasitzen, Trübsal blasen und warten, bis sie sich meldete, dann wusste sie es jetzt besser.

»Eh . . . wie geht es Anna?«, fragte sie.

»Es geht ihr gut. Letzte Woche hat sie mir eine E-mail geschickt. Sie hat einige Kurse belegt und scheint sich gut mit ihrem Vater zu verstehen. Er hat seine Anzeige natürlich zurückgezogen.«

»Hast du vor, sie wiederzusehen?«

Dereks Gesicht verfinsterte sich. »Wenn du fragen willst, ob ich sie wieder vögeln will, lautet die Antwort nein.«

Freddie verzog das Gesicht. »Das habe ich nicht gemeint. Entschuldige.«

»Seit wir zusammen sind, Freddie, habe ich keine andere Frau auch nur angesehen.«

Freddie sah ihn mit ihren schokoladenbraunen Augen an.

»Es tut mir leid, was ich da gesagt habe. Himmel, Derek, ich habe Angst. Ja, ich gebe es zu.«

»Ja, ich auch.«

»Wirklich?«

»Ja, wirklich. Natürlich frage ich mich, was geschieht, wenn sich die Dinge nicht so entwickeln, wie wir uns das vorstellen? Was ist, wenn wir das kaputtmachen, was meine beste und liebste Beziehung war? Ich will dich nicht verlieren, Freddie. Nicht als Freundin.«

»Und als Geliebte?«

»Das natürlich auch nicht. Aber wenn du das beenden willst – okay, damit kann ich leben.«

Freddie schaute hinaus in den Hafen. Die Sonne polierte ihre Haut und brachte die goldenen Haarspitzen zur vollen Geltung. Derek dachte, dass er noch nie eine schönere Frau gesehen hatte.

»Ich will nicht, dass es beendet wird«, sagte Freddie. »Ich habe Angst, aber ich will nicht, dass es aufhört. Vielleicht können wir es miteinander versuchen.«

»Als Liebespaar?«

»Als Liebes- und als Freundespaar«, bekräftigte Freddie.

Derek war sicher, dass sie sich auf Dauer gut verstehen würden. Er ging zum Bug und zog die Seile herein, die das Boot ans Dock fesselten. Freddie war noch nie mit ihm gesegelt. Er hatte Segeln immer für einen Einzelsport gehalten, deshalb hatte er sie auch nie darauf angesprochen, ihn mal zu begleiten. Aber es sah so aus, dass sich seine Auffassung änderte.

»Willst du ein paar Stunden mit ihr ausfahren?«, fragte er.

»Ja, klar.« Das klang überzeugter, als sie zu sein schien.

Er warf den neuen Motor an. Er überprüfte die Windrichtung, holte die Fender herein und löste sich langsam vom Dock. Sobald sie von den anderen Booten getrennt waren, lagen sie gut im Wind, und Derek setzte das Hauptsegel. Er hob den Kopf, und es war wie immer – es gab nichts Schöneres, als zu erleben, wie der Wind die Segel bläht.

Derek segelte, bis die Küste von Kalifornien am Horizont nur noch zu erahnen war, dann ließ er langsam den Anker sinken.

Das Boot schaukelte schön auf den Wellen des Ozeans. Freddie hatte kein Wort mehr gesagt, seit sie vom Dock aufgebrochen waren, aber sie hatte Derek auch nicht aus den Augen gelassen.

»Lust zu schwimmen?«

»Ich habe keinen Badeanzug dabei.«

»Hier draußen brauchst du keinen.«

Es glitzerte heiß in Freddies Augen. Sie wandte sich von Derek ab und zog ihr T-Shirt über den Kopf. Ein schmaler Streifen aus roter Spitze kreuzte den Rücken dicht unter den Schulterblättern. Derek spürte, wie er steif zu werden begann. Er hätte gern gewusst, ob sie absichtlich diese Edelwäsche angezogen hatte, bevor sie zu ihm gekommen war.

Sie schob die Finger unter den Bund ihrer Shorts und zog sie über die Hüften. Oh, Mann. Ein Dreieck roter Spitze bedeckte kaum die herrlichen Pobacken. Derek erinnerte sich mit einem lang gezogenen Stöhnen daran, wie diese langen Beine sich um seine Hüften gepresst hatten.

Freddie sah ihn über die Schulter an. Sie langte in den Nacken und löste das Band aus ihren Haaren, dann schüttelte sie den Kopf hin und her, bis sich die rötlich-braune Masse auf ihre Schultern verteilt hatte.

»Ich habe dir noch nie beim Segeln zugeschaut«, sagte sie.

»Ich weiß.«

»Ich kann kaum glauben, dass man das allein schaffen kann; du hast die ganze Zeit gearbeitet.«

»Ja, aber Autopilot und viel Erfahrung helfen.«

»Weißt du«, sagte Freddie, »wenn du segelst, siehst du verdammt sexy aus.«

Bevor Derek reagieren konnte, sprang Freddie seitlich vom Boot. Sie tauchte unter und kam dann ächzend wieder hoch.

»Verdammt, ist das kalt!«

»Ich dachte, du wärst daran gewöhnt.«

»Wenn ich surfe, habe ich meinen *wetsuit* an.«

»Vielleicht solltest du das auch mal mit deiner Wäsche versuchen. Das würde die anderen Surfer warm halten.«

Er grinste zu ihr hinunter, zog Shorts und T-Shirt aus und streifte dann auch seine Unterhose ab, bevor er ins Wasser sprang. Die Kälte rammte seinen Körper wie eine Steinmauer. Derek tauchte auf.

»Oh, verdammt! Ich wusste, es hat einen guten Grund, warum ich meistens an Bord bleibe.«

Freddie kicherte und bespritzte ihn mit Wasser. Sie schwamm ein wenig von ihm weg, dann legte sie sich auf den Rücken und ließ sich von den Wellen treiben. Selbst im kalten Wasser wurde Derek erregt, als er die sinnlichen Bewegungen ihres Körpers sah. Ihre Nippel drückten gegen die rote Spitze.

Er schwamm zu ihr und griff in ihre Haare. Ihre Zähne klapperten vor Kälte aufeinander. Derek starrte sie eine Weile an, bevor er seinen Mund auf ihren presste.

Wärme erfüllte ihn, drang durch seine Knochen und hüllte sein Blut ein. Das eisige Wasser schmolz um sie herum. Derek legte seine Hände um ihre Taille und zog sie an sich. Ihre Beine verhedderten sich bei dem Versuch, gemeinsam zu strampeln. Derek trat nach hinten, ließ Freddie nicht los und brachte sie zurück zum Boot.

Er half ihr die Leiter hoch. Seine Erektion wurde stärker, als er die Bewegungen ihres Körpers auf der Leiter sah und wie sich die nasse Spitze um jeden Millimeter ihrer Pobacken schmiegte. Wie kleine Diamanten sahen die Wassertropfen aus, die über ihren Körper rannen. Sie drehte sich um und sah ihm beim Klettern zu, die braunen Augen auf seinem nackten Körper.

»Das kalte Wasser scheint kein Nachteil für dich zu sein«, bemerkte sie.

»Das liegt nur an dir.«

Er streckte seine Arme aus, und sie drückte sich an ihn. Das Wasser auf ihrer Haut verdampfte rasch in der Sonne und von der wieder entzündeten Hitze ihrer Körper. Derek presste seinen Schoß gegen die nasse Seide von Freddies Höschen. Sie atmete tief ein, als sie den pochenden Schwanz an der Pussy fühlte, und hob ihr Gesicht. Ihre Lippen trafen sich zu einem Kuss.

Derek trieb seine Zunge in Freddies weichen Mund und fühlte, wie sie sich an ihn schmiegte. Sie passte so gut zu ihm, als hätten sie immer schon zusammen gekuschelt. Er nahm ihr Gesicht in beide Hände, und das Feuer seines Kusses wurde heißer. Seine Erektion gab keine Ruhe und hörte nicht auf, gegen ihre Muschi zu stoßen.

Sie sanken auf das von der Sonne gewärmte Deck, während das Boot unter ihnen leicht schaukelte. Derek schob die Hände unter das Elastikband von Freddies Höschen und ließ die Finger durch die warmen nassen Löckchen gleiten.

Freddie hob die Hüften an, als wollte sie ihn zur Penetration einladen. Er beobachtete ihr Gesicht, als er in die Falten ihres Geschlechts vordrang. Ein Crescendo aus Sehnsucht und nicht länger zu unterdrückender Geilheit bestimmte ihren Ausdruck. Sie schlang die Arme um seinen Hals und zog ihn fester an sich heran. Ihre Zungen tanzten.

Derek leckte einige verstreute Wassertropfen von Freddies Gesicht und Hals. Er schälte die nasse Seide von ihrem Körper und starrte hungrig auf die vollen Brüste mit ihren dunkelroten harten Nippeln. Er streichelte eine Brustwarze, während er die andere in den Mund nahm.

Freddie stöhnte lustvoll auf. Mit einer Hand fuhr sie Derek durch die Haare. Derek strich mit der flachen Hand über ihren Bauch und schob ihr Höschen von den Hüften, sodass sie nackt neben ihm lag. Die Sonne koste ihre honigfarbene Haut wie eine Geliebte und vertiefte die goldenen Flecken in ihren Augen. Derek könnte sie unentwegt anschauen.

Er dachte nicht daran, was die Zukunft für sie beide ergeben würde, aber er wollte, dass Freddie bei ihm blieb. Er würde es nicht ertragen, sie zu verlieren.

»Derek?« Ein Anflug von Besorgnis lag in Freddies Blick, denn sie spürte seine dunklen Gedanken.

»Ich liebe dich.« Er wollte sie zwingen, ihm zu glauben. »Ich meine es ernst. Ich habe das noch nie zu einer Frau gesagt. Ich liebe dich, und ich will dich. Nur dich.«

Es entstand eine ganz kurze Stille, während der die Welt sich nicht mehr weiter drehte. In diesen Sekunden dachte Derek, dass Freddie wieder ihre Ängste und Befürchtungen vorbringen würde, aber dann zeigte sie ihm ein leises, wunderschönes Lächeln, das in ihren Augen tanzte und alle Ängste verbannte.

»Ich glaube dir«, sagte sie. »Ich liebe dich, Derek. Ich glaube, ich habe dich immer geliebt.«

Die Erleichterung ging ihm durch Mark und Bein. Er drückte seinen Mund wieder auf ihren, wild und mit einer Leidenschaft, die nur aus wahrer Verehrung geboren wird. Er schwor sich, sie niemals gehen zu lassen, sie nie zu verletzen und nicht zuzulassen, dass ihr irgendwas Böses widerfuhr. Er würde sie lieben und beschützen.

Er zog sie an sich. Sie spielte mit seiner Unterlippe, drückte ihn auf den Rücken und legte sich auf ihn. Er wusste, dass sie auch eine beherrschende Seite hatte, und er war mehr als bereit, sie herrschen zu lassen. Das Deck brannte heiß auf seinem Rücken. Freddie griff mit einer Hand an seinen Schaft, und er genoss das Gefühl ihrer warmen Hand.

Freddie lächelte und brachte den Schwanz zur vollen Erektion, bevor sie ihren Körper über seinen grätschte und den harten Stab einführte.

Ihre nassen Haare klebten an ihren Brüsten und auf den Schultern, sodass sie fast wie eine Meerjungfrau aussah. Ihr Körper kreiste mit sinnlichen Bewegungen auf seinem, dann begann sie ihn zu reiten. Ihre Pussy umklammerte ihn, als befände er sich in einem Schraubstock. Sie war heiß und nass, innen und außen, und ihre Haut strahlte von einer Mischung aus Schweiß und Salz.

Derek bis die Zähne aufeinander, als er versuchte, sich unter Kontrolle zu halten – keine leichte Aufgabe, wenn ihre inneren Muskeln seinen Schaft umklammerten und dazu noch der Anblick ihres nackten Körpers kam. Er streckte die Hände aus und spielte mit ihren Brüsten, zwickte die Warzen.

Freddie erschauerte. Sie stützte sich mit den Händen auf seinen Schenkeln ab und drückte die Brüste fester gegen seine zupackenden Hände. Sie begann ihn härter zu reiten, härter und schneller, und ihr Atem kam in keuchenden Schüben.

»Oh, Derek, ich kann es fühlen ... Ich komme jetzt ... Ja, ja, da fängt es schon an ...«

Freddie presste die Augen zu. Ihre Hände hielten sich jetzt an seinem Brustkorb fest. Sie beugte sich tiefer über ihn und ruckte vor und zurück, um ihre Klitoris zu stimulieren. Ihr Körper pochte schwer, und ein Lustschrei drang aus ihrer Kehle.

Derek zwang sich dazu, so lange zu warten, bis sie fertig war, bis das Zittern sich abgeschwächt hatte. Dann packte er sie mit beiden Händen an der Taille und ruckte seine Hüften nach oben. Freddie stöhnte, hielt sich an seinen Schultern fest und genoss seine kraftvollen Stöße. Eine Explosion schoss durch seinen Körper, und mit dem letzten heftigen Stoß, der sich so anfühlte, als wollte er bis in ihr Innerstes vordringen, füllte er ihren Schoß mit seinem Samen.

Sie sackte auf ihm zusammen, keuchend, den Mund gegen seinen. Derek streichelte mit den Händen über ihren schweißnassen Rücken bis hinunter zu den Pobacken. Er dachte, er könnte jetzt glücklich sterben.

»Komm mit mir«, murmelte er, die Stimme schläfrig.

Freddie hob den Kopf. »Was?«

»Komm mit auf meine Reise.«

Ihr Schweigen veranlasste ihn, die Augen zu öffnen. Sie sah ihn verwirrt und unsicher an.

»Du meinst das ernst«, sagte Freddie.

»Verdammt ernst.«

»Ich kann nicht.«

»Warum kannst du nicht?«

»Ich ... ich muss arbeiten, Derek.«

»Ich habe genug Geld, das für uns beide eine Zeitlang reicht«, sagte Derek. »Und wenn wir Geld brauchen, dann arbeiten wir, ganz egal, wo wir sind. Wir pflücken Oliven in Griechenland, fangen Fische in Bangkok und verkaufen Seemuscheln in St. Martin.«

»Aber mein Apartment ...«

»Ein Apartment in Santa Monica, ein paar Meter vom Strand entfernt? Du kannst es morgen vermieten, wenn du willst.«

»Ich verstehe nichts vom Segeln.«

»Das werde ich dir beibringen. Ich bin der Käptn, und du bist die Mannschaft. Und meine persönliche Liebessklavin.«

Freddie lächelte, aber sie zweifelte immer noch. »Du meinst es wirklich ernst.«

»Mir war nichts im Leben ernster als das.«

»Was ist, wenn wir uns streiten?«

»Dann versöhnen wir uns wieder.«

»Was ist, wenn wir uns auf einmal nicht mehr riechen können?«

»Dann verkaufe ich dich an den erstbesten türkischen Prinzen, dem wir begegnen.«

»Derek.«

Er streichelte über ihre Haare und ließ die Hand in ihrem Nacken liegen.

»Freddie, ergreif die Chance. Man kann nie voraussagen, was geschehen wird. Aber du hast die Chance, dass diese Reise zum faszinierendsten Abenteuer deines Lebens wird. Tagsüber segeln wir, und nachts lieben wir uns. Wir laufen die exotischsten Häfen der Welt an. Wir können überall so lange bleiben, wie wir wollen. Wir können uns sogar entschließen, irgendwo ein Jahr oder zwei zu bleiben. Wir kaufen uns ein Häuschen in der Südsee, essen Kokosnüsse und Brotfrucht. Und wir lieben uns drei oder vier Mal am Tag. Komm mit, Freddie. Segle mit mir um die Welt.«

Freddie lächelte ihn wieder an, beugte sich über ihn und presste ihre Lippen auf seine. »Du bist der geborene Romantiker. Das hätte ich nie gedacht, Derek.«

»Komm mit mir. Dann kannst du noch mehr Seiten an mir entdecken.«

»Ja«, flüsterte sie.

Glückseligkeit erfüllte Derek. Er drückte sie an sich. Vor ihnen lag eine endlose Zeit, die Liebe und Abenteuer versprach.

Epilog

Das Mittelmeer strahlte azur- und kobaltblau. Ein paar windschiefe Häuser aus braunen und gelben Steinen säumten den Pier von Portovenere. Fischerboote, Schlauchboote, Jachten und ein Kreuzfahrtschiff verteilten sich auf dem Wasser. Einheimische und Touristen wanderten am Strand entlang. Auf einem Hügel über dem Dorf erhob sich eine breite Burg; es sah so aus, als wachte sie über die Schäfchen unten an der Küste.

Derek und Freddie gingen durch die schmalen Straßen zum Marktplatz im Zentrum des Dorfes. Obst, Gemüse, Blumen und Beispiele des einheimischen Kunsthandwerks waren auf Tischen ausgelegt. Tomaten so rot wie Blut, Blumen mit beinahe obszön gespreizten Blütenblättern, breite Käseräder, dicke Champignons und Knoblauchzwiebeln lachten die Marktbesucher ebenso an wie grüne Gemüse und warme Olivenölflaschen.

Freddie trat an einen Stand heran, auf dessen Tisch Honiggläser standen, die im goldenen Licht der Sonne zu vibrieren schienen. Sie nahm ein Glas an sich, betrachtete es von allen Seiten und wollte mit dem Verkäufer im gebrochenen Italienisch ins Gespräch kommen.

Derek schaute ihr eine Weile zu. In ihren Shorts und dem dünnen Tanktop, das viel Ausschnitt zeigte, sah sie hinreißend aus. Tagsüber trug sie die Haare in einem Pferdeschwanz, aber jede Nacht löste sie die Haare, damit er sich daran erfreuen konnte. In seinem Schritt rührte sich schon wieder was, wenn er sich Freddie nackt vorstellte, ihre Haare auf Schultern und Brüsten verteilt, ihre Augen hungrig auf ihm.

Er riss sich zusammen und ging an Freddie vorbei. Er wusste inzwischen, dass sie bis zu zehn Minuten lang ihr Italienisch zu verbessern suchte. In den sieben Monaten, die sie unterwegs waren, hatte sie tapfer versucht, fremde Sprachen zu lernen und über fremde Bräuche zu lesen. Jeden Tag war Derek ein bisschen stolzer auf sie. Sie hatte sich auch als zuverlässiger Seemann erwiesen, aber am meisten liebte er sie dafür, dass sie jeden Tag mit Wonne willkommen hieß und pure Freude bei allem empfand, was sie unternahmen.

Manchmal gab es auch Streit, aber wie Derek vorausgesehen hatte, versöhnten sie sich noch am gleichen Abend und erlebten dabei großartigen Sex. Wenn sie mal für sich sein wollten, dockten sie irgendwo an, und dann ging jeder seiner Wege, vielleicht ein oder zwei Tage lang. Wenn sie dann auf die *Jezebel* zurückkehrten, waren sie glücklich, sich zu sehen. Derek konnte sich kein besseres Leben vorstellen, als mit Freddie auf See zu sein.

Er blieb stehen und besah sich eine Auslage von bemalten Terrakotta-Tellern. Die Verkäuferin wollte ihm einen Teller reichen, aber er schüttelte höflich den Kopf und wandte sich ab. Er fand eine niedrige Mauer vor einem pastellblauen Haus und setzte sich, um auf Freddie zu warten.

Während er den Markt betrachtete, blieb sein Blick auf einer sehr gut gebauten Frau haften, die sich an einem Stand mit Lederwaren – meistens Jacken, Schuhe und Gürtel – umsah. Sie trug ein weites Baumwollkleid und bewegte sich mit der Eleganz einer Adligen. Ihre blonden Haare waren im Nacken zu einem festen Knoten zusammengefasst, und ihre edlen Gesichtszüge wurden teilweise von einem breitrandigen Strohhut bedeckt.

Dereks Augen verengten sich zu schmalen Schlitzen. Er stand auf und ging auf den Lederstand zu. Die Frau hatte sich einen Gürtel ausgesucht und brachte ihn dem Verkäufer, damit sie dafür zahlen konnte. Sie legte den Gürtel in ihre

Tasche und verließ den Stand mit ihrem unnachahmlichen Gang.

Derek blieb stehen. Er empfand ein seltsames Gefühl der Erleichterung. Er schüttelte den Kopf, als wollte er seine Gedanken ordnen, dann schlenderte er weiter in die Richtung, wo er Freddie zurückgelassen hatte. Sie hatte gerade ihren Einkauf abgeschlossen und hielt ihm stolz das Honigglas hin.

»Gut für alles Mögliche«, behauptete sie.

»Ich kann es kaum erwarten.«

»Ist alles in Ordnung mit dir?«, fragte Freddie. »Du siehst ein bisschen geistesabwesend aus.«

Er zog sie an sich und atmete tief den Geruch von Salz und Sonne ein, der sich in ihren Haaren hielt.

»Es ging mir noch nie besser«, sagte er.

Und das war die Wahrheit. Später an diesem Abend, als er und Freddie zur *Jezebel* zurückkehrten, leckten sie sich gegenseitig den Honig von der Haut, bevor sie unter dem Sternenzelt in einen tiefen Schlaf fielen.

Ende

Eine Frau in heikler Mission –
ein spannendes, erotisches Debüt

Maya Hess
PARADIES DER
BEGIERDE
Erotischer Roman
256 Seiten
ISBN 978-3-404-15837-9

Ein verfallenes Landhaus an der Küste der Isle of Man ist kein idealer Ort für eine junge Frau im Winter. Aber Ailey Callister ist eine Frau auf einer Mission – sie will den Mann finden, der sie um ihr Erbe betrogen hat. Sie kämpft gegen die Elemente, um ihre sexuelle Befreiung und gegen die Geister der Vergangenheit, bis sie die wahre Identität von Ethan Konrade erfahren hat, dem neuen Besitzer der Whisky-Brennerei, die eigentlich ihr gehören sollte.

Bastei Lübbe Taschenbuch